KB259799

공존과 충돌

공존과 충돌 해석과 판단 · 6

초판 1쇄 발행 2012년 12월 14일

지은이 〈해석과 판단〉 비평공동체
펴낸이 강수걸
펴낸곳 산지니
편집 윤은미 권경옥 손수경 양아름
디자인 권문경
등록 2005년 2월 7일 제14-49호
주소 부산광역시 연제구 거제1동 1498-2 위너스빌딩 203호
전화 051-504-7070 | 팩스 051-507-7543
홈페이지 www.sanzinibook.com
전자우편 sanzini@sanzinibook.com
블로그 http://sanzinibook.tistory.com

ISBN 978-89-6545-205-8 93810

*책값은 뒤표지에 있습니다.
*파본은 구입하신 서점에서 바꾸어 드립니다.
*본 도서는 2012년 부산문화재단 지역문화예술육성지원 사업의
 일부지원으로 제작되었습니다.
*이 도서의 국립중앙도서관 출판시도서목록(CIP)은 e-CIP 홈페이지
 (http://www.nl.go.kr/ecip)에서 이용하실 수 있습니다.
 (CIP 제어번호: CIP 2012005592)

공존과 충돌

〈해석과 판단〉 비평공동체 지음

산지니

　롤랑 바르트가 상상했던 하나의 유토피아가 있다. 즐김 속에서 쓰인 텍스트들이 상업적 차원과 무관하게 유통될 수 있는 유토피아, 모순이 인정되고, 차이가 인지되며, 갈등은 무의미해지는 '텍스트 동우회'를 우리도 함께 꿈꾸었다.

　젊은 연구자들에게 지방이라는 한계와 대학이라는 울타리를 넘어 토론과 글쓰기의 공간을 제공하고자 시작된 〈해석과 판단〉이 횟수로 벌써 7년째가 되었다. 그동안의 여정은 도전이라면 도전이었다. 그러나 그 도전이라는 행위는 패기와 안주가 되돌림되고 낭만과 열정이 힘없는 메아리로 되돌아오기를 반복하는 과정이기도 했다. 벌써 여섯 번째 평론집이다. 매년 한 권씩 책을 내는 일이 손쉬운 것은 아니나 그 과정에 익숙해졌다 여기고 있었는데, 또 한 권의 책을 내려 하니 우리의 이름 위로 책임감이 무겁게 내리 누른다. 누구에게든, 언제든 엄혹하지 않은 시절이 있겠느냐마는 30대 초중반에 접어든 비정규직 연구자들이 대부분인 〈해석과 판단〉의 동인들은 모두 녹록지 않은 시대 한

가운데 서 있음을 절감하기 때문이다. 마냥 '즐김'의 과정 속에 있을 수만은 없었다. 시대적 우울이 깊게 밴 텍스트를 손에 든 자의 의무가, 공부하는 사람으로서 지켜야 할 도리와 책임이, 청년으로서의 존재적 번민이, 이상적 공동체를 꿈꾸는 자의 욕망이 고민에 고민을 거듭하게 했다. 쉽게 쓸 수 있는 글은 없었다. '폭력과 공동체'의 문제를 끝까지 붙들 수밖에 없었던 것은 이 때문이다.

지금까지 〈해석과 판단〉은 『2000년대 한국문학의 징후들』, 『문학과 문화, 디지털을 만나다』, 『지역이라는 아포리아』, 『일곱 개의 단어로 만든 비평』, 『비평의 윤리, 윤리의 비평』의 5권을 상재했다. 매년 하나의 주제를 정해 당대의 문학과 문화의 화두를 살펴보아 왔으나, 일관된 주제하에서 좀 더 지속적인 이론적·비평적 작업이 필요하다는 판단하에 이번 6집은 5집의 주제를 이어받아 현대 사회의 밑바탕에 있는 폭력적 형태의 양상과 타자성의 윤리적 접점들을 모색하기 위해 노력했다. 텍스트 분석으로 당대의 지평을 훑어보는 데 주력했던 5집에 비해, 6집은 현실 문제와 텍스트의 연결을 고민하고 글 쓰는 이의 정치적, 존재론적 입장을 개진하고자 애썼다. 책 한 권 안에 일 년간의 지난한 작업들과 오고 간 수많은 언어와 균열과 진통들을 모두 실을 수는 없으나, 따로 또 같이 고민하고 작업한 성과가 숨길 수 없이 드러나 있음은 분명하다.

먼저, 폭력의 양상을 국가 장치의 거대한 시스템이 만들어내는 폭력과 일상에서 드러나는 미시적 폭력의 층위로 나누어 1부와 2부로 개진했다. 1부 '국가 장치의 폭력 안에서'는 세 편의 평론과 번역문 한 편을 묶어 실었다. 〈해석과 판단〉으로서는 처음으로 국내에 소개되지 않은 글을 부분 번역하여 싣는다. 우에노 나리토시(上野成利)의 『폭력(暴

力)』제1장「삶의 정치와 죽음의 정치-근대국민국가와 폭력」이 그것이다. 우에노의 글은 이성과 폭력의 뒤얽힘이라는 근대성 자체에 내재한 역설을 정치하게 분석하고 있으며, 국가폭력을 둘러싼 이론적인 논의의 지형도를 명쾌하게 정리하고 있을 뿐 아니라 우리의 입장과도 공감되는 부분이 커 소개할 가치가 충분하다고 여겼다. '근대'와 '국가'의 결혼으로 발생한 '국민'과 '비국민'의 짝패, '내부'로 포섭·관리하는 일과 '외부'로 배제·폐기하는 두 가지 근대국민국가의 매커니즘이 어떠한 원리에 의해 작동되는지에 관해 많은 시사점을 환기할 수 있으리라 기대한다. 더불어 번역자 정기문의 해제를 함께 싣는다.

박형준의「혁명의 존엄을 위한 서곡」은 거대한 국가 폭력의 희생자가 존재의 질서 속에 기입되는 방식의 윤리성을 되묻고 있다. '3·15의 마산', 혹은 '김주열'을 증언 (불)가능한 순간과 심미적 (불)가능성을 동시에 사유할 수 있는 역사적 증례로 읽었다. 그러므로 이 글은 '민주화의 성지'나 '의거 주체'의 숭고함을 기술하거나 미학화하기에 앞서, 국가 폭력의 희생자를 국가가 기억하고 추모하는 분열적인 상황을 재사유화할 것을 요청한다. 이것은 '마산'이라는 교감 불가능한 장소, 혹은 '김주열'이라는 변제 불가능한 채무를 우리가 어떻게 마주할 수 있는가에 대한 비평적 물음이라 하겠다.

이희원의「참사 이후의 참사」는 '용산 참사'를 다루고 있는 장편 소설들을 통해 폭력적 국가권력이 호모 사케르를 끊임없이 양산하고 있는 한국 사회의 병적 징후를 확인하고 있다. 주원규의『망루』, 손아람의『소수의견』, 김현영의『러브차일드』, 황정은의『百의 그림자』, 공선옥의『꽃 같은 시절』을 통해 필자는 폭력적 권력을 절대적 자리에 위치시키고 그것에 범접할 수 없는 맹목적 가치를 두는 사회 장치들과 그것을 용인·강화하는 개인의 의식 구조를 발견하고 있다. 그리고 이처럼 환속화된 권력의 문제를 바로잡기 위해서는 그것에 새로운 사용 가능성을 타진하는 세속화의 작업이 진행되어야 할 것임을 주장하고 있다.

2부에서는 현대문학 속에 나타난 일상적 삶의 폭력적 면모를 살펴본다. 먼저 오선영의 「입 없는 자들의 불온한 몸」은 김이설 소설 속의 여성들에 주목한다. 그 여자들은 자신의 몸을 담보로 생계를 꾸려나가는 자들이다. 성매매를 하거나 대리모를 하는 여자들의 모습은 자본주의 사회에서 돈이 없는 사람들의 삶의 양상을 가장 극단적으로 보여주는 것이다. 그런 의미에서, 아이를 낳고 가족을 지키기 위해서 애쓰는 여자들의 모습은 이 사회의 자본적 가치에 대한 궁극적인 저항의 양상을 띠지는 못한 것처럼 보인다. 하지만 죽지 않고 살아남아 생을 이어가는 그들의 모습이야말로 자본주의 이데올로기를 '온몸'으로 돌파하고 있다고 말할 수 있다. 김이설 소설의 여자들이 가장 약하면서도 가장 강하다고 할 수 있는 이유가 여기에 있다고 주장한다.

장수희의 「도시 생활자, 동시대인, 자존의 기록」은 김미월의 소설을 장치에 등록되지 않는 자들의 기록으로 본다. 장치에 등록되지 않는 자들은 통치되지 않는 자들이다. 이들의 삶의 에너지와 삶의 기록들은 김미월 소설 속에서 해체된 언어, 괴물의 형상, 들리지 않는 목소리로 드러난다. 필자는 이 존재의 형상들을 발견하고, 응답하며, 의미를 부여하는 것이야말로 지금 김미월이 하고 있는 작업이며, 우리 삶을 포획하고 통치하려고 하는 장치로부터 해방되려고 하는 정치적 포지션이라고 평가하고 있다. 따라서 이 글은 김미월의 소설 속에서 '통치될 수 없는 것'에 대한 정치적 가능성을 찾아가는 것이라고 할 수 있을 것이다.

　다음으로 윤인로는 「마르크스-보르헤스적 기획으로서의 익명성」에서 우리가 함께 읽고 토론했던 청년 마르크스의 「헤겔 법철학 비판 서설」에 나오는 문장 "나는 아무것도 아니다. 그러나 나는 모든 것이어야 한다."를 보르헤스가 말하는 파괴적 신성의 힘이 표현된 한 문장 "아무것도 아님이야말로 그 무엇이 되기이며, 경우에 따라서는 모든 것이 되기가 아닐까."와 결합시킨다. 현대의 네이션은 신성국가적 장치이며 오늘의 화폐장치는 세계의 세속화된 신이라는 생각, 그러므로 네이션-자본은 합성된 신성의 체제라는 생각을 개진한다. 이 글은 그런 신성의 적들과 싸우는 형상을 진정한 신성으로서의 익명성을 통해 묘사하려 했다.

　김남영은 권혁웅의 시집 『소문들』을 분석했다. 시에 있어서 조화롭고 질서 있는 세계에 대한 구상은 어느 정도 주체중심의 차원에서 세계를 동일시하거나 자기 반영성에 머물러온 것이 사실이다. 이때 말할 수 없는 것들은 잉여 혹은 찌꺼기처럼 생활세계에 부유한 채 질서에 편입되기를 포기한다. 「패설의 퍼레이드, 소통의 주파수」에서 필자는 근대가 파생시키는 역장들을 불가능한 언어의 층위, 실패를 예감하는 언어인 소문이라는 키워드로 검토하고 있다. 적의 우의적 형상, 적의 네트워크가 자본주의와 공고히 결합하는 상황에서 파편적인 말들의 복귀가 갖는 의미와 그것의 한계를 비판적으로 따져 묻고 있다.

　3부는 이런 폭력적인 상황에서 과연 새로운, 또 다른 공동체는 가능한가를 묻는다. 우리들의 이 물음이 정치적, 경제적, 현실적 대응이 되기는 어렵다. 우리의 대답은 일견 미학적이고 이상적인, 비현실적 대응이다. 동문서답일지도 모르겠다. 하지만 그 답은 국가적 폭력과 일상적 폭력을 인식하는 우리의 한계 안에서 수행하지 않을 수 없었던 최소한의 실험이었다.

고은미의 「사랑의 반복과 그 필연적 실패」는 홍상수를 위시한 몇몇 감독들이 다루는 사랑-관계의 특징에 주목했다. 단순한 사랑 이야기로 보이는 익숙한 소재와 내러티브가 현대영화가 수행하는 '모더니티적 미학화' 속에서 변용되면서 가족, 국가와는 다른 유동적이고 새로운 공동체-관계를 규명, 암시하고 있다는 판단하에서다. 사랑은 완전한 모습으로 가능하지 않음에도 끝없이 우리를 사로잡는다는 점, 사랑이야말로 그 자체가 과정이고 해체고 중첩이고 '차이 나는 것의 반복'이라는 점을 강조하면서, 현대영화의 긍정적 가능성, 정치적 혁신성을 사랑이라는 불안정한 잠재태와의 연관하에서 고민하고 있다.

김태환의 「지식공동체는 존재하는가」는 지식공동체의 존재성과 한계를 고찰하고 있다. 이 글의 대상은 〈연구공간 '수유+너머'〉이다. 지식공동체의 존재방식과 윤리가 지니는 장점과 단점을 생각해보고자 했다. 지식생산과 생활의 공간으로서 '수유+너머'에 대한 그간의 평가와 다르게 유동하는 공동체적 순환계에서 언제나 발생할 수밖에 없는 균열을 말하고 있다. 또한 균열에 의한 공동체 내의 불안과 불화가 미치는 파급에 대하여 고찰하였다. 이로 인해 지식공동체의 의미를 실천적으로 모색하고자 했다.

손남훈의 「게임이라는 공동체스러운 것」은 전자게임의 공동체적 가능성을 질문하는 글이다. 게임은 플레이어의 참여에 의해서 비로소 현현되는 것이기에 플레이어의 능동성이 강조되는 것은 당연한 일이다. 그러나 그것은 시스템 안에서의 능동성에 그치기 쉽고, 새로운 행동유형을 창조할 수 있는지에 대해서도 의문스럽다. 필자는 게임 플레이어들이 '자기-차이화'를 게임 수행의 동기로 삼으면서도, 그 동기가 다른 외적 요인들에 의해 어려워질 때 플레이어들에 의한 공통의 행동 유형이 창조될 수는 있다고 본다. 나아가 인터넷 등에 의한 현실의 '인터페이스화'는 게임의 참여적 특성이 현실로 용출될 가능성과 한계를 동시에 보여주는 것으로 볼 수 있다고 주장한다.

'폭력'이라는 무지막지하고도 교묘한 적에 둘러싸여 서슬 퍼런 질문들을 휘둘렀으나, 적의 방패에 흠집을 내기는커녕 포위된 형상을 가늠하기에도 미진하고 소박한 것은 아닌지 못내 조심스럽다. 구체적인 대상과 명명은 다르나, 여기 실린 10편의 글들은 모두 가려진 적을 개시하고 비판하려는 비평적 대전제에 이끌려 나름의 정치미학적 입장을 고심한 흔적들이다. 끝나지 않은 그 고심이 매번 우리 각자를 북돋고 긴장시키는 계기가 되어줄 것이라고 믿는다.

2012년 12월
〈해석과 판단〉 비평공동체

차례

1부

국가 장치의 폭력 안에서

폭력에 대하여

베트남을 비롯한 세계 각지에서 전쟁이 차차로 격발함과 함께 1968년 학생운동으로 대표되는 급진적 학생운동이 세계로 확대되던 때, 이를 정치철학자 한나 아렌트는 '폭력의 세기'라 명명했다. 아렌트는 전쟁과 혁명이 이전에는 상상도 할 수 없는 규모로 확대되어 폭력이 정치의 중앙 무대로 등장한 상황에서 20세기 정치의 조건을 탐색했던 것이다. 정치의 영위라는 인간의 고유한 영역이 폭력에 의해 파괴되어버리는 상황에 직면해 그녀는 정치철학자의 입장에서 시대를 진단, 극복하려 했다. 폭력의 전면화에 대한 아렌트의 대안, 그것은 폭력의 대립물로서의 권력(power)과 "삶의 양태를 일정하게 벗어나는, 새로운 것을 시작하는 자발적 활동"인 행동(action) 능력이다.[1] 하지만 21세기에도 우리의 세계는 여전히 폭력적이다. 사실 이것은 인간 존재 조건 자체에 내재한 폭력성이 가시화된 것에 지나지 않을지도 모른다. 폭력에

---

1) 한나 아렌트, 김정환 옮김, 『폭력적 세기』, 이후, 1999, 125쪽.

대한 노출과 공모라는 상황 속에서 우리는 가야 할 길을 잃은 듯하다.

그럼에도 불구하고 우리는 폭력이라는 거센 파고에 맞서지 않으면 안 된다. 근대국민국가와 폭력의 긴밀한 얽힘과 끊임없이 재창조되어가는 새로운 적대관계를 어떻게 극복해나갈 것인가. 우에노 나리토시(上野成利)의 『폭력(暴力)』(岩波書店, 2006)은 이러한 질문에 기초해 국가, 폭력, 정치의 복잡한 관계를 살핀 후, 조심스럽게 그 대안을 제시하고 있다. 이 책에 싣게 된 부분은 『폭력』 제1부 제1장 「삶의 정치와 죽음의 정치-근대국민국가와 폭력」을 번역한 것이다. 그리고 번역문을 싣기에 앞서 우에노가 설정하고 있는 폭력의 맥락과 책 전반의 개략적 해설, 그리고 특히 「삶의 정치와 죽음의 정치」에서 적대의 관계가 어떻게 전개되는지에 관한 짧은 단평을 제시하고자 한다.

우에노는 『폭력』의 머리말에서 '야누스로서의 폭력'이라는 범주를 설정하여 폭력 그것에 내재된 아포리아를 설명한다. 야누스는 고대 로마에서 문을 지키는 수호신인데, 평화의 상태일 때 이 문은 닫혀 있지만 전쟁 상태가 되면 열리게 된다. 이것이 이른바 평화와 전쟁의 은유로서의 야누스의 두 얼굴이다. 풀어 말해, 일상적인 질서가 유지되고 있는 한에서 통제 불가능한 에너지는 문의 내부에 갇혀 조용히 꿈틀거리고 있지만, 비상사태가 되자마자 이 힘은 풀려 나와 일상의 시공간을 절단하고 교란시킨다는 것이다.

야누스의 은유는 다시 폭력의 독일어 게발트(Gewalt)와 영어 바이오런스(violence) 개념과 겹쳐진다. 일본어에서 폭력은 게발트와 바이오런스의 번역어라 할 수 있다. 여기서 게발트는 '관리, 통치한다'는 의미를, 바이오런스는 '강한 힘'을 뜻한다. 거칠고 무정형적인 힘으로서 바이오런스가 어떠한 수단으로 수로에 갇혀버리는 것에 의해서 일상의 질서는 관리, 통제된다. 바꿔 말하면, 지배하고 관리하는 힘으로서 게발트가 작동할 때, 바이오런스는 게발트의 내부로 회수된다는 것이다. 그렇기에 일찍이 홉스는 '자연상태'를 법외적인 바이오런스의 난폭한 '만인의 만인에 대한 투쟁'으로 간주한 뒤, 그러한 상호 폭력의 무한 약진을 단절하기 위해, 만인에게 강제력을 행사할 수 있는 절대적 권력을 창출해야 한다고 했던 것이다. 우에노는 이러한 관점에서 폭력 자체에 내재해 있는 양의적 의미를 근대국민국가의 맥락에서 다시 사유하고, 이를 극복하기 위해 정치철학자들의 개념을 추출, 재맥락화하여 이를 극복하고자 한다.

폭력에 내재한 양의적 의미에 관한 우에노의 생각은 이 책의 전체적 구성에 직접적으로 반영되어 있다. 그래서 제Ⅰ부 「폭력의 정치학-전쟁과 정치를 둘러싼 사고」에서는, 제도·관리·통제로서의 폭력(Gewalt)에 집중하여 국민국가와 전쟁이라는 근대의 정치현상 속에서 폭력의 작동 원리를 고찰하고 있다. 이와 함께 20세기에 폭력이 변용되어가는 과정에 대하여 함께 논의를 전개한다. 그런 뒤에 제Ⅱ부 「폭력의 변증법-폭력의 임계를 둘러싼 사고」에서는 바이오런스로서의 폭력에 새롭게 눈을 돌려, 통어(統御) 불가능한 법외적 폭력이 어떻게 권력 장치의 내부에 회수되어버리는 것인가를 묻고, 그것을 가능하게 한 조건을 폭력 그것 속에서 찾아나간다. 이러한 일련의 고찰을 판단 근거로 삼아 우에노는 폭력비판의 논리를 어떻게 구상해야 하는 것인지에 대한 견해를 개진한다. 그의 생각을 간단히 정리하자면, 타자의 타자성을 배제하여 본래적인 자기를 구축하려 하지 않고, 오히려 자아 그 자체에 내재해 있는 이질성을 그 자체로 긍정할 때 폭력을 넘어설 수 있다는 것이다. 이는 자기 동일성을 근저에서부터 흔들어대는 타자성과의 만남을 오히려 적극적으로 받아들이는 것, 즉 자크 데리다의 맥락에서 '무조건적 환대'를 실현할 수 있는 주체를 요청하는 것이라 하겠다.

물론, 현실 정치적 맥락에서 그 실현은 너무도 지난한 과제임에 틀림 없다. 그렇기에 우리는 지난 시대의 폭력을 대면함으로써 환대의 조건을 미미하게나마 탐색해야 하는 것은 아닐까. 20세기 경험을 통해, 우리에게는 유대인 학살이라는 '최종해결'이 최대의 악이었다는 교훈이 남아 있다. 따라서 우리는 그러한 방식으로 이루어지는 '최종해결'만은 피해야 한다는 당위를 시대적 조건으로 떠안고 있다. 다시 말해, 20세기 경험을 통해 남겨진 최대의 교훈은 우리 시대의 당위로서 '최소한의 도덕'이 되는 것이라 할 수 있다.

하지만 당위로서의 '환대'가 어떠한 조건에 부딪혔을 때 급작스럽게 적대로 옮아감을 우리는 너무도 잘 알고 있다. 국가에 의한 국민의 폭력을 넘어 사기업의 경비업체가 기업의 요청에 응해 노동자들을 폭력으로 짓밟는 지금의 한국 상황에서 윤리적 가능성으로서 폭력비판론을 사유하는 것은 어떠한 의미를 지닐까. '최소한의 도덕' 따위는 안중에도 없이 대학생들이 학비를 벌기 위해 사적 경비업체의 폭력에 적극적으로 동참하고 있는 지금 여기, 한국에서 일어나는 폭력에 우리는 어떻게 대응해야 할 것인가. 합법과 비합법, 깡패와 일반시민의 공모에 노출되어 살아가는 우리가, 어떤 '최소한의 도덕'을 상기하기 위해서는 다시 홀로코스트라 불리는 유대인 대량학살을 사유하지 않을 수 없다. 다시 말해, 대한민국이라는 근대국가체제 내에서 살아가는 한, 이 체제 자체에 내재한 폭력을 고찰하는 것은 우리 시대의 당위로 남아 있다 할 것이다.

『폭력』의 제1장 「삶의 정치와 죽음의 정치」는 근대국민국가의 원리 그 자체에도 이미 전체주의의 폭력이라는 요소가 내포되어 있다는 관점에서 논의되고 있다. 이는 어떠한 국면에서 적과 친구가 분할되어버리는지에 대한 고찰에도 아주 유용한 생각거리를 제공한다. 다른 국가와 벌이는 전쟁에서뿐만 아니라 한 국가 내에서도 정치적인 목적에 의해 언제든지 국민은 비국민으로 전락하고 살해당해도 되는, 단지 '벌거벗은 생명'으로 간주될 수 있기 때문이다.

이 번역문을 통해 근대국민국가의 작동원리를 더욱 가시화하고, 이를 넘어갈 수 있는 논의가 많이 진행될 수 있기를 바란다. 끝으로 〈해석과 판단〉의 취지를 이해하고 번역을 허락해준 우에노 선생님과 이와나미출판사에 감사의 말을 전한다. 그리고 번역에 많은 조언을 해준 사이키 카쓰히로 선생님에게도 감사의 마음을 전하고 싶다.

삶의 정치와 죽음의 정치
- 근대국민국가와 폭력[2]

우에노 나리토시(上野成利), 정기문 옮김

1. 홀로코스트와 죽음의 정치

폭력의 세기로서의 20세기를 되돌아 볼 때 결코 무시할 수 없는 사상(事象)의 하나가 나치 독일에 의한 유대인 대량 학살, 흔히 '홀로코스트'라 불리는 사건이다.

물론 유대인 차별 자체는 긴 역사를 지니고 있으며, 유대인을 격리시켜 둔 구역(게토)도 꽤 오래전부터 유럽 각지에 존재했다. 그러나 근대 이후의 반유대주의를 둘러싼 사정은 좀 더 복잡하다. 만인의 평등을 기본 원리로 설정하는 근대시민사회에서 유대인만을 특수하게 취급하는 것은 스스로 근거로 삼고 서 있는 발판을 근본부터 흔드는 일일 수도 있기 때문이다. 그러한 의미에서 근대의 '유대인 문제'는 그 이

---

2) 이 글은 우에노 나리토시(上野成利)의 『暴力』(岩波書店, 2006) 제1장을 번역한 것으로 저자와 이와나미출판사의 허락을 얻어 여기에 싣는다.

전보다도 더욱더 심각한 문제가 되고 있었다고 할 수 있다. 반유대주의를 주창한 입장에서도, 이제는 종래와 같이 유대인을 격리시켜둔다고 해서 끝나버리는 일이 아니게 된 것이다. 이런 와중에 등장한 것이 나치의 유대인 절멸 프로젝트이다. 나치는 유사과학적인 인종 이론을 원용하면서, 유대인이라는 종 자체를 근절시키면 '유대인 문제'는 최종적으로 해결된다고 생각했다. 요컨대 그들은 유대인 문제라는 문제 자체를 없애버림으로써 이 문제의 '최종해결'을 시도하려고 했던 것이다.

'최종해결' 그것은 이 절멸 계획에 대해서 나치 스스로가 부여한 명칭이지만 이 프로젝트의 내막은 2차 세계대전 후에 비로소 밝혀지면서 전 세계에 큰 충격을 주었다. 때로는 최대의 절멸수용소 '아우슈비츠'의 이름과 함께 사람들의 입에 오르고, 헤브라이어로 절멸을 의미하는 '쇼아'의 이름으로 불리기도 하는 이 미증유의 사건은 과연 왜 이 정도까지 충격적인 사건으로서 인식된 것일까. 당장 떠오르는 대답의 하나는 지극히 짧은 기간에 수백만의 인간을 죽음으로 몰아넣었던 살육의 규모와 밀도에 많은 사람들이 압도되었기 때문이라는 식의 설명일지도 모른다. 그러나 그러한 양적인 설명으로는 이 사건이 초래한 충격의 질을 충분히 헤아릴 수 없을 것이다. 이 점에 관해서 전후 일본을 대표하는 시인의 한 사람인 이시하라 요시로(石原吉郎)의 에세이에 매우 시사적인 대목이 있다.

제노사이드[민족절멸]의 끔찍함은 단숨에 많은 인간이 살육당하는 데에 있는 것이 아니다. 그 속에 한 사람 한 사람의 죽음이 없다는 것이 나에게는 끔찍하다. 피해를 당한 인간들이 결국 자립하지 못하고 그저 집단에 지나지 않을 경우에는, 죽음에 당면할 때도 자립하는 일 없이 집단인 채 죽음을 맞이하게 된다. 죽음이 단지 숫자로만 나타날 때, 그것은 절망 그 자체이다. 인간의 죽음에 관해서는 그 한 사람 한 사람의 이름을 부르지 않으면 안 되는 것이다.

—『망향과 바다(望鄕と海)』, 1972

여기서 이시하라가 문제로 삼고 있는 것은 수효의 많음 그것이 아니라 인간의 죽음이 수량으로 환원되어버리는 사태이다. 엄청난 수의 죽음 하나하나를 아무리 해도 인칭적인 죽음으로 감지할 수 없다는 감각. 인간의 단독성이 모조리 빼앗겨버리는 사태에 대한 기분 나쁨. 근대사회에서 인간은 타자로부터 구별되는 고유성을 갖는 존재로 간주되고, 그러한 존엄성이 바로 근대적인 '인간'의 조건으로 간주되어왔다. 그런데 학살의 희생자는 이미 그러한 의미의 '인간'이라 할 수 없다. 아우슈비츠라는 사건은 근대적인 인간주의(휴머니즘)의 전제를 철저하게 파괴해버렸던 것이다. 우리가 충격받고 당황하는 것은 무엇보다도 먼저 이 점에서 유래하는 것이라고 할 수 있다.

그렇지만 이 무시무시한 사건이 갖는 의미는 거기에서 그치지 않는다. 근대적인 '인간'을 근저에서 부정하는 이 프로젝트가, 그야말로 근대적인 합리성을 지렛대로 삼아 수행되었다는 것, 이 점을 간과해서는 안 될 것이다. 실제로 그것은 거대한 관료기구를 배경으로 수행된 국가사업이었으며, 합리적으로 통어(統御)된 관료제적 테크놀로지 없이는 도저히 성립될 수 없었던 프로젝트였다. 예컨대, 유럽 전역에서 각지에 있는 수용소로 유대인을 이송하기 위해 사용했던 주요 수단은 철도였는데, 그 운행 시스템은 수송의 효율을 면밀히 계산해서 만든 것이었다. 지휘를 맡았던 SS 중좌(中佐) 아돌프 아이히만의 말을 빌린다면, 시각표 작성 그 자체가 '과학'이었던 것이다.(라울 힐버그, 『유럽·유대인의 절멸』, 1961) 어찌 되었든, 이송에서 학살에 이르는 일련의 프로세스는 냉철하게 효율을 계산한 이성 없이는 이루어질 수 없었음이 분명하다. 그리고 그것에 한해서 홀로코스트는 결코 근대적인 이성의 피안에 있는 폭력이 아니라, 오히려 다름 아닌 근대의 과학기술적 합리성 자체에 내속된 폭력이다. 아우슈비츠는 실은 이성과 폭력의 뒤얽힘이라는, 근대성에 아로새겨진 역설을 선명히 부상시킨 사건이었다.

여기에 아우슈비츠가 20세기 최대의 사상적 사건이 된 중대한 이유가 있다. 20세기 후반의 사상에는 많든 적든 이 사건이 각인되어 있음을 엿볼 수 있다. "아우슈비츠 이후, 시를 쓰는 것은 야만이다"라는 테오도어 아도르노의 유명한 명제는 그 전형이다.(「문화비판과 사회」, 1949) 지극히 일반적인 이해에 따른다면, 시를 쓴다는 것은 언어를 획득한 이성적 인간이 되어서야 비로소 가능하게 된 문화적 영위이고, 그에 한해서 야만과는 대극적인 위치에 있다는 것이다. 그러나 여기서 아도르노는 문화·문명과 야만을 소박하게 대치시킨 이러한 이분법적 발상을 물리친다. 아우슈비츠라는 궁극적인 폭력은 결코 이성을 잃어버린 인간이 스스로의 내부에서 솟아난 파괴행동에 몸을 맡겨 수행한 야만이 아니라, 다름 아닌 이성에 의해 냉철히 계산하여 이루어진 것이었다. 그러한 문화와 야만의 뒤얽힘이 응축된 것이 아우슈비츠라는 사건이었다. 그것을 전혀 자각하지 못하고 여전히 자연의 풍류를 아름답게 여기거나 인간정신의 숭고함을 찬양하는 '시' 쓰기가 가능하다면, 그것이야 말로 야만적인 행동 아닌가, 라고 아도르노는 생각했던 것이다.

여기서는 일단 '시'를 예로 들고 있지만, 아도르노의 비판의 화살은 확실히 문화·문명 일반으로까지 향하고 있다. 아도르노의 입장에서는, 야만과의 결탁을 벗어난 문화·문명 따위는 존재할 수 없다. 그렇기는커녕 오히려, 스스로를 문화·문명이라는 안전지대의 주인이라고 믿고 있는 자야말로 실은 가장 야만적인 세계에 살고 있을 가능성이 있다고까지 할 수 있다. 그렇다면 아우슈비츠라는 사건이 갖는 의미는 더욱더 깊게 생각하지 않으면 안 될 것이다. 요컨대, 유대인의 대량학살 프로젝트 속에 문화와 야만, 이성과 폭력의 뒤얽힘이 아로새겨져 있다면, 근대적인 인간주의의 파탄이라는 사태는 학살당한 희생자 측만이 아니라 프로젝트를 수행하는 측에서도 발생하지 않을 수 없는 것 아닌가, 라는 점이다.

이 점에 대해서는 앞에서 이름을 언급한 SS 중좌 아이히만의 사례가 역시 그럴싸한 단서를 제공해준다. 아이히만은 2차 세계대전 중 유럽 전역에서 유대인을 강제수용소·절멸수용소로 이송하는 업무에 종사했으며, 이 프로젝트의 실질적인 책임자였다. 그렇지만 그 자신은 절대적 권력자도 아니고 광신적 반유대주의자도 아니었다. 그는 제국보안본부 제4국 B-4과의 '과장'으로서 주어진 직무를 그저 충실히 다루는 일개 공무원에 지나지 않았다. 인류사상 좀처럼 볼 수 없는 잔학행위의 담당자가 결코 사악한 의도를 가진 악마가 아니라 이성도 분별도 있는 '정상'적인 인간이고, 지극히 평범한 소시민이었다는 것, 이것을 아렌트는 '악의 평범성'이라고 표현했지만(한나 아렌트, 『예루살렘의 아이히만』, 1963), '아이히만 문제'에서 전율을 느끼는 것을 확실히 이러한 역설 속에 있다. 정상/이상, 이성/광기와 같은, 근대적인 인간주의의 전제였던 이분법이 여기서는 근저에서부터 흔들리고 있기 때문이다.

이 '악의 평범성'이라는 문제는 당장 정의와 책임을 둘러싼 성가신 물음을 야기하게 될 것이고, 실제로 아렌트는 그러한 물음에 대한 답을 찾기도 했지만, 그것에 관해서는 일단 제쳐두기로 한다. 여기서 먼저 파악해두고 싶은 것은 아이히만이 거대한 관료기구의 단순한 톱니바퀴에 지나지 않았음에도 불구하고 어째서 유대인 이송의 전문가로서 수완을 발휘할 수 있었느냐 하는 점이다. 그 답은 아마, 그가 바로 단순한 톱니바퀴에 지나지 않았다는 점에 있다. 아이히만이 거대한 관료기구 속에서 수행한 역할은, 그가 아니라 다른 사람이었더라도 틀림없이 수행했을 것이다. 바로 그렇기 때문에 아이히만은 자신에게 프로젝트 전체의 책임은 없다고 생각하고, 오로지 이송계획의 전문가로서 스스로의 직무에 전념할 수 있었다. 이시하라 요시로는 희생자의 존엄성이 빼앗긴다는 점에서 대량학살의 본질을 보고 이를 간파하였지만, 같은 현상이 뒤집어진 형태로 가해자 측에도 생기고 있다고 말할 수 있을 것이다. 존엄성을 잃어버린 '인간'의 또 다른 비극이 여기에 있다.

결국 '아이히만 문제'의 배경에는 거대한 관료기구에 의해 유지된 전체주의적인 지배구조가 가로놓여 있다. 거기에서는 모든 인간이 강제적으로 균질화되면서 국가의 일원적인 통일을 향해서 동원된다. 게다가 이러한 전체주의적 통치 속에 개인의 삶이 전면적으로 편입되는 것과 밀접한 관계 속에서, 개개인의 죽음이 강제적으로 균질화되어간 것이다. '최종해결'이라는 것은 전체주의라는 20세기의 시대경험과 불가분의 사건이었다고 말할 수 있다.

2. 전체주의와 근대국민국가

그런데 여기서는 우선 '아이히만 문제'와 연관된 나치즘을 예로 들고 있지만, 일반적으로 전체주의라는 말이 가리키는 사례가 이것만은 아니다. 논자에 따라 견해는 다르지만, 무솔리니를 총통으로 하는 이탈리아 파시즘이나 스탈린 지배하의 소비에트 공산주의까지 포함하여 전체주의라는 호칭을 사용하는 것이 통례다. 스탈린주의 또한 개인의 삶과 죽음을 강제적으로 균질화한 체제였으며, 당시 방대한 수의 사람들이 숙청이라는 거센 바람 속에서 강제노동수용소로 보내지거나 처형당했다. 이 시대, 패군 포로로서 시베리아에서 부득이하게 수용소 생활을 당한 이시하라 요시로도 스탈린주의의 희생자 중 한 사람이었다고 말할 수 있다. 결국 전체주의란, 독일의 특수 사정에 유래하는 예외적인 사태가 아니라, 이른바 시대의 거대한 추세로서, 20세기 전반에 출현한 사건이었던 것이다.

물론 전체주의라는 말이 유행한 2차 세계대전 직후 1950년대에는 공산주의를 파시즘과 같은 계열로 묶어버림으로써 자유민주주의 진영의 건전함을 옹호하려는, 명백히 냉전적인 대립구도 속에서 이 말이 사용되는 일도 적지 않았다. 그러한 의미에 한해서 본다면, 전체주의라는 개념은 실은 냉전기의 이데올로기에 지나지 않았다고 해야 할지도 모른다. 그러나 그렇다고 해서 근대적인 자유민주주의를 기본원리로 하는 사회가 전체주의와 연관된 문제를 완전히 면하고 있다고 간주한다면, 바로 그것 자체가 냉전적 사고에 사로잡힌 억측이라고 말해야 할 것이다. 실제로 2차 세계대전에서는, 파시즘 진영과 반파시즘 진영을 불문하고, 국민 전체를 전쟁에 동원하는 총력전체제가 취해졌던 것처럼, 개개인의 강제적 균질화와 동원이라는 계기는 자유민주주의를 표방하는 사회에서도 결코 무관한 것은 아니었다. 물론 그것은 전시동원이라는 예외적인 국면의 이야기에 지나지 않는다는 견해도 있을 것이다. 그러나 이미 살펴본 바와 같이, 이성과 폭력의 복잡한 얽힘이라는 역설이 근대성에 각인된 것이라면, 근대사회의 원리 그 자체에 전체주의의 폭력으로 이어지는 요소가 내포되어 있었던 것은 아닌가 하는 의문의 여지는 충분하다.

예를 들어 막스 베버는 일찍이, 근대사회는 결국 인간의 손에서 떨어져 자주화(自走化)하게 되어, '철의 우리'로 변한 사회질서 속에서 모든 개인은 갇히게 될 것이라고 썼다. 그리하여 그러한 '철의 우리'에 사는 '말인(末人)'을 가리켜, '정신없는 전문인, 심정 없는 향락인'이라고 형용했던 것이다.(『프로테스탄티즘의 윤리와 자본주의 정신』, 1905) 아이히만은 분명히 '심정 없는 향락인'은 아닐지 모르지만, 그러나 '정신 없는 전문인'의 전형이었다는 것은 물을 필요도 없을 것이다. 거대한 시스템의 톱니바퀴가 될 수밖에 없는 근대적 주체의 운명을 베버는 이미 20세기 초두의 시점에서 예언하고 있었다고 할 수 있다.

이러한 베버의 어두운 예언이 타당하다고 한다면, 20세기 전반에 등장한 전체주의 체제 역시 정치적으로는 국민국가, 경제적으로는 자본주의를 기본 원리로 하는 19세기적 근대사회와 전혀 무관한 존재였다고는 할 수 없을 것이다. 베버의 도식을 따르면, 오히려 시스템의 기능적 합리화가 진전함에 따라서 근대사회 자체가 전체주의적인 방향으로 점차 전위되어간다고 말하는 것도 가능하기 때문이다. 그렇다면 그러한 전위를 가능하게 한 조건은 무엇이었는지에 대해서, 다시 근대사회의 원리 자체까지 거슬러 올라가서 밝히는 일이 필요하게 될 것

이다. 바꿔 말하면, 개인의 삶과 죽음을 강제적으로 균질화하여 인간
의 존엄성을 철저히 찬탈해간 전체주의적 폭력의 계기는 바로 그 존엄
성을 옹호하는 근대사회의 내부에 내포되어 있었던 것은 아닌가, 라는
것이다. 이러한 근대성의 역설이 의미하는 바를 생각하기 위해 여기서
는 먼저 근대사회를 유지하는 주요한 요소의 하나인 '국민국가'에 대
해서 간략하게 언급해두고자 한다.

　19세기 서구에서 확립되어 20세기에는 세계로 확대되었던 국민국가
는, 한마디로 하면, 일정한 영역 내의 모든 주민을 '국민'으로 균질화하
여 동원하는 것을 지향하는 시스템이다. 요컨대 국민국가는 모든 개인
의 삶의 균질화를 중심적인 원리로 하고 있는 것이고, 그러한 의미에
한해서 볼 때 '강제적 균질화(Gleichschaltung)'와 '동원(mobilization)'이라
는 전체주의적인 계기는, 실은 애초에 근대국민국가에 편입되어 있었
다고도 할 수 있다. 다만 이 균질화와 동원의 과정이 반드시 위로부터
의 강제라는 형태를 취하는 것은 아니다. 주권은 군주가 아니라 국민
에게 있어야 한다는 국민주권의 원리에 비추어 말하면, 이 과정은 오
히려 동원되는 바로 그 주체 스스로가 자율적으로 수행해야 하는 것
이기도 하다. 요컨대, 한 사람 한 사람이 '국민'이 되어 스스로의 삶을
조직화해나가야만 하는 것이다. 결국, 국민국가란 주민 개개인이 자율
적으로 '국민으로 살아가기'를 선택함으로써 성립되는 체제였다는 것
이다. '국민은 매일 매일의 인민투표다'라는 에르네스트 르낭의 유명
한 말은 이러한 사정을 단적으로 표현하고 있다.(「국민이란 무엇인가」,
1882)

　그렇지만 그러한 '매일 매일의 인민투표'를 행하는 자율적인 '국민'
이 실제로 존립할 수 있기 위해서는 주민들을 '국민'으로 균질화하여

동원하는 강력한 이데올로기 장치가 있어야 한다. 그것이 국어와 도량형의 통일이었으며, 더 나아가 그것을 침투시키는 수단으로서 초등교육이 의무화되었다. 그러나 베버의 말처럼 근대국가를 특징짓는 최대의 계기가 폭력의 독점이라고 한다면,(『직업으로서의 정치』, 1919) '국민'으로 균질화하고 동원하는 데서 결정적인 무게를 지니는 것은, 역시 전쟁이라는 국면일 것이다. 모든 성인남자를 강제로 전쟁에 동원하는 징병제를 도입하면서 '국민'으로 균질화하고 동원하는 과정은 더욱 강력하게 추진되었다. 이에 힘입어 전쟁은 명확히 '국민'의 이름 아래서 수행된다. 결국 '국민'으로 균질화되어 동원되는 개인의 삶 전체는, 그야말로 바로 전쟁에서 그 윤곽이 선명하게 나타나게 되는 것이다.

그런데 이처럼 전쟁이 '국민'화의 장치로서 결정적으로 중요한 기능을 담당했다고 한다면, 국민국가가 수행하는 전쟁은 실은 애당초부터 '총력전'의 계기를 내포하고 있었다고 말할 수도 있다. '총력전'이란, 말할 필요도 없이 20세기 두 개의 세계전쟁을 특징짓는 개념이며, 가능한 모든 물적·인적 자원이 전쟁수행을 위해서 투입되는 전쟁형태를 말한다. 실제로 이 두 세계전쟁에서는, 이른바 전선과 후방의 구별이 없어지고, 비전투원인 민간인의 일상생활까지도 전쟁수행을 위해서 동원되었다. 특히 2차 세계대전 때 도시 공습의 규모가 커지면서, 실제의 전투 장면에서조차 전선과 후방의 구별은 사라지고, 전쟁이 국민 전체를 온통 덮쳐버렸던 것이다. 그러나 '국민으로 살아가기'를 모든 주민에게 요청하는 것이 근대국민국가의 논리였다면, 총력전의 논리는 이미 19세기의 국민국가가 수행한 전쟁 안에 배태되어 있었을 것이다. 반대로 말하면, 20세기의 총력전과 총동원 체제는 다름 아닌 근대국민국가의 전쟁을 순화시킨 것이 아닌가 하는 것이다. 성인남자를 대상으로 한 '국민' 동원이 여성과 아이까지 포함한 '총동원' 체제로 순화되면서, 국민국가는 전쟁국가로서 그 모습을 드러냈던 것이다.(R. 카이와,『성스러운 것의 사회학』, 1951)

하여간 이렇게 생각해보면, 근대국민국가는 단적으로 말해서 전쟁국가였다고 할 수 있다. 국민국가에 편입된 강제적 균질화와 동원이라는 계기는, 전쟁이라는 국면에서야 가장 노골적으로 기능하는 것이며, 그러한 의미에서 근대국민국가란 실로 피비린내 나는 국가라고도 말할 수 있다. 하지만 그러한 피비린내를 오로지 죽음에만 결부시키는 것은 정당하지 않다. 피가 문제가 된다는 것은 무엇보다도 인간의 생물학적인 생명이 문제가 된다는 것이기 때문이다. 미셸 푸코에 의하면, 19세기 이후의 근대사회에서는 분명 '죽음에 대한 엄청난 권력'이 등장했지만, 그 이면에는 '생물학적인 생명을 경영·관리하여 증대, 증식시켜 생명에 대해서 엄밀한 관리통제와 전체적인 조정이 미치도록 기획하는 권력'이 가로놓여 있다고 한다. 요컨대, 근대사회에서는 출생률이나 공중위생과 같은 인구 동태를 관리하는 것이 통치상의 중요한 과제가 되어, 주민을 '살게 하는' 것이 권력이 지향하는 것으로 되어갔다는 것이다.(미셸 푸코,『앎의 의지』, 1976)

이러한 관점에서 생각해보면, 전쟁국가로서 근대국민국가는 주민 한 사람 한 사람에게 '국민'으로 사는 것을 요청하면서 '국민' 전체의 생명을 관리·조정하려고 하였다. 국민국가에 편입된 균질화와 동원이라는 계기도 실은 그러한 '살게 하는' 권력의 모습 가운데 하나였다. 더 나아가, 그러한 '살게 하는' 권력의 모습은 20세기가 되어 더욱 현저해졌다고 할 수 있다. 예를 들어, 국가에 의한 사회복지의 실현—'요람에서 무덤까지'—을 호소한 베버리즈 보고가 영국에서 발표된 것이 바로 총력전하의 1942년이었다는 데에 상징적으로 나타나고 있는 것처럼, 20세기 전반은 '전쟁국가(warfare-state)'가 동시에 '복지국가(welfare-state)'로서 등장했던 시대이기도 했던 것이다.(야마노우치 야스시, 『시스템사회와 현대적 위상』, 1996) 모든 주민을 '국민'으로 살게 하는 것을 지향하는 근대국민국가의 논리는 20세기의 세계전쟁을 통해서 '복지국가=전쟁국가'라는 모습 아래 현재화되었던 것이다.

3. 근대국민국가와 삶의 정치

그렇다고 하더라도 근대국민국가의 논리는 오로지 이러한 '살게 하는' 국면에서만 기능하는 것은 결코 아니다. 오히려 그 이면에는 '죽음에 대한 엄청난 권력'이 그림자처럼 딱 붙어 있어서, 다시 푸코의 말을 빌린다면, '살게 하거나 죽음 속으로 폐기하는 권력'의 모습을 여기서 파악할 필요가 있다. 바꾸어 말하면, 영역 내의 주민을 '국민'으로 포섭하고자 하는 국민국가의 논리는, 동시에 여기에 포섭할 수 없는 사람들을 '국민'의 외부로 배제하여, 심지어 '죽음 속으로 폐기하는' 구조를 가진 것은 아닌가 하는 점이다. 그러한 배제의 폭력이 극한적으로 나타난 사례가 아우슈비츠인 것은 말할 필요도 없다. 아우슈비츠에서는 확실히 생물학적인 종으로서의 유대인의 생명이 권력의 표적이 되어, 죽음 속으로 폐기되었다.

그러나 어쨌든 간에, 원리상 일정한 영역 내의 모든 주민을 '국민'으로 균질화하여 동원하는 것을 지향하던 국민국가의 공간에서, 왜 거기에 포섭되지 않는 인간이 생산되고 배제되었던 것일까. 그러한 배제의 폭력은 국민국가의 원리 자체에 대한 배반을 의미하는 것 아닐까. 이 물음은 바꿔 말해, 국민국가 체제 아래서 왜 끊임없이 '난민'이 생겨날 수밖에 없었던 것일까, 라는 물음이기도 하다. 예컨대 아렌트에 의하면, 1차 세계대전 직후부터 유럽 속에 난민이 넘쳐나고, 무국적이라는 지극히 현대적인 현상이 등장하게 되지만, 이것은 실은 다름 아닌 '국민국가 붕괴의 가장 명백한 징후'이다.(한나 아렌트, 『전체주의의 기원)』, 1951) 난민·무국적자라는 존재는 근대국민국가의 원리에 있어 걸림돌이 될 수밖에 없었다. 여하튼 이와 같이 스스로의 원리를 배반하는 존재를 자기 자신의 내부에서 만들어내 버렸다는 것, 여기에 근대국민국가의 아포리아가 있는 것은 확실하다. 그러나 왜 그러한 아포리아가 생길 수밖에 없는 것일까.

이 문제를 생각하는 데 좋은 실마리를 제공해주는 것은, 역시 『전체주의의 기원』을 쓴 아렌트이다. 아렌트가 보기에 국민국가의 비극은 '영역 내의 주민 모두를 민족적 귀속과는 관계없이 법적으로 보호한다'는 원리와 정면으로 충돌할 수 있는 계기를 내포하고 있는 점에 기인한다. 즉, '본질적으로 동질하다고 가정된 국민의 통일체에 혈통과 출생에 의해 속하는 자만이 국가적 결합체 속에 완전한 시민으로서 받아들여져야 한다'는 주장, 이러한 종적 동질성의 논리가 '국민'이라는 관념 속에 포함되어 있는 한, 동질적 공간에서 초과한 존재자를 억압하고 배제할 가능성은 처음부터 국민국가에 내장되어 있다는 것이다. 특히 중·동 유럽과 같이 민족적 귀속과 영토적 귀속이 복잡하게 교차하는 다민족 혼재 지역에서 국민국가를 도입하려면, '국민'으로의 귀속은 더욱더 '혈통과 출생'에 의해 담보될 것이고, 그렇게 되면 민족적 마이너리티는 어쩔 수 없이 메이저리티로 동화(즉 강제적 균질화)되거나, 그럴 수도 없다면 외부로 배제될 수밖에 없다. 만약 이 '혈통과 출생'의 논리에 '국민'이라는 관념이 전면적으로 덮여서 가려져버린다면, 궁극적으로는 나치즘과 같은 인종주의로 귀결될 가능성도 있다. 어쨌든 '국민'이라는 관념에 내포되어 있는 '출생'의 논리, 피의 논리가 국민국가에서 포섭-배제 운동을 구동시키는 강력한 장치로 되는 것은 부정할 수 없다.

그렇지만 여기에는 더욱 성가신 문제가 잠재되어 있다. '영역 내의 주민 모두를 민족적 귀속과는 관계없이 법적으로 보호한다'는 원리가 여기서 어쩔 수 없이 파탄날 수밖에 없다면, 문제는 곧 '인권(인간의 권리)'이라는 근대적인 이념, 즉 '인간'이라는 관념 자체로 되돌아오기 때문이다. 아렌트에 의하면, 아메리카 독립선언과 프랑스 인권선언에 단적으로 표명되어 있는 것은, 누구나 '인간'으로서 선천적으로 갖는 기본적인 권리, 즉 '인권'의 보편성이자 지고성이었다. 그렇기 때문에 '영역 내의 주민 모두를 민족적 귀속과는 관계없이 법적으로 보호하는 의무'를 지지 않으면 안 된다고 여겨졌다. 그러나 현실에 존재하는 국민국가가 실제로 보호할 수 있었던 것은 결코 그러한 보편적 '인간'의 권리가 아니라 민족적 귀속을 같이하는 특정 '국민'의 권리에 지나지 않았다고 아렌트는 말한다. 요컨대, 특정 '국민'에 귀속된 자의 권리만이 국가의 보호 대상이 되는 것이고, 거기에서 초과한 자는 법적 보호의 테두리 밖으로 팽개쳐질 수밖에 없었다는 것이다. 게다가 이렇게 버림받은 사람들은 '인간'이라는 종에 속한 단순한 동물적 존재로서 법과 권리의 카테고리 바깥으로 축출되어, '국민'의 권리는 고사하고 '인간'의 권리조차 보장받지 못한다고 한다. 결국, '국민'의 외부로 축출되어 단순한 '인간'으로 환원된 존재자는 역설적으로 '인간'의 권리를 박탈

당한다는 것이다. 이렇게 되면 문제는 이제 '국민'이라는 관념에만 관계되는 것이 아니게 된다. 물음이 되어야 할 것은 오히려 '인간'이라는 관념 자체이고, 그것이 '국민'이라는 관념과 어떻게 연결되어 있는가 하는 것이다.

사실 여기서 '인간'과 '국민'의 관계는 약간 복잡하게 얽혀 있다. 우선 '인간'과 '국민'은 대립적이다. '국민'이 법과 권리에 관계되는 법학·정치학적인 카테고리인 데 반해서, 단순한 생명으로서 '인간'은 그러한 카테고리의 외부에 놓여 있다. '인간'은 오히려 생물학적인 카테고리이다. 그렇기 때문에 난민은 동물과 같이 단순한 생명으로서 법적 보호의 테두리 밖에 놓이게 된 것이다. 그렇지만 '인간'이라는 것은 근대의 법학·정치학적인 카테고리의 단서에 놓였던 관념이기도 하다. 프랑스 인권선언 제1조를 상기해보자. "**인간**은 권리에 있어서 자유롭고 평등하게 **태어나, 생존한다.**"(강조는 저자) 여기에는 '인간'이 생명으로서, 그리고 선천적으로 정치의 주체인 것이 명기되어 있다. 근대 정치의 출발점으로 놓인 것은 바로 생물학적인 생명으로서의 '인간'이며, 그 때문에 '인간'은 틀림없이 법적·정치학적 카테고리인 것이다. 한편, '국민'에 대해 말하자면, 앞서 확인한 것처럼 국민은 원래 '출생'을 내포한 관념이기도 했다. 그러한 한에 있어서 '국민'은 단지 법적·정치적 카테고리일 뿐만이 아니라, '인간'과 마찬가지로 생물학적인 카테고리였다고도 할 수 있다. 요컨대 '인간'과 '국민'을 자연/정치라는 이항대립을 그대로 적용하려 해본들 그러한 대립 도식은 곧바로 반전될 수밖에 없는 것이다.

여기서는 오히려 '인간'과 '국민'이라는 관념이 '출생'이라는 계기를 결절점으로 하여 원환상에 복잡하게 얽혀 있다고 봐야 할 것이다. 즉,

우선 생물학적인 생명으로서의 '인간'이 근대의 정치적 공간의 주체로서 기입되면서, 이 주체는 '출생'이라는 계기를 매개로 즉시 '국민'이라고 지칭되어, 역으로 이 '국민'이야말로 '인간'의 권리를 갖춘 주체라고 간주된다. 그리고 그 순간, '출생'이라는 매듭이 말소되고 '국민'과 '인간'이 매끄럽게 연결되어, 여기에 '국민=인간'이라는 단순히 법학·정치학적 카테고리가 만들어지게 되었던 것이다. 그러나 이 '국민=인간'의 겹쳐 쓰기 트릭은, 난민·무국적자인 존재에 의해 폭로될 것이다. '국민'의 외부에 내팽개쳐진 난민과 같은 존재자는, 순전히 생물학적인 생명으로서의 '인간'이라고 말할 수밖에 없는 이상, '국민≠인간'이라는 사태를 노골적으로 드러내는 존재이기 때문이다. 근대국민국가를 구성하고 있는 것은 언뜻 보면, 순전히 법학·정치학적 카테고리로서의 '국민'인 것처럼 보이지만, 이 '국민'에는 생물학적인 생명으로서의 '인간'이 확실히 기입되어 있다는 것—이러한 '국민=인간'의 겹쳐 쓰기 트릭이, 난민과 같은 존재자로부터, 이를테면 거꾸로 비치는 것이다. 조르조 아감벤의 말을 빌린다면, '19세기와 20세기의 근대국가를 기초 짓는 것은, 자각 있는 자유로운 정치적 주체로서의 인간이 아니라, 무엇보다도 먼저 인간의 벌거벗은 생명인 것이다.(조르조 아감벤, 『호모 사케르』, 1995)

이렇게 보면 난민이라는 존재는 근대국민국가의 존립구조를 이면에서 비추어주는 위치에 있다고도 할 수 있다. 분명 난민은 '국민=인간'으로부터 내쫓겨난 존재이지만, 그렇다고 해서 국민국가와 전혀 무관한 것은 결코 아니다. 근대국민국가에서는 '인간의 벌거벗은 생명'이 권력의 표적이 되어 그러한 생명을 관리·조정하는 것을 지향한다면, 가장 노골적으로 '벌거벗은 생명'인 난민이야말로 권력의 최대 표적이 될 것이기 때문이다. 물론 그것은 '살게 하는' 형태가 아니라, 궁극적으로는 '죽음 속으로 폐기하는' 배제의 폭력의 형태를 취한다. 그러나 그러한 배제·폐기도 또한 '인간의 벌거벗은 생명'을 대상으로 하는 한, 생명의 관리·조정을 지향하는 근대국민국가의 또 하나의 모습이다. 어쨌든 '내부'와 '외부'는 대립적인 관계에 있는 것만은 아니다. '내부'라는 영역을 획정하려면 그것과 동시에 '외부'를 획정하는 것이 필요하며, 따라서 '내부'로 포섭·관리하는 일과 '외부'로 배제·폐기하는 일은 결국 같은 내용의 두 가지 현상이다.

이와 같이 근대국민국가에서는 원리상 모든 주민을 '인간'으로, 강제적으로 균질화하여 동원하고자 한다. 국민국가체제 아래서 법적 보호의 테두리 밖으로 내던져진 난민·무국적자의 경우도 생물학적인 생명으로서의 '인간'으로 균질화되고, '국민'의 외부에 '인간'으로서 동원된 존재이며, 그러한 의미에서 '국민'과 상동적인 위치에 있다고 해도 좋다. 아우슈비츠는 그 극한적인 사례이다. 나치는 유대인을 절멸수용소로 보내는 데 있어서 먼저 국적·시민권을 박탈하려는 수순을 밟았다. 요컨대 유대인은 법적 인격을 빼앗겨 '벌거벗은 생명'으로 강제로 균질화시킨 후 수용소에 동원되었던 것이다. '살게 하는' 것이건, '죽음 속으로 폐기하는' 것이건, 혹은 내부로 포섭하든 외부로 배제하든, 근대국민국가는 모든 개인을 그야말로 '인간의 벌거벗은 생명'으로서 강제적으로 균질화하여 동원해간다. 그리고 이러한 균질화와 동원의 과정을 지탱하는 것이 모든 주민을 생물학적인 생명으로서 취급하는 '출생'의 논리, 푸코나 아감벤 등의 표현을 빌리면 '생-정치'의 논리이다.

박형준

혁명의 존엄을 위한 서곡

1. 혁명, 혹은 익명의 에티카

지역은 혁명의 기억을 간직하고 있다. 이를테면 마산과 부산, 3·15와 4·19의 기억은 냉각된 역사에 온기를 주입한다. 추모의 열기는 국가의 관리 속에서 집단지성화되며, 문학연구자는 약속된 분량만큼의 애도를 전각한다. 이 글 역시 정해진 원고 매수에 맞게끔 재조직화되어 제출될 것이다. 그러나 '이것이 또 하나의 기록이자 추모의 방편이 될 것이다'라고 쓰고 싶지는 않다. 왜냐하면 투쟁의 기억이 "보편사의 방법론인 가산(加算)적"[1] "사실의 더미" 속에 매몰되어서는 안 되기 때문이다.

혁명에 대한 기억은 3·15와 4·19라는 사건을 역사 진보의 동력원으로 삼고, 매 순간 억압과 폭력의 종착역을 향해 주행하는 기관차처

---

1) 발터 벤야민, 최성만 옮김, 「역사의 개념에 대하여」, 『발터 벤야민 선집 5』, 도서출판 길, 2009, 347쪽.

럼 거대한 역사적 철로를 통해 순치된다. 국가/지역-법-폭력의 중층
적인 관계망 속에 내장되어 있는 '혁명-화'의 기억 회로들, 그것은 마
산의 아이덴티티를 김주열의 죽음과 동일시하는 극한의 상상력을 공
유함으로써 이해 가능하다. 아이러니하게도 비인간적인 폭력의 과잉
이 인간적인 가치를 분명하게 규정한다. 이때, 사건(event)은 희석되고
존재는 수단화된다. 희생 없이 죽임을 당한 자(벌거벗은 생명)가 존재
의 질서 속에 기입되며 정치적·윤리적 인간으로 탄생하는 것이다.

〈사진1〉 사건의 진실은 어디에? 김주열의 시신이 마산시청 뒤의
연못에 수장되어 있다는 소문이 마산 전역에 떠돌았고, 결국 당국
은 소방차 두 대를 동원하여 연못물을 퍼내기에 이르렀다. 그러
나 김주열의 시신은 끝내 발견되지 않았다.(『3·15의거 사진집』,
88쪽)

혁명의 순간을 신성한 사건으로 재구성하는 폭주기관차, 다시 강림
의 순간을 기다리는 강렬한 현현 의지는 속죄양의 피를 요구한다. '신
화의 기본 구상은 형벌로서의 세계'라는 엘뤼아르의 말: 벤야민을 경
유하여 알게 된 이 말을 우리는 '역사'라는 독서노트에 메모해야 하지
않을까. 〈사진1〉에서 확인할 수 있듯이, 김주열의 시신은 검은 연못 속

에 가라앉아 있지 않았다. 마산시청의 연못이 아니라, 차후 김주열의 시신이 떠오른 마산 중앙부두 앞바다 전체를 양수 작업한다고 해도 김주열의 시신은 발견할 수가 없었을 것이다. 왜냐하면 김주열은 대속 (代贖)의 증거물이 아니라 역사적 사건 그 자체였기 때문이다.

1960년의 봄, 아니 '그곳의 그날'에 대한 증언과 문학적 재현 의지가 '혁명'이라는 기관차에 탑승한 존재, 다시 말해서 살아남은 이들에 의한 성화(聖化)와 제의로 신비화되지 않기 위해서 우선되어야 할 것은 무엇일까. 그것은 다름 아닌, 순수한 사건으로서의 김주열과 직접 대면하는 것일 테다. 그러나 그것은 불가능한 대화이며 해석 불능의 언어에 가깝다. 이 글은 바로 이와 같은 문제 인식, 즉 혁명에 대한 역사적 증언과 시적 재현이 불가능한 말(言)로써 채울 수 있는 것이 아니라는 결락 의식에서 출발한다. 이것은 우연히도 지역, 분명히 우리가 서 있는 '지금 이 장소'에서 시작된다.

그러므로 이 글은 '혁명'을 하나의 역사·문화적 논리로 전유하고 있는 지배적 추상에 대한 비판적인 에세이로 쓰여질 것—일찍이 마르크스가 그 위험성을 지적한 바로 그것을 기억하면서—이다. 주체의 무능과 상실감 속에서도 감히 맞서야 하는 것, 이는 혁명 관리의 주체임을 선포하고 나온 국가와, 그 사태와 공모하며 혁명을 신비화하는 의지와 신념, 그리고 정서에 대한 도전적 글쓰기가 되어야 한다. 혁명의 기억은 익명의 존엄(dignity)을 특정화하고 사회안전망 속에서 공유할 수 있는 만큼의 분노를 제공한다. 혁명이라는 역사적 텍스트의 재현 욕망을 비트는 사유와 그것을 다시 되돌리는 글쓰기가 복잡한 양상을 취할 수밖에 없는 것은 이 때문이다.

2. 신적 폭력: '김주열'이라는 사건

〈사진1〉은 익명의 존엄이 숭고한 인격(person)으로 고양되는 현장을 보여준다. 폭력의 순간을 견뎌낸, 혹은 살아남은 자들이 찾고 있는 것. '시퍼런' 연못이 바닥을 드러낼 때까지 파헤쳐진 검은 웅덩이는 무엇을 의미하는가. 그것은 다름 아닌, 혁명의 주체이면서 혁명의 주체가 아닌, 마산의 시민이면서 시민이 아닌 '김주열'이라는 신학적 에이도스의 탄생 과정을 의미한다. "우중인데도 아이들까지 포함된 5백 명의 시민들"[2]이 양수 작업을 지켜보고 있었으나 사진의 프레임 안쪽에서는 가시적인 흔적을 발견하기 어렵다. 다만, 역설적이게도 이 사진은 촬영자의 의도를 초과해 군집한 마산 시민의 현존성을 담아내고 있다.

착시가 아니다. 렌즈의 어느 측면에도 노출되어 있지 않으나, 이보다 파국의 징후를 잘 보여주는 사진은 없으며, 특히 『3·15의거 사진집』 어디에서도 곧 도래할 묵시적 공포와 분노를 견디고 있는 군중의 심리를 이처럼 섬세하게 담아내고 있는 사진은 발견하기 어렵다. "사진의 요구는 속죄의 요구"[3]라는 아감벤의 이미지론—아니, 오히려 그것은 이미지에 대한 정치신학적 사유이겠지만—을 참조하지 않더라도, 김주열의 시신이 발견되지 못한 상황에서 "물을 더 퍼라!"(70쪽)라는 요구가 터져 나왔다는 사실 자체가 이미 합리적인 수준을 초과해 있음

---

2) 민주화운동기념사업회, 『김주열』, 도서출판 오름, 2003, 70쪽. 이 책을 본문에서 인용할 때는 쪽수만 표기하기로 한다.

3) 조르조 아감벤, 김상운 옮김, 『세속화 예찬』, 난장이, 2010, 40쪽. 이 책을 본문에서 인용할 경우에는 괄호 속에 『예찬』이라고 표기하고 쪽수를 병기함.

을 보여주기 때문이다. 이는 마산 시민들이 김주열의 죽음에서 느끼는 연민과 부채 의식 때문이지, 궁극적인 분노의 과잉을 보여주는 증상은 아니다. 이와 같은 군중적 연민과 선(善)의 의지는 실종, 아니 죽음이 확실시되는 김주열에 대한 채무를 변제하지 못한 의무감을 통해 더욱 강화된다. 이 순간, 이러한 의무를 면제받을 수 있는 유일자는 누구일까. 물론, 그 유일자는 없다고 말하는 편이 옳을 것이다. 김주열 역시 그 대상이 아니다. 왜냐하면 1960년 3월의 마산은 예외상태의 공간이며, 치안 권력이 발사한 최루탄을 얼굴에 맞고 숨진 김주열은 마산이라는 균질화된 공간의 균열점을 보여주는 '사건' 자체이기 때문이다.

김주열의 고향이 마산이 아니라 남원이라는 사실에 주목할 필요가 있다. 그는 마산상고 입학시험에 응시하기 위해 그해 3월 10일 마산에 왔다. 진학하고자 한 학교의 입학시험 결과가 3월 14일에 발표될 예정이었으나 대통령 선거로 일정이 연기되었고 김주열은 마산에 며칠 더 머물게 된다. "어쨌든 주열은 아직 마산 시민이라기보다는 이방인에 가까웠다"(38쪽)는 서사적 증언은 이를 축약하여 보여준다. 김주열은 아직 자신의 말을 가지지 못하였고, 마산에서 거주하되 거주하지 않는 예외성을 지녔다는 점이다. 이 유보된 말의 장소는 개인의 의지와 무관하게 이미 분노의 한계치를 초과해 있었다. 그러므로 역사의 폭풍이 밀려드는 신마산의 거리 한가운데 김주열이 온몸으로 자신의 말(주권자의 행동)을 분출하고 있었다는 사실 자체를 다시 사유할 필요성이 있다.

이 짧은 순간만큼은 권력의 과잉과 치안의 기초를 위협하는 "시민들의 응수"(50쪽)가 파괴적인 충동의 표출이나 테러리즘으로 인식되지 않는다. 그것은 법질서의 효력이 완벽하게 정지된 상태, 즉 예외적인 상태를 의미한다. 이처럼 '희생 없는 죽임'을 강요당한 이들의 탐색과 발견이란, 아감벤식으로 말해 '주권의 근원적인 활동'[4]을 수행하는 것에 다름 아니다. 아마도 슬라보예 지젝이라면, 이 사건을 '신적 폭력'의 징표라고 불렀을 것이다. "주권자의 권리가 미치는 영역이 바로 순수한 신적 폭력의 영역"[5]이라고 한 벤야민을 인용하면서 말이다.

신적 폭력은 바로 오래된 라틴어 경구, '백성의 소리는 신의 소리(vox pipuli, vox dei)'라는 말이 뜻하는 바로 그 의미 속에서 신적인 것이라 간주돼야 한다. 말하자면 그것은 "우리가 그저 인민의 의지를 집행하는 수단으로서 그 일을 하고 있다"는 도착적 의미에서가 아니라 고독한 주권적 결정을 영웅적으로 떠안는다는 의미로 보면 된다. 살인을 하거나 자신의 목숨을 거는 일에 대한 결단은 절대적 고독 속에서 이루어지며, 대타자의 치마폭 속에 숨을 수는 없다. 그것은 초도덕적(extra-moral)일지는 몰라도 '부도덕(immoral)'한 것은 아니다. 신적 폭력은 그 폭력을 행사하는 자가 멋대로 살인을 하더라도 천사와 같은 순결함을 가질 수 있는, 그런 것이 아니다. 구조화된 사회적 공간 바깥에 있는 자들이 '맹목적으로' 폭력을 휘두르면서 즉각적인 정의/복수를 요구하고 실행에 옮기는 것, 바로

---

4) 아감벤은 주권적 폭력이라는 개념을 법제정적 폭력과 법보존적 폭력의 순환적 변증법을 파괴하기 위한 형태, 즉 벤야민의 신적 폭력과 비교하며 설명하고 있다. 주권적 폭력은 신적 폭력과 달리 법과 자연, 외부와 내부, 폭력과 법 사이의 비식별역을 창출해내며, 폭력과 법 사이의 연결 고리는 비식별역에서도 여전히 유지된다고 본다. 그러나 벤야민의 신적 폭력은 법을 제정하지도 보존하지도 않는 탈정립적인 계기나 효과 자체를 의미한다고 하였다. 조르조 아감벤, 박진우 옮김, 『호모 사케르』, 새물결, 2008, 145-152쪽.

5) 슬라보예 지젝, 이현우·김희진·정일권, 『폭력이란 무엇인가』, 난장이, 2011, 273쪽. 본문에서 인용할 경우 『폭력』이라고 쓰고 쪽수를 병기함.

이것이 신적 폭력이다.(『폭력』, 277쪽)

하지만 지젝이 지적하고 있는 바와 같이, 이 사건이 "인민의 의지를 집행하는 수단"으로서 전유되어서는 곤란하다. "백성의 소리"가 "신의 소리"라는 라틴어 경구를 참조한다면, 신적 폭력이 권력 과잉의 사태를 겨냥하고 터져 나오는 시민의 목소리임을 이해할 수 있다. 그러나 이처럼 혁명과 조우하는 과정이 '분노의 은행'에서 현재 삶의 조건을 대출/상환하는 구조라면, 우리가 사회·역사적 채무를 상쇄할 방법을 모색하는 것은 영원히 불가능해진다. 물론, 한나 아렌트가 『혁명론』에서 프랑스 혁명과 미국 혁명을 견주면서, 프랑스 혁명이 시민적 자유를 확보하는 데는 성공했으나 정치적 자유를 확보하는 데는 실패하였다고 말한 것—다시 말해 혁명 이후의 불평등과 재위계화의 연결 고리—처럼, "혁명적 폭력의 목표는 국가권력을 장악하는 데 있는 것이 아니라 국가권력을 변형시키고 그 기능방식과 토대와의 관계 등을 근본적으로 바꾸는 데 있다는 그 교훈"[6]을 기억한다고 하더라도 말이다.

왜냐하면 〈사진2〉에서처럼 진실을 대면해야 할 순간은 느닷없이 찾아오기 때문이다. 이 끔찍하고 충격적인 사진이 의미하는 바는 비극적인 사건의 재현이 아니다. 그것은 아감벤이 말한 것처럼, "사진은 어떤 얼굴, 어떤 대상, 혹은 어떤 사건이든 보여줄 수 있"(33쪽)기 때문에 "사진에 찍힌 피사체는 우리에게 무엇인가를 요구"(『예찬』, 39쪽)한다. 그러므로 이 사진을 순수한 의미에서 역사적인 순간, 혹은 사실적 미학을 보여주는 텍스트로만 읽어서는 곤란하다. 코노테이션이라고 부

---

6) 슬라보예 지젝, 김상운·홍철기·양창렬 옮김, 「민주주의에서 신의 폭력으로」, 『민주주의는 죽었는가?』, 난장이, 2009, 191쪽.

르는 2차 해석과 의미의 코드화는 얼마든지 가능하겠지만, 그보다 중요한 것은 물 위로 도래한 '김주열'에게서 혁명의 폭풍을 찾으려고 하는 모든 재현의 시도가 어느 시점에서 기각될 수 있다는 사실 자체이다.

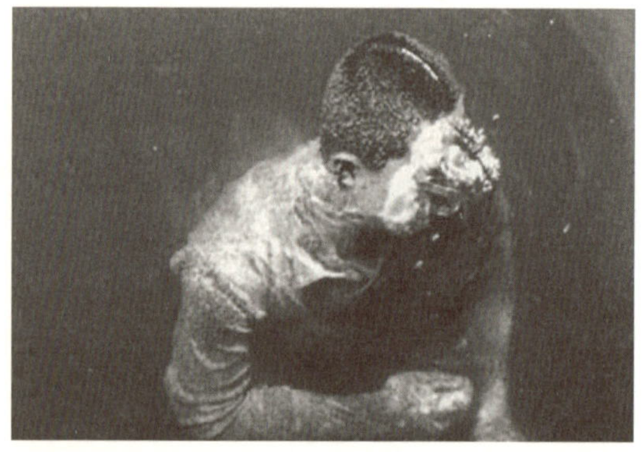

〈사진2〉 김주열이 마산 앞바다에 떠오른 모습을 부산일보 허종 기자가 포착한 사진이다. 김주열의 주검은 폭압적인 역사를 증언하는 사건 그 자체이다. 슬라보예 지젝이라면 이를 '신적 폭력'의 징표라고 불렀을 것이다. 이 한 장의 사진은 김주열을 3·15의 화신으로, 4·19의 선봉장으로 만들었다.(『3·15의 거사진집』, 90쪽)

3. 혁명의 장소에 남은 자들: 증언의 (불)가능성

우리가 '3·15'('마산의거'로 거의 통칭되는)를 호명하는 방식은 다양하다. 그중에서도 '의거'라는 용어를 공식적인 명칭으로 선정하기까지 많은 토론이 있었고, 학술적인 논의도 상당수 뒤따랐다. 그러나 중요한 것은 '의거'라는 용법의 사용 맥락에 '김주열'이라는 상징적인 존재가 자리하고 있다는 사실이다. 김주열의 주검은 마산의 아이덴티티를

'저항의 파토스'로 각인시키고 있다. 3·15, 혹은 마산의 그 어느 날들이 민주적이고 진보적인 역사적 사건으로 기록되어야 한다는 데는 이견의 여지가 없을 것이다. 하지만 축적된 과오의 반성적 기록이 마산과 '여러 김주열'을 증언하고 기억하는 데서 한 걸음 더 나아가, 지역의 아이덴티티를 표상하는 매개(제도)가 되었다는 사실은 어떻게 이해할 수 있을까.

김주열이 마산 앞바다에서 떠오른 사진을 촬영한 『부산일보』 허종 기자의 증언록을 살펴 보면, "1960년 4월 11일 이 날이 없었다면 역사가 어떻게 되었을까? 마산의 3·15의거는 어떤 결말이 났을까?"[7]라고 회고하고 있다. '김주열'의 고귀한 희생이 3·15의 태풍으로 작동하였다는 사실, 또 그것이 '발견'되지 못했을 경우 '마산'의 정체성이 '어떻게 저항의 장소로 코드화될 수 있었을까'라는 안도감은 역설적이게도 '김주열'이라는 사건을 삭제하고 그 존재의 가치만을 기억하고 보존한다. 이것은 허종 증언록의 경우가 아니더라도 처참하고 고통스러운 현실에 대한 '증언'의 맥락이 대부분 파편화된 사실의 요약과 평가 확대에 의존하고 있다는 데서 확인할 수 있다.

3·15의거 며칠 뒤부터 김군의 어머니(권찬주 당시 40, 작고)가 책가방을 들고 마산거리를 헤매고 있을 무렵 비밀스런 소문이 돌고 있었다. 그것은 데모 희생자의 시체를 돌을 달아 바닷물 밑에 갖다 버렸다고. 그러나 소문은 소문일 뿐 실제 어찌된 건지 알 길

---

7) 허종, 「김주열 처참한 모습 촬영 국내외 알려」, 『1960 3·15의거증언록 우리는 이렇게 싸웠다』, 3·15의거기념사업회, 2010, 531쪽. 3장에서 이 책을 인용할 때는 『증언록』으로 표기하고 쪽수를 병기하기로 한다.

이 없었다. 분위기는 시간이 갈수록 완화되기는커녕 언제 무슨 일
이 일어날는지 알 수 없는 무기력한 가운데 4월은 왔던 것이다.
(…) 그러곤 카메라맨이 아니면서도 품속에 지니고 다니는 카메
라를 확인하면서 몇 백 미터나 되는 중앙부두까지 단숨에 내달렸
다. 숨을 헐떡이면서 당도한 중앙부두엔 사람의 그림자도 별로 없
었다. 부두의 벽 안벽에서 세 번째 쇠말뚝(배 매는 말뚝) 앞 안벽
에서 약 3미터 거리 물위에 마치 복싱을 하는 자세로 떠오른 스포
츠머리의 동그란 얼굴을 한 소년의 시신은 사진에서 본 김주열의
용모에 오른쪽 눈에 쇠붙이(최루탄)가 박힌 채 물결 따라 솟았다
가 내렸다가 하고 있었다. 목격한 순간은 숨이 막히는 기분을 느꼈
다.(『증언록』, 531-534쪽)

"데모 희생자의 시체를 돌에 달아 바닷물 밑에 갖다 버렸다"는 소문
에서 알 수 있듯이, 당시의 소문은 거의 진실에 육박해 있었다. 소문은
진실과 거짓, 혹은 사실과 허구의 경계에서, 군중의 사회적 · 정치적 무
의식을 드러내는 역할을 하기도 한다. 소문은 "정치적 및 사회적 거부
를 배경으로 해서 자발적으로 생겨났다가 다시 소멸하는 현실적인 사
건의 일시적인 성좌"[8]이며, 소문의 수용자가 가장 외면하고자 하는 사
실이나 진실에 가장 가깝게 다가가는 경우에는 '혁명의 효소'가 되기
도 한다. 왜냐하면 소문은 "위협의 정체를 드러나게 하고 더 이상 견
딜 수 없는 상황을 명시"[9]하고 있으며, 군중은 그 정동을 공유하기 때
문이다. 그러나 "소문은 소문일 뿐 실제 어찌된 건지 알 길이 없었다"

---

8) 한스 J. 노이바우어, 박동자 · 황승환 옮김, 『소문의 역사』, 세종서적, 64-65쪽.
9) 한스 J. 노이바우어, 박동자 · 황승환 옮김, 앞의 책, 69쪽.

는 회고에 가까운 증언에서 확인할 수 있는 것처럼, 소문의 근원을 추적하여 '사실'에 이르고자 하는 모든 시도는 실패하고 만다. 왜냐하면 그것은 말의 증인에 대한 탐색 과정에서 한 치도 벗어나지 못하므로, 증언의 사실성보다는 늘 말의 유포 경로를 추적하는 데 머물기 때문이다.

이것은 우리가 흔히 '사실'이라고 믿는 '증언'의 경우에도 다르지 않다. 김주열의 죽음 과정에 대한 구체적인 증언은 찾아볼 수 없다. 여러 허구적 텍스트에서 발견할 수 있는 것과 같이 '주열'과 '광열'이 헤어지게 된 전/후 정황 나열, 그리고 마산 중앙부두 앞바다 위에서 김주열을 발견한 이후의 진술이 조각 맞춰져 있을 뿐이다. 차후, 마산경찰서 경비계에 근무한 박종표 경위가 수류탄에 박힌 시체를 발견하여 '월남동 마산세관 앞' 부두에 유기한 것(152쪽)으로 전말이 밝혀졌으나, 『증언록』에 수록된 '국회진상조사위원회'의 '특별위원회 속기록'에서조차도 그 사실은 확인할 수 없다. 이 지점에서 우리는 "증언의 가치는 본질적으로 증언이 결여하고 있는 것"[10]이며, "책임을 감수하겠다는 제스처는 순전히 사법적인 것이지 윤리적인 것이 아니"(『아우슈비츠』, 30쪽)라는 말을 기억할 필요가 있겠다.

다시, 두 번째 제시한 사진과 이 증언록을 비교해보자. 사실 전달자의 입장에서 촬영한 보도용 사진은 메시지 전달이 가장 중요한 기능을 한다. 역사적 증언의 사실성을 고려한다면, 사진과 증언록 사이의 간극은 크게 넓지 않아야 한다. 그러나 흥미롭게도 증언록에서는 김주열을 찾아볼 수 없다. 3·15의 생존자들은 김주열, 아니 익명('여러 김주

---

10) 조르조 아감벤, 정문영 옮김, 『아우슈비츠의 남은 자들: 문서와 증인』, 새물결, 2012, 51쪽. 이 책을 인용할 때는 『아우슈비츠』로 표기하고 쪽수를 병기하기로 한다.

열’)의 대리인으로서 ‘의사(擬似) 증언’을 한다. 그러나 도대체 누가 물위로 떠오른 김주열을 대신해서 증언할 수 있을까. 중앙부두 앞바다에서 가장 먼저 김주열을 촬영한 허종 기자 역시 당시 긴박한 상황을 재현하는 형태로 기억의 퍼즐을 맞출 수밖에 없는 것은, 바로 이 증언의 불가능성을 보여주는 증례가 아니겠는가. 두 번째 제시한 사진 역시 ‘신적 폭력’의 도래를 암시하는 무한한 가능성일 뿐이지, 그것을 실증하는 구체적 증좌는 아니다. 그러므로 김주열의 시신 자체가 물신화되어서는 안 되는 것이다. 또 다른 증언을 보자.

저는 그 소식을 듣고 급히 바닷가로 달려갔습니다. 차마 눈 뜨고 그 처참한 모습을 볼 수가 없었습니다. 도립마산병원으로 이동하기까지 곁에서 시신을 지켰습니다. 이 날 오후부터 그런 처참한 모습이 시민들에게 알려지자 다시 마산 시민과 학생들은 흥분과 분노에 차, 2차 의거(4월 11일~13일)를 일으키게 되었습니다. 그 날 오후부터 시작된 시위에 저를 비롯한 우리 민주당원들이 앞장서 참가했습니다. 그리고 시체가 안치되어 있는 도립마산병원에 모여 김주열 군의 시신을 지키자고 의견을 모아 당원들이 순번을 정해 밤낮으로 시신 곁을 떠나지 않았습니다. 시신을 지킨 가장 큰 이유는 자유당 정권의 잔악한 행위가 국민들에게 알려지기를 바라는 한편 자유당 정권이 그 시체를 국민들에게 보여주지 않기 위해 임의 처리한다든지 없애 버릴 우려가 있다는 판단 하에 시체를 사수하기로 저희들이 결의한 것입니다.(278쪽)

“시체를 사수하기”로 하였다는 청년 당원의 증언은 당시의 긴박한 상황을 잘 보여주지만, 그 신념과 실천을 이해하는 것만으로는 충분하지 않다. 물론, "자유당 정권의 잔악한 행위가 국민들에게 알려지기를 바라는 한편 자유당 정권이 그 시체를 국민들에게 보여주지 않기 위해 임의 처리한다든지 없애 버릴 우려가 있"었고, 이는 법적 정치적 기능이 마비된 상태에서 '법의 심판'을 요구하기 위한 부득이한 선택이었다고 하겠다. 당시로서 '자유당 정원의 잔악한 행위'에 대해 책임을 묻기 위해 유일하게 가능했을 행동들에 대한 정당성 자체를 부인하고자 하는 것이 아니라, 김주열의 시신이 '관리'와 '보존'의 대상이 되었다는 사실 자체를 말하고자 한다. 이 증언록에서도 김주열은 여전히 '증언할 수 없는 대상'이자, '증언되지 않는 대상'이라는 것이다. 아감벤은 "증언할 수 없는 것, 증언되지 않은 것에는 이름이 있다"(『아우슈비츠』, 61쪽)고 하였는데, 이 글에서는 그것을 '김주열'이라는 이름에서 찾았다.

인간의 언어로서는 증언할 수 없는 사건이자 형상을 지니고 있기 때문에 단지 그것은 '사수'되거나 사후 관리될 수 있을 뿐이다. 치안 권력의 실탄 진압 과정에서 살아남은 자들이 전하는 메시지란 끝내 그 사건을 지켜냄으로써만 다소 불분명하게라도 그 사실이 전달될 수 있을 것이라는 기대에 근거해 있기 때문이다. 그러나 사법적 차원에서의 '책임'과 '처벌'이 정의 구현을 의미하는 것이 아니라는 아감벤의 지적은 새겨들을 만하다. 왜냐하면 "법의 목표는 정의의 확립이 아니"고, "그렇다고 진실의 입증이 목표인 것도 아니"(『아우슈비츠』, 24쪽)기 때문이다. 법적 속죄는 '충분한 속죄'가 되지 못한다. 3·15에 대한 사후 처리 과정을 보더라도 그것은 명확하다. 김주열의 시신을 유기한 일본 헌병 출신 경찰 박종표가 "1962년 4월 7일 특별재판소에서 무기징역

형을 받았"으나, "판결에 불복하여 상고를 거듭"한 결과 "두 차례의 사면을 통해 각각 15년, 7년으로 감형을 받고 복역했다"(『김주열』, 169쪽)는 기록이 이를 방증한다.

이와 같은 사법적 절차가 혁명의 희생자와 살아남은 자들에 대한 책임과 부끄러움을 어느 정도 상쇄해주고 있다는 사실은 아이러니하다. 박종표의 사례, 즉 '사형→무기징역→15년형→7년형'이라는 사법적 판단의 변화에서 확인할 수 있는 것은 이것이 윤리적 문제가 아니라는 점이다. 사법적인 것과 윤리적인 것의 경계가 탁화(濁化)되는 자리에서 김주열의 죽음은 순교적 이미지로 신비화된다. 그렇기 때문에 혁명의 희생에 대한 채무와 변제의 이행은 다시 반복될 수밖에 없는 것이다. 우리가 여전히 김주열에서 자유롭지 못하다는 것, 혹은 김주열이라는 사건을 증언할 수 없다는 사실, 이 증언의 불가능성에서 문학적 재현의 가능성은 더욱 확장되는데 그것이 '증언의 심미화'를 추동한다.

4. 혁명에 빚진 자들: 증언의 심미화 (불)가능성

국가의 실정법 체계를 초과하는 순수한 폭력으로서의 사건, 다시 말해 '김주열'이라는 사건은 실정법의 프레임이 내재한 모순과 위악적 축적물을 내리치는 신적 폭력의 순간이라고 해석할 수 있다. "눈에서 뒷머리 쪽으로/ 20센티 쇳토막이 박혀"[11](『시전집』, 393쪽)서 짓이겨진

---

11) 이 글에서는 『3·15의거 시전집』, 3·15의거기념사업회, 2010에 수록된 작품을 대상으로 삼았다. 4장의 본문에서 이 책을 인용할 때는 『시전집』으로 표기하고 쪽수를 병기한다.

얼굴은 충격적이고 파괴적이며 거친 현실 개입이다. 시신을 수장시키기 위해 묶어놓은 돌을 끊어버리고 '강림'—이것은 분명 '부상(浮上)'이 아니라 '강림'이다—한 김주열은 마산상고에 입학하기 위해 잠시 머물고 있던 외부인의 경계를 찢어발기며 혁명의 쓰나미로 도래하였다. 일반적으로 3·15 문학에 대한 학술적 연구 및 비평에서는 『증언록』에서 발견하기 어려운 김주열의 형상이 문학적으로 재현되어 나타나는 데 주목하여 증언의 심미적 가능성을 타진하곤 한다.

특히, 유치환의 작품에 나타난 김주열 묘사는 '김주열'을 추모하거나 그 의의를 다룬 여러 작품 중에서도 주목을 요한다.

비인간非人間과 Organizm이 빚은
이위일체二位一體의
이 기괴한 신神.

겁악劫惡의 암흑한 미로迷路를 거쳐
순례자처럼
표연히 돌아왔음은.

– 뉘가 이 주검을 거둘게냐?
그 회답과 증거를 위해
그대로 사라질 순 없는 불사신不死身

아아 공기보다 인간에겐
자유란

희박해도 목숨할 수 없는 것

마침내 돌이킨 것을 노래하기 전
안공에 포탄을 꽂은 이 꽃을
거리거리 드높이 세우라.

목숨보다 존엄한 것을 받들기 위하여.
목숨보다 가증한 것을 잊지 않기 위하여.
— 유치환, 「안공에 포탄을 꽂은 꽃-김주열 군의 주검에」 부분(245쪽)

유치환은 "비인간과 Organizm이 빚은/이위일체"의 "기괴한 신"의 도래로 '김주열'이라는 대상, 아니 '사건'의 의미를 읽어냈다. '비인간'이며 'Organizm'이 만들어낸 이 기괴한 신의 출몰은 충격적인 모습으로 우리에게 거칠게 개입해 들어오는 신적 폭력의 발현을 보여주는 것이다. 김주열은 인간과 비인간, 생명체와 비생명체의 경계(비식별역)에서 '이위일체'의 몸으로 "표연히 돌아왔"는데, 이것은 신의 의지를 상징하는 부활이나 귀환이 아니라 "겁악의 암흑한 미로"를 증언하는 시대의 징표 자체를 보여주는 것이다. 그러니 "뉘가 이 주검을 거둘" 수 있겠는가. 약간의 비약을 허락한다면, 이 경우 "불사신"의 의미는 영원히 죽지 않는 자가 아니라, 생명체를 넘어서는 생명의 차원, 다시 말해 희생도 대속도 아닌 차원을 의미하는 데까지 나아갔어야 한다.

지젝은 벤야민을 경유하며 "'신학적' 차원 없이 혁명이 성공할 수 없다"(『폭력』, 274쪽)—이것은 메시아의 도래에 대한 믿음을 내려놓고서는 혁명을 사유하는 것이 불가능에 가까운 일임을 시사하는 것이 아니겠는가—라고 하였다. 그런 점에서 김주열이라는 '사건'을 신학적 에이도스로 파악한 유치환은 상당한 심미안을 보여주었다고 하겠다. 그러나 이 시가 종국에 '희생'과 '채무'의 구조로 마무리되고 있다는 점은 한계로 남는다. "목숨보다 존엄한 것을 받들기 위하여", 그 "회답과 증거를 위하여" 김주열을 "불사신"으로 만드는 시상의 전개 방식은 '죽음/희생-대속'의 구조를 보여준다. 김주열의 부활("순례자처럼/표연히 돌아왔음")이 살아남은 이들의 사의(謝意)에 근거한 역사('혁명의 기억')가 될 때, 아이러니하게도 실정법(율법)의 체계를 해체하는 사건의 순수성은 존재론적 '매개'[12]로 기능하게 된다.

다른 자리에서 언급한 적이 있지만, 김주열의 '죽음/희생'에 대한 연민과 애도는 '김주열'이라는 '사건'을 '존재'의 질서 속에 기입(매개)하는 행위이다. 이는 벤야민이 그토록 경계하였던 '신화적 폭력'에 가깝다.[13] 김항의 벤야민 해석을 참조한다면, "신화적 폭력=법의 지배란 끊임없이 인간을 '빚지음=죄있음' 상태로 방치하는"[14] 것이다. 김주열에 대한 기억과 증언을 바탕으로 그 기억과 느낌을 재현하고, 김주열(아니, '여러 김주열')의 희생에 기념하고 감사한다고 해도 역사적 채무는 변제되지 않으며 그 상처도 치유되기 어렵다. 이것은 신학적 형상으로

---

12) '매개(중재)'가 여전히 율법적인 힘을 가지고 있다는 알랭 바디우의 지적은 참조할 만하다. "혁명에 충실한 사람들에게 혁명은 도래하는 것이 아니라 다른 것이 존재할 수 있도록 하기 위해 도래해야만 하는 것"이기 때문이다. 알랭 바디우, 현성환 옮김, 『사도 바울』, 2008, 새물결, 97쪽.

13) 서정 텍스트가 아닌 서사 텍스트를 통해 이 글의 문제 인식을 드러낸 바 있다. 3·15라는 역사적 사건을 소설화한 김춘복의 『꽃바람 꽃샘바람』을 다룬 글이다. 박형준, 「여러 혁명과의 조우」, 『작가와 사회』, 2011년 여름호 참조.

14) 김항, 「신화를 거스르는 언어: 발터 벤야민의 비평에 관하여」, 『오늘의 문예비평』, 2010년 겨울호, 64쪽.

서 '김주열'을 기억하는 방식이 아닌 경우에도 마찬가지이다. 이영도의
「애가哀歌」라는 작품을 살펴보자.

> 눈에 포탄을 박고 머리엔 멧자욱에 찢겨
> 남루히 버림 받은 조국의 어린 넋이
> 그 모습 슬픈 호소인 양 겨레 앞에 보였도다
>
> 행악이 사직을 흔들어도 말없이 견뎌온 백성
> 가슴 가슴 터지는 분노 천둥하는 우레인데
> 돌아갈 하늘도 없는가 피도 푸른 목숨이여!
>
> 너는 차라리 의義의 제단에 애띤 속죄양
> 자욱자국 피 맺힌 역사歷史의 기旗빨위에
> 그 이름 뜨거운 숨결일네 퍼득이는 창공蒼空에!
> ― 이영도, 「애가哀歌-고 김주열 군 영전에」 전문(87쪽)

이영도의 이 시에서 주조를 이루고 있는 정서는 연민과 분노이다.
그리고 "푸른 목숨"을 지켜주지 못한 생존자로서 미안함(죄책감)이 밑
바탕에 있다. 그래서 "눈에 포탄을 박고 머리엔 멧자욱에 찢겨"서, "버
림 받은 조국의 어린 넋"에 대한 "슬픈 호소"는 사실 김주열의 목소리
가 아니라 시인의 울음이다. 지금 이 시간을 살아 있다는 낭패감은 주
체의 무능력을 반영하는 것이 아님에도 불구하고, "역사의 기빨 위에",
혹은 "의義의 제단"에 "애띤 속죄양"을 바쳤다는 죄의식은 고스란히 부
채감으로 남는다. 이처럼 희생과 기억을 대가로 생성된 '빚=죄'의 동일

성은 익명의 존엄들을 '김주열'이라는 이름으로 특정하고, 또 다른 신화의 생성과 반복으로 구축될 여지를 남긴다. 혁명의 원인을 제공하였던 국가가 혁명의 희생자를 추모하고 있는 역사적 이벤트에서 이와 같은 사실을 쉽게 확인할 수 있다.

하나님의 계시를 받아
불의와 맞선 당신은
마음놓고 쉬어도 좋습니다.

어제도 오늘도 또 내일도
우리들은
진리를 위해
당신의 뒤에서 싸우고 있습니다.

당신은 언제나
푸르런 정신으로
우리와 함께 있습니다.

당신의 죽음은
결코 헛되지 않았습니다.
— 김행자, 「弔詞-열일곱 푸른 김주열 생령에」 부분(104쪽)

이 시에서도 확인할 수 있듯이 "하나님의 계시를 받아" 이루어진 혁명의 도래란, 메시아적인 것에 가깝게 인지되었다. 왜냐하면 '김주열'

이라는 순수한 사건의 정치성은 규정 및 매개 불가능한 파급 효과를 지니고 있었기 때문이다. 그럼에도 불구하고, 이 조사(弔詞) 역시 김주열을 '매개'함으로써 혁명의 시간을 연장시키고 있다. 이는 「弔詞」의 텍스트를 해석하는 자리에서 확인이 가능하다. 예를 들어, 이순욱은 이 시를 『마산일보』에 수록된 첫 의거시"로 실증하면서, "결코 헛되지 않은 죽음의 의미와 함께 의거정신의 영속성을 강조함으로써 이를 승리의 기억으로 갈무리하려는 의지를 담아내었다"[15]고 하였다. 마산의 저항 정신을 '승리의 기억'으로 완성하기 위해서는 망각의 변인(시간)을 영속화(조절)하는 것이 불가피하다고 보았기 때문이다.

그러나 이러한 시각은 공교롭게도 '김주열'에 대한 부채감을 해소하는 방향으로 나아간다. 그는 "이 시가 4월 혁명의 막바지에 이른 4월 25일에 발표되었다는 점", 그리고 "김주열의 비극적 죽음을 항쟁의 중심적 사건으로 격상시키고 혁명에 낙관적인 전망을 이끌어내는 일에 소홀했"기 때문에 몇 가지 한계를 지닌다고 하면서, "김주열의 죽음을 계기로 고향 마산"을 "4월혁명을 추동한 혁명의 성소로 거듭날 수 있"도록 한 살매 김태홍의 「馬山은!」이라는 작품을 높게 평가한다. 이 경우, '마산'이라는 지역 정체성은 강건한 혁명의 도시와 장소로 재구성되며, 김주열은 그것을 '매개'하는 존재로 기입된다. 이러한 작품 해석과 평가가 "이방인이 아닌 소년의 못다한 염원들을 생각해 보라"(『시전집』, 47쪽)는 살매 시의 부채의식을 탕감하는 데 일조하고 있음은 부정할 수 없다. '마산'이 김주열의 죽음을 매개로 '불가능한 승리의 장소'('성소')로 기입된다고 해도 그 상흔은 지울 수 없기 때문이다.

---

15) 이순욱, 「남북한문학에 나타난 마산의거의 실증적 연구」, 『3·15의거 학술논문총서』, 3·15의거기념사업회, 2010, 694-695쪽.

이와 같은 해석의 차이보다 흥미로운 것은 증언의 심미적 과정이 '증언 자체'보다 더 과잉되어 나타나는 양상이 많다는 점이다. 오히려, '기록되고 구술된 사실(증언)'이 문학적 재현 과정 속에서 '사건'을 대상화하고 신비화하거나 희생자에 대한 부채감을 해소하는 방식으로 구체화되기도 하기 때문이다. 그래서 아감벤의 경우, "시도 노래도 불가능한 증언을 구하기 위해 개입할 수는 없"으며, "반대로 시의 가능성에 기초를 부여하는 것은(만약에 그런 것이 있다면) 바로 증언"(『아우슈비츠』, 54쪽)이라고 말하였는지 모른다. 아감벤의 이 섬세한 감각은 혁명의 피할 수 없는 역사적 공백(틈)을 시사하고 있다는 점에서 깨우치는 바가 크다.

5. '혁명의 기억'은 사랑을 싣고

혁명의 순간을 재구성하고자 하는 증언과 다양한 재현 의지들은 지역의 아이덴티티를 재구성하거나 국가의 역사적 연속성을 재생산하는 방식으로 고착화되며, 그 바탕에는 지극한 토포필리아(TopoPhilia, 장소사랑)가 존재한다. 토포필리아는 추상적 공간, 혹은 그 역사적 공백(틈)을 미장함으로써 가시적 대상을 창안하는 원리이다. 이에 대한 세부적인 논의는 다른 지면을 필요로 하겠지만—예를 들어, 투안이 뜨거운 장소사랑과 함께 이성적인 장소 인식이 동시에 필요하다고 말하고 있는 것처럼—, 「馬山은!」에서 확인할 수 있는 것과 같이 '고향'과 '성소'를 일치시키는 방식이 '혁명의 기억'을 완성시키는 강한 화학반응을 생성하고 있음은 부인할 수 없다. 혁명은 고향의 신성 경험을 공유함으로써 유지되며, 그 물질적 대상(예를 들면 '김주열')에 대한 공통 감각을 통해 사랑의 장소에 기거하기 때문이다.

그러나 이와 같은 논의 과정과 결론은 우리 모두를 곤혹스럽게 한다. 사랑의 장소에 입주해 있는 사람으로서, 혹은 지역의 삶을 살아내고 있는 사람으로서 '혁명의 기억'에 대해 어떤 삶/말하기 방식을 택해야 하는가에 대한 답을 쉽게 구할 수 없기 때문이다. 다만, '혁명'의 재사유화가 범세계적이고 근원적인 애착의 구조를 부정하는 것(Anti-TopoPhilia)만으로는 가능하지 않다는 것은 분명하다. 그렇다면 지역의 삶을 '지역-마산-3·15-저항(성) 공간', 혹은 '지역-부산-4·19-저항(성) 공간'으로 프레임화하는 장치들은 무엇일까. 그리고 로컬 아이덴티티를 구성하고 갱신하는 저 강건한 역사적 증언과 동일성의 서정에 빚지지 않는 삶과 글쓰기는 무엇일까. 우리의 혁명은 이 물음에서부터 다시 시작되어야 하지 않을까. 그리고 혁명을 노래하는 추모의 서곡은 '지금-다시' 쓰이고 불리어야 하지 않을까. 그러므로 이 글 이후의 작업은 '지역-저항(성)', 혹은 '지역적 파토스'를 구성하는 저 숭고한 인격(person)을 향해 내리치는, 다시 말해 저 '차이의 분할' 의지를 향해 요청되는 정념의 정체에 대하여 탐구하고 반성하는 것이 되어야 할 것이다.

끝으로, 나는 고은이 『만인보』에 쓴 「김주열」이라는 작품을 읽으며, 다시 김주열을 통해 "이제 마산은 방방곡곡"이 되어야 한다는 사실을 요청하는 것으로 글을 마치고자 한다.

4월 13일 다시 궐기하였다.
마산상고 합격자 김주열이

경찰에게 타살된 3월

타살되어

아무도 몰래 물에 던져진 뒤

그 주검

가라앉았다가

그 주검에 매단 돌 풀어져

떠오른 뒤

거기서 4월혁명은 시작되었다

하나의 죽음이

혁명의 꼭지에 솟아올랐다

뜨거운 날들이 이어졌다 목이 탔다

이제 마산은 방방곡곡이었다

— 고은, 「김주열」 부분

이희원

참사 이후의 참사

1. 용산으로 들어가는 여러 개의 문

몇 년 동안 한국 사회에는 너무나 많은 정치 문제가 벌어졌다. 이는 사회의 각 부문에서 맞닥뜨리게 되는 죽음에서 단적으로 확인할 수 있다. 용산에서는 철거민에 대한 경찰의 과잉 진압으로 사망자가 생겨나 사람들을 경악하게 했다. 같은 해 쌍용자동차와 한진중공업 등 많은 노동의 현장에서는 부당해고에 대항한 파업투쟁 와중에 여러 노동자가 절망과 병으로 죽어갔다. 극단적인 경쟁에 내몰린 학생들은 연령을 불문하고 삶의 출구를 찾지 못한 채 약한 동료를 집단 린치하거나 자살을 선택하고 있다. 이런 직접적인 죽음이 아니더라도 한국 사회에서 죽음의 그림자는 짙다. 광우병과 직결되어 있는 미국산 쇠고기의 위험성은 정부 측의 비호하에 적극적으로 한국 세관을 통과하고 있고, 무리하게 진행된 4대강 사업의 결과로 우리는 여태껏 경험해본 적 없는 녹조 현상으로 곤죽이 된 채 죽어가는 강물을 보았다. 집권층의 정책 어디에도 인권이나 생명, 사회적 분배와 공존, 자유와 행복 등에 대한 통찰은 없어 보인다. 이 속에서 삶의 질을 따지기 전에 여기서 계속 살 아갈 수 있을지 그 자체를 질문하게 되는 것은 단지 필자만의 과잉된 생각일까.

물론 한국 사회에는 언제나 많은 문제가 있어왔다. 그러나 앞서 나 열한 사실에서도 확인할 수 있듯 이러한 문제가 최근 몇 년 사이에 심 각한 수준으로 심화·확대된 것은 주지의 사실이다. 이는 단순히 양의 문제가 아니다. 이렇게도 전면적으로 사회 곳곳에서 생명에 대한 가치 존중이 지연되는 상황이 만연한다는 것은 사태 파악의 제 요소를 특 정 몇몇의 집권자나 권력자, 자본가에게 한정하는 것으로는 충분치 않 음을 의미한다. 현존하는 권력자는 어쩌면 우리 사회 구성원 모두가 만들어낸 존재이다. 2013년이 되면 국가수반은 바뀌겠지만, 지금 우리 가 겪고 있는 현 상황에 대한 성찰이 없다면 한국 사회에 근본적 변화 를 가져올 것인지에 대해서는 회의적이다. 한국 사회에는 총체적으로 너무나 많은 문제가 산재해 있는 것이다.

따라서 지금 우리에게 필요한 것은 더 많은 문제를 열거하는 것이 아니다. 너무나 복잡해서 손도 댈 수 없을 것 같이 산재한 문제를 좀 더 넓은 시각에서 아울러 봄으로써 문제를 관통하여 핵심을 판단하는 새로운 시선이 필요하다. 이것이야말로 현재 여러 문제가 중첩되어 있 는 한국 사회를 이해하고 헤쳐 나가는 데에 하나의 방편이 될 수 있을 것이다.

이러한 관점에서 생각해볼 때, '용산 참사'는 현재 한국 사회의 이데 올로기가 가진 가치나 정의가 어떤 식으로 작동하고 있는지 가장 잘 보여주는 '바로미터'이다. 참사의 정황을 다시 더듬어보자. 2009년 겨울, 용산 재개발 지역 남일당 건물 옥상에는 철거민들이 지어놓은 망루가 있었다. 거주민에 대하여 제대로 보상하지 않고 막무가내로 진행되는 철거에 생존의 터전을 잃어버린 자들은 그곳에 올라 생존권으로서의 주거권을 주장했다. 이에 1월 20일 새벽 경찰력은 유례없이 급작스럽게 철거민에 대한 진압을 시도하였고, 이 과정에서 망루는 불에 휩싸였으며 철거민 5명과 경찰 1명이 죽어갔다. 이후 참사의 과정은 은폐되었고 1년이 다 되도록 철거민의 시신은 가족의 품에 돌아가지 못했다. 권력과 이권을 가진 자들에게 철거민은 얼마든지, 그리고 당연하게 처분될 수 있는 자들인 것처럼 취급되었고 그들의 희생은 희생으로 여겨지지 않았다. 이들은 바로 우리 사회에 있는 '호모 사케르'[1]였다. 용산 참사는 우리 사회가 서 있는 정치·사회적 인식의 선이 마이너리티에 대해 어떤 방식으로 그어져 있는지 충격적으로 보여준 사건이었고, 이후 사회적 약자를 향해 벌어졌던 공권력의 억압상은 유사한 형태로 반복·재생산되었다. 용산은 현재에도 여전히 같은 메커니즘 속에서 호모 사케르를 지속적으로 양산하고 있는 실정이다.[2] 이러

---

1) 호모 사케르란 로마 시대에 법적 주체로서도, 종교적 주체로서도 포함되지 못하는 상태에 놓인 존재로서의 인간을 가리키던 말이다. 따라서 이 존재는 주권자에 의해 살해가 가능하고, 종교적인 희생물로 바쳐질 수도 없는 생명체이다. 아감벤은 이 존재에 대한 고찰에서 근대인의 정치적 입지를 고찰한다. 조르조 아감벤, 박진우 옮김, 『호모 사케르—주권권력과 벌거벗은 생명』, 새물결, 2008 참조.

2) 참사 이후 망루에서 살아남은 사람들은 심각한 육체적, 정신적 상처 속에서 깊은 절망에 빠져 있다. 게다가 용산에서 진행되고 있는 재개발 공사가 난항을 겪으면서 기업 측이 약속한 보상을 제대로 받지 못한 주민들이 재산권을 5년째 행사하지 못한 채 몇 억씩 사채를 끌어다 쓰며 하루하루를 연명하고 있다고 한다. 최근에는 용산 개발 관련 최대주주 간의 갈등이 심해 어떤 식으로 개발이 진행될지 불안한 요소가 많다. 결국 이 불안 요인의 피해를 용산 주민들이 떠안아 제대로 보상을 받지 못하게 된다면 제2, 제3의 용산 참사로 이

한 상황 앞에서 우리는 좀 더 냉철하고 깊은 차원에서 우리의 적(敵)을 직시할 수 있어야 한다. 과연 현재 우리가 대치하고 있는 적은 누구인가.

용산 참사 이후 사회 곳곳에서 많은 사람들이 권력자에 대한 비판과 분노의 목소리를 냈다. 문학계도 그러한 흐름에 동승하였다. '작가선언6·9'에서 릴레이 시위를 벌이고 헌정문집『지금 내리실 역은 용산참사역입니다』를 출간한 것을 필두로 많은 작가들이 용산을 다룬 작품을 발표하였다. 이와 같은 문학가의 움직임은 용산의 참사를 기억하고 그 이후를 생각하는 중요한 기록이 될 것이다.

본고에서는 이러한 많은 움직임 중에서 용산을 직·간접적으로 다루거나 이에 영감을 받은 것으로 보이는 여러 장편소설을 통해 이 시대에 '용산참사' 혹은 용산참사 '같은' 일이 작가의식 속에서 어떤 식으로 형상화되고 있는지를 살펴보고자 한다. 작품을 통해서 현실을 감각하는 작가의 예리한 촉수를 파악하는 일은 우리가 처해 있는 상황이 어디쯤인지에 대해 좀 더 깊이 있고 근원적인 이해를 가능케 하는 중요한 시사점을 제공할 수 있을 것이라 생각한다.

이러한 의미를 토대로 본고에서 살펴볼 작품은 주원규의『망루』, 손아람의『소수의견』, 김현영의『러브 차일드』, 황정은의『百의 그림자』, 그리고 공선옥의『꽃 같은 시절』이다. 이 작품들은 모두 용산 참사로 들어가는 다양한 담론의 문이 되고 있다. 주원규가 15년간이나 구상하였다고 밝히며 세상에 내놓은『망루』[3]에서 그려지는 망루의 투쟁에

어질 가능성이 많다.

3) 주원규,『망루』, 문학의문학, 2010. 이하 작품 인용 시에는 본문에 작품 제목과 쪽수만 표

는 신과 인간의 대결이 가로놓여 있다. 한 기자간담회에서 작가가 "용산 참사는 이전부터 있어왔"던 일이라고 말한 것에서 우리는 그가 용산참사를 바라보는 스펙트럼의 깊이를 짐작할 수 있다. 손아람은 『소수의견』[4]에서 용산 참사가 법정에 들어간 이후 제도적·조직적으로 왜곡·은폐되면서 그 본질이 난도질당하는 과정을 치밀하게 서술한다. 공정하지 않은 법조계의 상황에서 정당하다고만은 할 수 없는 방식으로 만들어가는 정의 구현 과정은 현 시대 법과 권력의 실상을 보여준다. 김현영이 8년간의 공백을 깨고 발표한 『러브 차일드』[5]는 망루의 죽음이 용인되는 현실이 만들어낼 미래가 얼마나 참혹할 수 있는지 소름끼치게 보여준다. 인간이 인간성을 스스로 저버린 결과에 대한 상상력의 힘이 매우 강력하다. 황정은의 『百의 그림자』[6]는 철거를 목전에 둔 전자상가를 삶의 터전으로 살아온, 한없이 여린 사람들의 삶을 형상화하고 있다. 이들의 고군분투는 권력층의 폭력이 마이너리티들에게 얼마나 가혹하게 휘둘러지고 있는지를 부각시키기에 부족함이 없다. 공선옥의 『꽃 같은 시절』[7]은 직접적으로 용산 참사를 떠올리는 작품은 아니지만 주거권 박탈의 위험에 처한 집단 내 소수자의 시위를 다룬다는 점에서는 분명 용산 사태와 일맥상통하는 면이 있다. 특히

시하기로 함.

4) 손아람, 『소수의견』, 들녘, 2010. 이하 작품 인용 시에는 본문에 작품 제목과 쪽수만 표시하기로 함.

5) 김현영, 『러브 차일드』, 자음과모음, 2010. 이하 작품 인용 시에는 본문에 작품 제목과 쪽수만 표시하기로 함.

6) 황정은, 『百의 그림자』, 민음사, 2010. 이하 작품 인용 시에는 본문에 작품 제목과 쪽수만 표시하기로 함.

7) 공선옥, 『꽃 같은 시절』, 창비, 2011. 이하 작품 인용 시에는 본문에 작품 제목과 쪽수만 표시하기로 함.

작품에서 그리고 있는 할머니들의 삶의 형태는 우리가 지향해야 할 정치성이 어떠해야 할지에 대해 유의미한 제안을 하고 있다. 용산 참사를 통해 우리가 생각해야 하는 가장 핵심적인 것은 아마도 우리 각자가 어떤 정치적 입장을 실천할 수 있는가에 관한 문제일 것이다. 때문에 이 '데모'에 대한 직접적 논의는 용산의 기억을 갈무리하는 과정의 핵심이기도 하다.

사회적으로 어떤 문제적 상황이 벌어졌을 때 그 사건의 흐름을 사실적이고 구체적으로 기록하는 것은 너무나 중요하다. 그러한 작업이 이루어지지 않았을 때 사건은 누군가의 필요에 의해 변질되거나 삭제될 수 있기 때문이다. 그리고 또 중요한 것이 사건 '이후'이다. 이는 사건 이후에 그 사건을 통해 어떤 의미를 발견하고 어떤 교훈을 얻을 것인가, 사건 이후의 삶을 어떤 식으로 만들어갈 것인가, 또한 그 관점을 토대로 현실 비판의 날을 어떤 식으로 세워야 할지에 대해서 생각하는 문제이다. 본고에서는 이러한 문제의식을 토대로 용산을 경유하고 있는 위의 작품을 살펴보고자 한다. 그러면 이제 구체적으로 작품 속에 들어가 보도록 하자.

2. 어떤 맹목의 세계

용산 참사로 들어가는 담론의 입구는 많다. 그럴 수밖에 없는 것이, 이 사태를 가능하게 한 영역이 사회 전반에 얽혀 있기 때문이다. 즉 우리 사회 곳곳은 각 국면 속에서 여러 맥락으로 이 참사를 용인해버렸다는 뜻이다. 그럼에도 불구하고 여기서 우리는 일관된 성격 하나를 확인할 수 있다. 그것은 작품 내 현실의 구성 원리나 인물들이 현실을 감각하는 방식 속에서 구체적인 적이 지목되지 않은 채, 어떤 경향성으로 존재하는 이데올로기와 그것에 대한 서민들의 맹목적 수용이 넘쳐나고 있다는 점이다.

『망루』에서 형상화되고 있는 갈등의 핵심에는 도강동 재개발 문제가 있다. 신의 이름으로 인간의 부귀공명을 누리고 있는 대형 교회 '세명교회'와 이곳의 차기 담임목사 자리를 노리고 있는 '조정인' 무리, 그리고 세명교회를 중심으로 추진되는 재개발 때문에 삶의 터전을 잃게 된 도강동 빈민층이 심각하게 충돌하고 있는 것이다. 여기서 민우, 윤서, 정인, 한씨 등 주요 인물들은 각자의 목표나 성과를 향한 맹목적 의지에 의해 중층적이고 지속적으로 갈등한다. 민우는 목사가 되기를 꿈꾸며 신에 대한 절대 순종의 맹세를 가장 중요한 삶의 지침으로 여기고 있다.

> 종교의 거룩함이 잉태한 터부의 환경에서 자라난 민우에게 담임목사를 향한 순종의 미덕은 절대에 가까웠다. 그렇게 민우는 길들여져 온 것이다. 그리고 그 길들여짐의 중심에 어머니의 기도가 자리하고 있다. (…) 민우는 그 기도에 부응하기 위해 지금 욕망의 덩어리가 되기로 작심한 정인의 설교를 대필해 주어야만 했다.(『망루』, 237-238쪽)

민우에게 신을 향한 신앙심은 그가 세상을 향하는 유일한 창이다. 신의 이름으로 만들어진 이 맹목의 세계에는 오직 복종만 있을 뿐, 어떤 사태에 대한 자기 스스로의 판단이나 노력은 해서는 안 되는 일이다. 그러나 이 질서는 신의 질서라기보다는 인간의 명령체계인 듯하다. 정작 민우가 복종해야 하는 것은 조정인의 설교 원고를 대필하는 일이거나, 아들이 목사가 되기를 기원하는 어머니의 욕망에 부응하는 일이기 때문이다. 이 양상은 민우에게만 해당하는 것이 아니다. 세명교회 대부분의 신도들이 믿고 있는 신은 맹목적으로 순종하는 인간을 요구하며, 그 신앙심은 교회의 권력자들에게 오롯이 소유된다. 그러나 그것이 신의 이름이기에 사람들은 다른 가치를 개입시키지 않는다.

반면, 민우와 함께 신학 공부를 했던 윤서는 인간의 불합리한 현실에 깊숙이 개입하여 정의를 실현하는 신을 찾는다. 따라서 신에 대한 순종을 명분으로 교회의 재정적 비리를 무마하려 하는 세명교회를 그가 떠나는 것은 필연적이다. 이후 그는 권력의 억압에 삶이 파괴된 최하층민이 있는 곳을 찾아다니며 그곳에 신의 심판이 내리기를 바란다. 그러던 중에 그는 도강동 철거민 투쟁 활동을 하게 되고 드디어 재림예수를 만난다. 그런데 그가 만난 재림예수를 윤서는 이해할 수가 없다. 재림예수는 분명 신의 능력을 가졌으나 그 사실이 윤서에게는 신의 광명으로 해석되지 않기 때문이다.

당신이 정녕 신의 아들이라면, 만물의 창조자라면 이 땅에 일어나는 당신의 피조물들이 서로가 서로를 물고 뜯으며 모든 것을 파괴하고 짓밟는 이 잔혹한 고통의 현장을 외면하지 마라. 거침없이 생생한 분노의 응어리를 한 줌의 남김도 없이 죄다 쏟아 내어라. (…) 그 분노의 화마에 내 한 몸 휘감겨도 상관없다. 이 악의 구조를 갈기갈기 찢어낼 수만 있다면 창조주의 심판쯤 얼마든지 감당할 수 있다.(『망루』, 282쪽)

　인용문은 재림예수 한씨와 윤서의 갈등 속에서 민우가 윤서의 표정으로 읽은 윤서의 내면이다. 온갖 악행을 일삼는 인간을 심판하지 않는 재림예수를 보면서 왜 심판의 불칼을 휘두르지 않는지, 빨리 심판할 것을 호소하는 윤서의 마음이 드러난다. 윤서가 생각하는 신은 고통받는 인간들에게 선과 정의를 실현하고 악을 응징해주는 존재여야 한다. 실제로 신이 추구하는 바가 무엇인지에 대해서 생각할 겨를이 그에게는 없다. 이렇게 맹목적인 그의 입장에서 볼 때 불의를 심판하지 않는 신은 잘못되었다.

　이들 주요 인물이 보여주는 맹목적 모습은 뼛속까지 자본주의적 권력욕과 물욕에 사로잡힌 조정인의 욕망 구도와 기묘하게 일치한다. 즉, 조정인이 자신의 욕망을 위해 교회의 생리를 이용하는 것은, 자신들의 믿음에 실재하는 현실을 맞추려고 하는 민우나 윤서의 사고 구조와 같은 방식이다. 이러한 모습은 세명교회 신도들이 도강동 빈민층을 '악'의 무리로 단정짓고 그들을 규탄하는 조정인의 호도에 찬성해버리는 것이나, 수십 년 동안 아들 민우가 목사가 되는 꿈을 가지고 새벽마다 교회에 가는 어머니 '한앙례' 집사의 모습 등과도 겹친다. 이 총체적 맹목성 속에서 누구를, 그리고 어느 지점을 적으로 상정할 수 있을지 가려내는 것은 힘들어 보인다.

　『소수의견』은 철거반대 시위에서 벌어진 죽음이 법정에서 다루어지는 과정을 추적한다. 여기에서는 오늘날 한국 사회의 법체계에 작동하고 있는 정치적 논리가 비판의 핵심이다. 당위적인 의미에서 사법체계는 선과 악, 옳고 그름을 판결하는 제도이기에 절대적으로 공명정대해야 한다. 사람들이 법에 경외감을 부여하는 것은 이 지점 때문이다. 그러니 법이 권력을 가진 자의 이익을 위해 복무하게 된다면 이보다 더 강력하게 비판받아 마땅한 일이 없다. 그런데 작품에서 그려지고 있는 사법부는 그 작동 방식 전반에서 권력자의 편의와 이익에 부합하고 있다.

> 우리는 염만수를 시작으로 저명한 법조계 인사들의 이름과 전설을 테이블 위에 차곡차곡 쌓아나갔다. (…) 쌓인 이름들이 테이블 아래로 흘러넘칠 때까지 대석과 나는 법 그 자체에 대해서는 단 한 마디 언급도 하지 않았다. 이름들이 벌써 법을 소유해버렸기 때문일 거다.(『소수의견』, 31쪽)

작품 속에서 법 자체의 모습은 학문으로서의 법을 대표하는 '염만수' 교수의 모습에서 확인할 수 있다. 그의 천재적인 지적 능력은 법조계에서 독보적 존재감을 가지며, 대한민국의 법은 그를 통해 만들어지고 있다고 해도 과언이 아니다. 그의 법은 비루한 지상을 벗어나 절대적이고, 완벽한 결정체로서 일종의 권위를 가지며, 가장 작은 소수의견도 통합할 수 있는 논리적 정합성을 지향한다. 그러나 실제 법조계를 움직이는 것은 여러 이해관계 속에 놓인 권력자들이다. 즉, 이론적인 법은 현실과 무관한 채로 혼자 고고하고, 현실에 내려 앉은 법의 아우라나 권위를 휘두르는 존재는 법조계에 있는 사람들, 즉 법학과 교수, 판사, 검사, 변호사들이다. 이들은 '법을 소유해버'렸기에 다시 법에 어떤 새로운 사용의 문을 개방할 필요가 없다. 그 권위의 절대성을 공고히 하는 인정투쟁만이 유의미할 뿐이다. '나'와 대석이 나누는 '법조계 인사들의 이름과 전설'은 바로 이들 사이에서 이루어지는 정치이다. 여기서 법은 아무런 생명력이 없이 지상을 떠난 하나의 기호일 뿐이다. 작품에 등장하는 그 누구도 법을 소유한 자가 아닌 한에는 법의 권위의 작은 일부도 사용하지 못한다. 법은 그들로부터 한없이 멀다. 이러한 맹목적 방식으로 전유되는 법의 권위가 작동하는 동안 철거민들의 시위 현장에서 벌어진 죽음의 진실은 은폐된다.

망루의 진실을 은폐하는 첫 단추를 채운 자는 홍재덕 검사이다. 그는 일련의 과정 속에서 그가 생각하는 권력의 정점인 국가를 보호하겠다는 일념으로 법이 부여해준 권위를 이용한다. 이는 법이 권력유지의 수단이 되는 가장 노골적인 상황일 것이다.

> 상상한 것과는 달리 내(홍재덕 검사-인용자)가 기소를 결정하는 데 어떤 외압도 없었네. 그렇게는 나를 움직일 수 없어. 나는 국가에 그런 식으로 복종하지 않아. 내가 국가에 복종하는 방식은 더 깊은 곳에서부터 작용하지. 나한테 이 나라는 종교일세. 다시 말하지만 어떤 외압도 없었어. 모든 판단은 내가 내렸네.(『소수의견』, 418쪽)

국가가 하나의 주체라 한다면 그것의 실체에 놓을 수 있는 것은 무엇일까? 영토도, 국민도, 대통령도, 법도 아니다. 그것들이 국가의 구성요소이거나 효과일 수는 있지만 정확히 국가는 아니다. 실상 국가는 실체가 없다. 그것은 온갖 권력의 작용 속에서 의미화되는 하나의 기표, 하나의 구멍일 뿐이다. 그런데 그 기표에 대한 절대적 믿음이 홍재덕과 같은 인물에게는 사태의 진실이나 인간의 목숨보다도 중요한 것이다. 인용문에서 그가 말하듯 그것은 절대적인 믿음의 대상, '종교'

이기 때문이다. 이 절대성의 논리 위에서 권력은 자기 유지를 위협하는 그 어떤 존재도 묵살할 수 있게 되는 것이다. 그런데 작품에서 '소유'의 형태로 사람들과 관계하는 권력은 비단 법이나 국가만이 아니다. 정치인의 힘이나 미디어의 힘도 결국 이런 방식의 휘몰아치는 힘을 가진다. '나'가 패소의 위험에 처하는 것도, 그리고 그때마다 위기를 모면할 수 있었던 것도, 그리고 재판을 승리로 이끌 수 있는 것도 도저히 저항할 수 없는 힘으로 형상화되는 법과 국가, 정치, 미디어의 작용에 의한다. 권력자와 피권력자의 전체적 상호작용 속에서 권력은 맹목적으로 작동하는 것이다.

『러브 차일드』가 용산을 경유해 도달하는 지점인 미래 사회는 인간이 쓰레기가 되는 세계이다. 이 세계에서는 주권자와 호모 사케르의 상호 결정 구도[8]가 사람들에게 상당히 구체적이고 노골적으로 적용되고 있다. 이와 같은 비인간적 퍼포먼스가 일상이 된 사회는 그 비극성의 강도가 상당하다. 아름답지 않거나 병들고 늙은 혹은, 능숙하지 않은 사람은 말 그대로 쓰레기가 된다. 이 미래상을 움직이는 폭력적 권력의 핵심에는 '그분'이 있다. '그분'은 『소수의견』에서 구체적 실체 없이 모든 권력자들의 힘에 정당성의 근거가 되었던 '법'과 '국가'라는 상

---

8) 아감벤은 호모 사케르라는 존재를 상정하는 주권자의 내면 속에서 작동하는 '포함적 배제'의 과정이 근대 정치의 성격을 규정하는 결정적 사건이라고 본다. 법을 정립·정지시킬 수 있는 절대자로서 법 밖에 위치한 자가 주권자라면, 집단 내에서 배제되는 방식으로 포함되는 자가 호모 사케르이다. 그리고 이 두 형상의 투쟁이 개인의 내부에서 작동하며 자신이나 타자를 주권자나 호모 사케르로 인식하게 된다는 것이다. 결국 호모 사케르가 되지 않으려는 의식과 주권자가 되려는 의식이 양가적으로 같이 작동하는 속에서 근대인의 정치적 입장이 만들어지고 있는 셈이다.(아감벤, 앞의 책 참조) 『러브 차일드』에서 정상이 되고자 기를 쓰는 각 계층 사람들의 불안한 내면 구도는 호모 사케르와 주권자의 개념을 내면화하고 있는 근대인의 내부와 일치한다.

상된 이데올로기처럼 비어 있는 권력의 정점이다.

저택의 주인이자 지도 그룹의 회장인 '그분'은 언제나 그랬듯 모습을 드러내지 않았다. 만찬에 손님을 초대해놓고 나타나지 않는 것이 어떤 세계에서는 예의에 어긋나는 일일지 몰라도 이 세계에서는 아니었다. 저택의 입구에서부터 식탁까지 오는 동안 목격한 모든 것들, 그리고 정성껏 차린 정찬을 앞에 두고도 '그분'을 못 봤다는 건 말도 안 되는 일이었다. 구름을 보았다면 당연히 하늘도 본 것과 같은 이치였다. 그러니까 '그분'은 모습을 드러내지 않았어도 드러낸 셈이었다.(『러브 차일드』, 95쪽)

인용문은 지도그룹 회원들이 '그분'의 만찬회에 참석하여 느끼는 감동이다. '그분'은 작품에서 한 번도 구체적인 실체로 등장하지 않지만 그가 창조한 것들은 세상에서 가장 고급스럽고 아름답고 건강한 것들이다. 그것들을 염두에 둘 때 사람들은 구태여 '그분'을 볼 필요가 없다. 마치 아름다운 자연 속에서 신의 손길을 느끼는 것과 같이 '그분'은 지상의 영광을 가져온 분으로 사람들 사이에서 전설처럼 회자되는 것이다. 바로 이 영광을 입고 젊음과 건강을 유지하는 지도그룹 사람들은 '그분'이 창조한 이 세계에서 도태되지 않기 위해 매 순간 언행을 삼간다. 때문에 지도그룹 사람들이라고 하더라도 '그분'의 아래에서는 호모 사케르의 감각을 내면화한 불안한 영혼들이다. 지도그룹이 이 정도이니 지도그룹이 아닌 사람들의 내부적 불안은 더욱 심하다. 즉, 작품의 세상 속에서 사람들은 지도그룹이든 소모품으로 분류되는 잠정적 쓰레기로서의 인간이든 끊임없이 스스로가 '정상적인 상태'에서 이탈하지나 않을까 하는 불안을 힘겹게 감당하고 있는 것이다. '수'의 아들 '251004231111'이 육손이로서의 정체성을 지우고 아무런 특징 없는 추상의 존재로, 즉 '정상'이 되기 위해 기를 쓰는 모습은 이를 잘 반영하고 있다. 그리고 이 실체 없는 불안은 필연적으로 자신보다 약한 자들을 향한 극단적 억압을 양산한다. 사람들은 이를 통해서만 자신이 사회적으로 어떤 지위를 가지고 있는지 확인할 수 있을 뿐이다. '진'이나 '수' 같은 최하층민들은 이들이 갈망하는 "완전무결의 세계"를 완성하기 위한 "제 안의 쓰레기"가 되는 것이다.(『러브 차일드』, 139쪽) 때문에 권력을 휘두르는 자의 내면에도 어떤 강력한 힘에 떠밀리는 복종과 자기검열이 내재화되어 있는 것이다. 즉 억압을 하는 사람의 손에도, 억압을 당하는 사람 손에도 관계의 칼자루는 없다. 칼자루를 쥐고 권력을 휘두르는 존재는 실체 없는 '그분' 한 명뿐인 것이다. 이 한 명이 가진 전능함에 대한 승인과 그에 대한 맹목적 가치가 작동하는 세계, 이곳이 바로 사람들 모두가 쓰레기가 되는 세계인 것이다.

『百의 그림자』와 『꽃 같은 시절』은 공통적으로 국가권력과 자본가의 억압적 폭력에 삶의 터전을 빼앗기게 된 사회적 약자들이 현실에 응전하는 방식을 형상화하고 있다. 이 약자들이 직면한 현실은 앞서 살펴본 작품들에서 그렇듯 이들의 삶에 속속들이 파고들어 있어, 이들에게는 현실의 문제를 해결할 수 있는 아무런 출구가 없어 보인다.

『百의 그림자』에서는 철거 직전에 놓인 상가에서 살아가는 사람들의 삶을 심혈을 기울여 자세하게 따라간다. 그들의 삶에는 하나하나 살아 있는 역사를 가진 고유한 색채가 있다. 그러나 이들은 폭력적 권력에 의해 삶의 터전을 잃고 절망에 빠지면서부터 자신들의 그림자가 일어나는 일을 겪게 된다. 멋대로 일어나 움직이는 사람들의 검은 그림자는 백 가지로 빛나던 각자의 삶의 색채를 잠식해버린다. 절망했기에 그림자를 따라가는 것인지, 아니면 그림자를 따라갔기에 절망하게되었는지는 모르지만 그림자를 따라가는 사람은 점점 삶의 활력을 잃고 죽음에 가까워진다. 이 사태는 이곳 주민 대부분이 겪고 있으며, 돌발적으로 벌어지는 일이고 회복도 불가능하다.

『꽃 같은 시절』의 경우에는 채석장 기계에서 나오는 돌가루 때문에 더 이상 농사를 지으며 살 수 없게 된 진평리 마을이 형상화되고 있다. 이곳 주민들의 고통을 해결해줄 공적 주체는 아무 곳에도 없다. 공장주나 행정 책임자들은 60세면 젊은 축에 속하는 오지 농촌의 할머니, 할아버지 시위자들에게 괜한 노력을 하지 말고 그저 폐허가 되어가고 있는 집으로 돌아가 다른 곳에서 살 궁리를 찾으라고 말할 뿐이다. 도시로 나간 젊은 자식과 친지들도 이들에게, 힘없는 사람들이 정부나 자본가를 향해 싸움을 거는 것은 절대로 승산이 없는 일이니 적당하게 보상을 받으면 포기해야 한다고 말한다. 즉, 모두가 돈만 챙길 수 있으면 권력에 순응하라고 이야기한다. '영희'는 그런 세상이 싫다.

> "응, 싫어. 돈 때문에 형제간에 자유롭게 내왕 못하는 것도 싫고 돈 때문에 당신 영혼이 망가져가는 것도 싫고 (…) 다 싫어. 결국 우리를 내쫓은 것도 돈 많은 자들인데 당신도 또 공해지역 살아도 돈 많이 주면 좋다고, 그놈의 돈돈 하니까, 가슴이 무너질 것만 같아."(『꽃 같은 시절』, 53쪽)

얼떨결에 데모에 참석하고 위원장까지 하게 된 '영희'에게 남편은 데모 그만두고 돈을 벌 수 있는 다른 곳으로 가자고 한다. 인용문은 이에 대해 영희가 거부의 의사를 표현하는 부분이다. 여기서 확인할 수 있듯이 돈은 개인의 삶을 와해시키는 원인이면서도 그것을 통해 이룰 수 있는 삶이 너무나 매혹적이다. 돈 때문에 고통당하고 돈 때문에 싸우지만 또 돈이 좋아 돈을 따라 가는 것이 오늘날 사람들인 것이다. 돈 때문에 삶의 터전을 잃은 남편이지만 돈을 벌기 위해서는 또 다른 철거민을 양산하는 4대강 공사에 참여하는 것이다. 결국 돈은 절대적 권력의 모습으로 개인의 내면과 사람들의 관계, 삶의 터전을 장악하고 있는 것이다. 상황이 이러하니 삶의 터전을 지키고자 하는 할머니 할아버지들, '영희', '해정' 등의 의지는 사태 해결을 위한 사회적 통로와 쉽게 만날 수가 없다.

용산 참사가 벌어진 후 죽어간 시위대의 시신이 가족의 품으로 돌아가기까지 1년이라는 시간이 걸렸다. 위 작품들은 그런 시간이 지나고 난 이후 이 사태를 직·간접적으로 통과한 작가의 주제의식을 형상화하고 있다. 이 성찰하는 시선에 포착된 사태는 결국 너무나 강력하여 사람의 수준을 넘어 스스로 움직이는 거대한 권력 시스템이 개인의 삶을 파괴하고 있다는, 피할 수 없는 자각으로 이어지고 있다. 그리고 그 자각은 권력자와 피권력자 구분 없이 사회 전체를 감돌고 있는 맹목적 힘의 전횡을 드러낸다. 권력은 하나의 거대하고 완벽한 신성의 위치로 끝없이 격상되고 있는 것이다. 신성화된 권력은 그 자체에 대한 인간적 판단이나 현실과의 접점 없이, 그것에 가까이 갈 수 있는 몇몇 권력자에 의해 임의로 남용되고 있다.

아감벤은 과거 종교의 시대에서 근대로 넘어오는 인류의 역사 속에서 성스럽고 종교적이었던 믿음이 어떤 식으로 변형되는가에 관해 이야기하면서 환속화와 세속화를 견준 바 있다. 중세적 신성함은 근대적

이성의 토대 속에서 새로운 방식으로 갈무리되어야 했고 그 길은 "인간의 사용과 소유로 되돌려지"[9]는 세속화의 방향으로 나아갈 것이냐, 아니면 억압적 "힘을 그저 한 곳에서 다른 곳으로 옮기기만 함으로써 그 힘을 고스란히 내버려"[10]두는 환속화의 방향으로 갈 것이냐의 기로에 서게 된다는 것이다.

용산 참사를 2009년의 역사로 가지고 있는 지금 우리 사회를 생각할 때, 이 시대의 권력이 세속화가 아닌 환속화의 방향으로 돌진하고 있음은 재론할 여지가 없다. 이 참사를 경유하고 있는 작품들 속에 사회 곳곳의 맹목적 체계들이 보이는 것은 이러한 환속화의 양상을 반영하는 것이다. 권력자이든 피권력자이든 사회를 움직이게 하는 이데올로기, 즉 자본이나 법 또는 국가 등에 대한 맹목적 추종은 모든 사람들을 잠정적 호모 사케르로 호명한다. 그리고 이 과정에서 생명은 스러져가고 그 자리에는 맹목의 연쇄구도만이 남게 된다. 사람들은 논리적 이성이나 인과, 성찰적 시선을 통한 권력의 새로운 사용법을 획득하지 못하고 새롭게 환속화한 맹목적 권력 속에서 역사도, 기억도, 진실도 확보하지 못하고 있는 것이다. 따라서 용산의 죽음에는 권력자의 횡포, 그 횡포를 당연하고 어쩔 수 없는 것이라 여기는 사람들의 맹목성, 그리고 그 폭력이 자신으로 향하지 않기만 하면 된다고 여기는 외면 등이 상호작용한 결과이다.

작품들 속에서 우리는 권력자든 피권력자든 많은 사람이 각자의 입장에서 어떤 맹목의 형태로 사회의 지배적 권력 구도를 내면화하고 그것을 실제로 구현하고 있음을 살펴보았다. 이러한 상황은 인간이 만

---

9) 조르조 아감벤, 김상운 옮김, 『세속화 예찬』, 난장, 2010, 108쪽.
10) 위의 책, 113쪽.

들어낸 권력의 기표를 인간의 권한을 넘어서는 신성함의 수준으로 끌어올린다. 국가나 법, 최고의 지도자, 자본가 등이 그 환속화된 권력의 이름일 것이다. 즉, 인간이 환속화의 굴레를 스스로 내면화하고 지속시키는 데에는 이 메커니즘의 정점에 놓여 있는 절대 권력 혹은 권력자가 누리는 '특별함'에 대한 사람들의 매혹이 놓여 있다. 환속화된 힘이 지속적으로 재생산될 수 있는 것은 그 힘을 가졌을 때 얻을 수 있는 특별함에 대한 감각이다. 그래서 특별함을 지향하는 모든 사람의 이 평범한 사고 메커니즘이 권력의 환속화를 결과한다. 그러나 아이러니하게도 특별함에 대한 맹목적 추구가 만들어낸 맹목적으로 환속화된 권력은 대부분의 사람을 끊임없이 헐벗게 만들고, 특별함과 가장 멀어진 삶으로 도태시킨다.

상황이 이러하기에 우리가 상정해야 할 적은, 하나의 논리를 내면화한 채 그것을 맹신하는 우리 내면의 인식 작용이다. 우리들 각자의 내부에 도사리고 있는 어떤 맹목의 논리들. 따라서 이 맹목과 투쟁하기 위해 필요한 것은 폭력적 권력에 대한 세속화 의지이다. 그것은 사유하고 성찰하는 삶의 형태를 유지하고자 하는 의지가 관철되어 있는 삶일 것이다. 즉 세속화하는 삶, 또는 자기 긍정의 삶.

3. 평범함이라는 특별함을 사용하는 자들

이제 중요하게 짚어보아야 할 것은 신성함에 대한 세속화의 논리이다. 세속화는 우리가 숭상하는 만큼 그것에 복속되어버리는 폭력적 권력의 메커니즘을 무력하게 만드는 길이다. 세속화의 과정 속에서 신성한 대상은 평범한 사람들이 사용할 수 없는 상태에서 풀려나 그들과 분리되지 않은 자리에 놓이게 된다. 이렇게 될 때 신성함은 그것과 접촉할 수 있는 특정 몇몇의 소유물로 존재하던 양태를 벗어나 민중들 공통의 사용으로 되돌려지게 된다.[11] 이 과정은 신성했던 대상에서 특별함을 제거하는 것이고 비활성화된 그것을 소홀하게, 그리고 아무렇게나 평범하게 즐길 수 있는 놀이 속에서 '사용'의 문을 열어젖히는 것이다.

우리의 삶이 환속화된다는 것은 남이 부러워할 만한 것을 삶의 목표로 하고 그것을 이루기 위해 그것과는 다른 자신의 현실을 저당 잡히는 삶이다. 반면, 세속화된 삶이란 삶의 특별함이나 대단함을 담보한다고 상정된 목표나 가치에 함몰되지 않고, 그 특별함의 자리에 스스로 가치를 매긴 의미를 가장 편안하고 자연스러운 방식으로 채우는 삶일 것이다. 악화 일로를 걷고 있는 환속화된 사회의 폭력성을 멈추기 위해 우리에게 필요한 것은 이 환속화된 힘을 세속화할 수 있는 가능성으로 전환하는 길이다. 이 지점에 대한 돌파 없이는 우리 사회에 어떤 변화가 오더라도 권력이 억압적 폭력으로 작동하는 길을 벗어날 수 없다. 내 주변에서 나에 의해 만들어진 가치는 현실 너머에서 모든 사람의 경외심을 가져오지는 않겠지만, 그 맹목의 굴레가 앗아간 스스로의 의미 생성 가능성은 회복될 수 있다. 이것이 현재 우리가 빠져 있는 맹목의 굴레로부터 벗어날 수 있는 유일한 길이다. 본고에서 다루고 있는 작품들 속에는 바로 이러한 관점에 대한 작가의 시선이 담겨 있다.

---

11) 위의 책, 113쪽.

『망루』에서 맹목을 깨뜨리는 길은 신을 죽이는 행위로 드러난다. 인간문명이 생긴 이래 집단 내 마이너리티가 권력자의 폭력에 오롯이 노출되는 상황은 늘 있었던 일이라 해도 과언이 아니다. 그 속에서 사람들은 권력자의 억압으로부터 자신을 구해줄 신과 신의 심판을 기다려왔다. 작품에서 '벤 야살'과 윤서는 바라는 신도 그러한 권능을 가진 신이다. 그러나 지구상에서 억압받는 인간이 사라진 적이 없음을 염두에 둔다면 신이 인간의 그러한 기다림에 인간이 원하는 방식으로 부응해준 적은 없어 보인다. 작품 속에서도 마찬가지이다. 재림예수는 불의를 타파할 심판의 불칼이 그의 것이 아니라고 한다. 그러한 신의 모습에 분노한 벤 야살, 그리고 윤서는 신의 몸에 칼을 꽂게 된다. 자신이 그토록 찾아 헤매던 신을 자신의 손으로 찌르는 것은 이들이 존재의 벼랑 끝에 서는 상황이다.

비로소 정신의 마사다, 그 먹먹하고도 가혹한 실존의 한복판에 서게 된 벤 야살, 김윤서, 그리고 성문당 망루에서의 한씨는 말씀을 거부하는 또 다른 말씀로써 서로의 존재의 의미를 공유하기 시작했다. 쓰러져 가는 신의 무력함을 신을 향한, 만유에 대한 또 다른 신의 의지임을 확인한 그(들)은 칼에 묻은 생생한 피와 그 피의 흔적 속에 담겨 있는 현실의 한복판에 홀로 서기 시작했다.(『망루』, 317쪽)

인간과 신은 그 존재 양식이 엄연히 다르다. 인간이 육체의 한계와 감정의 굴레에 숙명적으로 놓인 존재라면 신은 전지전능한 존재이다. 때문에 인간은 신이 될 수 없고, 신의 섭리를 인간이 훼손할 수도 없다.

그러므로 인간이 신을 죽인다는 것도 당연히 불가능한 언술이다. 그런 점에서 벤 야살이나 윤서가 신을 칼로 찌르는 행위는 신을 '죽였다'는 식으로 이해할 수 없는 일이다. 이들이 칼로 신을 찌르고 정신의 마사다에 올라 선취하는 것은 인용문에 나오듯 '현실의 한복판'에서 '홀로 서기'이다. 그 어떤 권능에 기대지 않고 인간 자체로, 자기 자신으로 서는 것. 그리고 그것에 대한 맹세와 같은 것이 이 살해의 현장이다. 지독한 갈등과 투쟁 속에서 이들은 "헛된 기다림과 갈망의 우상을 거부한"(317쪽) 것이다. 윤서가, 그리고 벤 야살이 신을 찌르는 것은 신성함의 권능에 의탁해놓았던 저항 의지의 최종 책임을 자기 자신에게로 귀속시킴으로써 그것의 새로운 사용 가능성을 여는, 즉 신성성의 세속화 과정이라 할 수 있다. 더 이상 작품으로 형상화되지 않았기에 이후 이들이 어떤 신을 맞이하게 될지는 알 수 없다. 그러나 이 인물들은 더 이상 인간의 길을 신의 위치에 올려놓고 그만큼의 맹목을 키우지는 않을 것이다. 목사 안수식 전날 민우가 조정인의 설교문을 쓰지 않은 채 자취를 감추는 것도 이와 유사한 맥락으로 읽을 수 있다. 이후로 민우가 홀로 떠나게 될 길은 이때까지 자신이 맹목적으로 순종하던 신을 버리고 자신의 삶, 혹은 자신의 신을 찾는 여정임을 어렵지 않게 추측할 수 있다. 이들은 이제 새로운 기억을 만들게 될 것이다.

『소수의견』의 '나'는 지방대학교 법대를 나와 직장생활을 하다가 늦깎이로 국선변호사가 되었다. 그는 잘나가는 자들과 그렇지 않은 자들의 편차가 큰 한국의 법조계에서 잘나가지 못하는 축에 속하는 자신이 지금 현재 어떤 지점에 서 있는지, 또 얼마만큼 이곳에서 견딜 수 있을지에 대해 끊임없이 생각한다. 그가 이러한 의지를 가지는 것은 인간과 법이 교차하는 지점에 그의 아버지가 놓여 있기 때문이다. 이것은 그를 법조계의 틀에 한정시킨 요소가 아니라 독자적인 법조인으로 설 수 있게 만드는 그만의 기억이고 경험이다.

아버지는 20년 동안 철물점을 운영했다. 여섯 정권이 바뀌었다. 그동안 그의 삶은 발전과 성취가 없었다. 그는 실망 한 번 해본 적 없이 그저 현상유지에도 고마워했다. 그런 태도는 교회가 길러줬다. 비슷한 부류가 모이는 교회에 매주 두 번 나가고, 재발하는 암을 세 번 이겨내고, 교인들에게 기적과 축복을 증거하면서도, 매일 아들만큼은 자신과 다르게 살게 해달라고 신께 기도하는 사람이었다. 아버지였다.

그는 그렇게 생각하지 않았겠지만, 내 삶이 아버지와 같은 길로 들어선 지도 좀 된 때였다. 햇살을 받아 모래처럼 부수어지는 동쪽 바다 앞에서 난 그게 얼마나 슬픈 일인지 깨달았다. 그래서는 안 되는 거였다.(『소수의견』, 402-403쪽)

아무리 변호사라는 타이틀을 달게 되었어도 그가 살아온 비루한 삶과 아버지의 일생에 대한 기억은 그를 사회로부터, 혹은 사회를 그로부터 소외시키는 요소가 된다. '나'가 고시준비를 하게 되는 것은 유지와 연명에 급급했던 아버지 삶의 굴레가 잘못된 것임을 깨닫고 난 뒤이다. 그렇기에 그가 변호사라는 '권력자'로서 피권력자의 삶을 옭아매는 일을 하는 것은 언제나 자기반성적 순간과 대면하는 일이다. 그가 아무런 사회적 보호를 받지 못하는 마이너리티 박재호를 변호하면서 불합리한 현실 속에서 정의를 찾고자 열정을 다할 수 있는 것도 그의 삶이 놓여 있던 마이너리티적 기반에 빚지고 있다. 자신을 맹목적 권력 구도 속에 놓아버리지 않고 스스로의 관점으로 현실을 자각하며 자신의 목소리를 내려고 하는 그의 시도는 법이 놓여 있는 신성함의 반석을 '함부로', 그리고 '부주의하게' 그만의 방식으로 '사용'한 것이다. 재판은 온갖 불확정적 변수의 작동 속에서 휩쓸리듯 진행되었다. 그러나 그가 마지막까지 스스로를 놓지 않을 수 있는 힘이 바로 그의 기억 속에 있는 것이다. 모든 사건이 일단락되고 나서 그가 죽은 소년의 이름만 알지 얼굴조차 모르고 있었다는 것을 확인하고 부끄러움을 느끼는 것도 결국 이러한 그의 삶의 형태로부터 연유한다.

『러브 차일드』의 '진'과 '수'도 『소수의견』의 '나'와 같이 그들만의 소중한 기억을 통해 자신들의 삶의 형태를 선취한다. 둘은 어린 시절 친구였지만 수의 아버지가 주거권 보장을 외치며 망루에 올라 투쟁을 하다가 뿔뿔이 흩어진다. 이후 진은 아름다운 외모 때문에 성장을 저지하는 호르몬을 강제로 먹어야 하는 지도그룹의 노리개로 살게 되고, 수는 사회의 잠정적 쓰레기들이 거쳐가는 온갖 혹독한 일을 겪는다. 그러나 이들은 서로에 대한 애틋한 기억을 잊지 않으며 자신들만이 가질 수 있는 삶의 의미를 놓지 않는다.

그러니 죽지 마. 죽어도 죽지 마. 우리가 죽는다고 세상이 달라지지 않아. 그러니까 악착같이 더 살아야 해. 끝까지 살아남는 자가 결국 이기는 거야.

네가 견디면 나도 견뎌. 그러니까 우린 둘 중 하나만 견디고 있어도 결국 둘 다가 견디는 셈이야.

희망이란 말이 이 세상에서 사라져도 그걸 기억하는 사람이 있는 한 사라지지 않은 거라던 아버지의 말, 기억해. 잊고 있었는데

생각났어, 너를 보고.(『러브 차일드』, 217쪽)

진과 수는 어린 시절 헤어진 후 딱 한 번 만난다. 수가 '실험'이라는 이름으로 집단강간을 당하는 자리에 진이 가게 된 것이다. 인용문은 그 처참한 순간에 20년 만에 만나 서로가 서로의 삶의 이유임을 확인하며 나누는 대화이다. 사회적 관점에서 이 둘은 무수한 쓰레기 중 하나일 뿐이지만 서로가 서로의 존재 의의가 됨으로써 지상의 유일한 존재가 된다. 사회가 부여한 쓰레기로서의 정체성이 아니라 가장 아름답고 소중한 존재로, 즉 서로에게 인간으로 살 수 있게 해주는 능산적 기억이 되어주는 것이다. 이들이 선취하고 있는 이 독자성이야말로 진정한 열외자의 모습이며, 가장 인간적인 모습이다.

이런 관점에서 흥미로운 작품이 황정은의 『百의 그림자』와 공선옥의 『꽃 같은 시절』이다. 이 두 작품에서 형상화되고 있는 주요 인물들은 사회적 관점에서는 아무런 존재감도 없고 힘도 없는 마이너리티들이다. 그러나 이들은 너무나 지당한 믿음으로 횡행하고 있는 맹목적 가치와 대립하지 않으면서 그것에 휩쓸리지 않는다. 그리고 자신들에게는 너무나 소중한 삶의 형태를 고수하기 위하여 노력을 멈추지 않는다.

앞에서 언급했듯 『百의 그림자』 속 인물들은 언제 그림자를 잃을지 모르는 위험에 공통적으로 처해 있다. 그럼에도 불구하고 사람들은 자신만의 가장 평범한 삶을 가장 소중하게 지키는 것을 멈추지 않는다. 전구 가게 오무사의 할아버지는 그것을 가장 잘 보여주고 있다.

바쁜 일로 서두르며 오무사까지 걸어갔어도 그거 주세요, 하고

난 뒤로는 오로지 그(오무사의 주인 할아버지-인용자)의 패턴으로
만 시간이 흘렀기 때문에 오무사를 방문한 손님들은 입구에서 넋
을 놓고 선 채로 가게 안을 들여다보거나, 근처 구멍가게에서 삶은
계란을 까먹으며 기다렸다가 전구를 받아가곤 했다. 노인은 느릿
해도 대단히 집중해서 움직였으며 그 움직임엔 기품마저 배어 있
어서, 손님의 처지에선 재촉할 틈이 없었다. 대단히 성급한 사람 중
에 몇 마디 투덜거리는 경우는 있어도 다른 곳으로 가 버리는 경우
는 없었다. 오무사의 상자들이 워낙 오래전부터 쌓여 왔던 것들이
라 어디서도 구해볼 수 없는 전구를 거기서는 구할 수 있었기 때문
이다. 잘 보면 볼펜으로 조그만 표시가 된 상자들도 있었지만 표시
조차 없는 상자들이 더 많아서, 어디에 무엇이 있는지 아는 사람은
그곳의 주인뿐이었고, 사실 오무사의 노인은 어떤 전구를 달라고
해도 헤매는 법 없이 곧장, 느릿느릿하기는 해도, 그 전구가 담긴
상자가 있는 선반을 향해 걸어갔다.(『百의 그림자』, 104쪽)

오무사의 주인 할아버지는 자신만의 흐름대로 살아간다. 그 삶의 결
은 한없이 보드라우면서도 강직하다. 그래서 가장 평범하고 평탄한 것
으로 채워진 그의 역사는 역설적으로 너무나 특별하다. 이 특별함은
환속화된 폭력적 권력 속에서 자신의 내면까지 모조리 내어준 사람들
과 달리 굳건한 삶의 가치로 가득하다. 작품 전체를 채우고 있는 인물
들은 이 할아버지처럼 자신만이 알아보는 역사를 간직한 사람들이다.
이러한 사람의 역사를 존중하는 공동체가 바로 이 작품에서 드러나는
공동체이며, 공동체의 윤리이다. 그리고 그러한 윤리적 공동체가 폭력
적 권력 속에서 해체되고 있음을 드러냄으로써 작품은 이 시대 공동체

의식의 희박함과 천박함을 비판한다. 그런 점에서 이 작품은 용산 참사와 같은 일이 물질적·정신적으로 얼마나 소중한 것을 쓸고 가버리는지 적나라하게 보여준다.

『꽃 같은 시절』에 등장하는 인물들은 『百의 그림자』에 나오는 인물들과 유사한 삶의 형태를 보이지만 좀 더 밝고 활기차다. 쇄석공장의 날카로운 기계음과 시도 때도 없이 날아오는 돌가루로 일상생활이 어려워진 진평리 주민들은 공장 가동을 멈추지 않으면 살 수가 없다. 그래서 이들은 돌공장에서 시위를 하고 경찰서에 출두하기도 하며 군청 앞으로 달려가기도 한다. 이 과정에서 보여주는 할머니들의 태도는 권능을 가진 존재로 군림하려 하는 공권력의 압력을 기저에서부터 와해시키는 양상을 지속적으로 보여준다. 그것은 이들이 공권력의 시선에서 포획되는 방식과, 이들의 시위가 보여주는 형태의 독특함에서 확인할 수 있다.

　"오명순씨, 본적이 어딥니까?"
　"본적? 시앙골."
　"정확하게 말씀해주십시오."
　"시앙꼬올. 울 아부지 울 어매가 나를 시앙골서 났당게. 시앙골
　서 났응게 거가 내 본적지제에."
　형사 얼굴이 벌게진다.
　"주소는요?"
　"내동 아까 영살리 김기택이 큰어매라고 해놓고는 그러요. 영살
　리제 어디여어?"
　"영산리 몇번집닝까?"

"번지수는 내가 모르겠소."

"주민번호요."

"고무차대기라 암것도 몰러 나는."

"주민등록증 내봐보세요."

"안 갖고 왔는디."

"직업이 무엇입닝까?"

"직업이 뭣이여?"

"현재 오명순씨가 하시는 일 말입니다."

"땅 파묵고 살제에. 나 같은 고무차대기가 뭔 재주가 있겄소이?"
(『꽃 같은 시절』, 64-65쪽)

앞서 잠시 언급했듯이, 자본과 국가 권력의 노골적인 공모관계는 할머니들이 도저히 넘지 못할 벽이다. '불법 시위' 건으로 경찰서에서 조사를 받는 할머니들은 행정 관료나 경찰의 표준 조건에 한없이 미달한다. 할머니들의 언어는 열외자 혹은 마이너리티의 사회적 정체성을 표출한다. 그러나 이 상황을 좀 더 자세히 들여다보면, 어떤 표준에 미달하는 것은 관료들도 마찬가지이다. 즉, 할머니의 입장에서 보면 형사의 질문은 참으로 어이가 없다. 그런 점에서 할머니들의 언어는 관료들이 넘지 못하는 벽이다. 권력자는 자신의 언어로 이 시위자들을 정확하게 호명하고 장악하고 싶지만 시위자들은 그렇게 할 생각이 없어 보인다. 그들은 그들의 실체를 말해주는 그들만의 언어가 표준에 미달한다고 불안해하거나 고치려 하지 않는다. 그들이 자신들의 언어와 관계 맺는 방식은, 있는 자체로 그들 자신이라 할 수 있는 언어에 대한 긍정이자, 자신에 대한 깊은 긍정이다. 그들의 어눌한 말은 그들이 정확하게 누구인지 말해주는 존재 증명의 근거이며, 그들이 정치적 투쟁 속에서 원하는 바가 곧 이 언어들의 긍정이라고 해도 틀린 말은 아닐 것이다. 이것이 가능한 토대는 가치나 이데올로기에 대한 새로운 사용법을 발견해내는 세속화의 건강함이자 자기와 맺는 관계의 건강함이다.

"위원장님(영희-인용자)이 수사협조하는 데 모범을 보이시야지, 해찰이나 하고 말입니다. 자아, 여기 순양석재 측에서 업무방해 증거로 내놓은 사진을 보면, 트럭 앞을 가로막는 노분례씨 뒤에서 뛰쳐나오고 있는 분이 위원장님 본인 맞으시죠이?"

열어놓은 창문으로 바람 한줄기가 불어왔다. 그 틈을 타고 꽃들이 책상 위로 날아들었다. 할머니들이 일제히 탄성을 질렀다.

"야 이놈들아아, 꽃나비다아! 꽃나비여."

야 이놈들아, 라고 한 게 재밌었는지, 노인들은 어린 소녀들처럼 서로의 옆구리를 찌르며 까르르 웃어젖혔다. 김경사가 파르르 떨며 창문을 꽝 닫았다.

"어떤 사람들은 이쁜 꽃나비가 무섭기도 허는 모냥이여어."

왕언니 오명순의 한마디에 겨우 멎었던 웃음소리가 또다시 꽃처럼 피어났다.(『꽃 같은 시절』, 70-71쪽)

인용문의 상황은 '불법시위' 때문에 경찰서에 출두한 할머니들이 경찰에게 조사를 받는 와중에 벌어지는 에피소드이다. 경찰은 영희와 할머니들에게 고압적인 자세를 보이며 권위를 드러내려 한다. 그러나 할머니들은 경찰이 어떤 위협적인 말을 하든 크게 개의치 않는다. 바람 한 점에 날아오는 꽃들만으로도 할머니들에게 경찰서는 소풍지처럼 아름다운 공간이 되어버릴 뿐이다. 이들에게는 사람들이 통상 가지고 있는 편견이나 고정관념이 없다. 낯선 상황을 자신에게 가장 충실한 방식으로 새로이 의미화하고 이 속에서 만족감과 행복의 원천을 찾는다. 신성화된 권력 메커니즘을 기준으로 본다면 이들은 아무것도 가지지 못한 열외자들이다. 그러나 바로 이 '아무 것도 없음'은 그들이 전혀 다른 방식으로 이미 풍부한 존재가 되는 것을 가능하게 하는 이유가 된다.

"우리 할머니들이 날마다 이렇게 길에서 밥을 드시네요."
"날마다 소풍을 나오는 것이제이."
군청 화장실에서 받아온 물로 설거지를 하던 꽃무늬 몸뻬 할머니가 소풍이라고 말하자, 여기저기서 웃는다.
"뭔 놈의 소풍을 비가 오나 눈이 오나 나와야 돼야."
"오늘 소풍에는 막걸리 한잔도 없네."
"이왕에 소풍 왔응게 장구도 들고 나와야제."
이영희가 빙긋이 웃으며 손바닥을 딱딱 친다.
"이제 밥도 먹고 설거지도 끝났으니까, 우리 언니들 공부합시다."
이영희가 누각 아래에 가갸거겨고교가 적힌 차트를 건다.(『꽃 같은 시절』, 93-94쪽)

영희에 의해 할머니들의 사정을 알게 된 해정은 데모를 하는 곳에 찾아오게 된다. 그곳에서 해정이 보는 데모 현장은 어쩐지 비장하지가 않다. 권력을 가진 경찰이나 형사, 행정 관료, 재판관, 그리고 이 시위를 이해하지 못하는 가족이나 이웃을 만나는 순간들은 할머니 데모대에게 지독한 모욕과 절망감으로 점철되어 있다. 할머니들의 시위가 성공할지 여부를 생각하더라도 긍정적이지 않다. 그럼에도 불구하고 이들의 시위에는 즐거움이 넘치는 듯하다. 도시락도 먹고 술도 한 잔 하고 춤도 추고 글공부도 하는 그런 시위라 마치 소풍을 나온 것 같다. 이러한 태도는 데모의 성공 여부나 데모에 대한 외부 사람의 시선에 대해 무심한 채, 즉 자신이 당면한 고통에 현재 삶의 가치를 저당 잡히지 않고, 현재의 시공간을 스스로에게 유의미한 시간으로 전유하는 방식이다. 때문에 데모를 하는 순간은 비장한 목적을 위해 희생되는 것이 아니라 새로운 사용의 가능성으로 확장된다. 강압적 권력구도에 맹목적으로 따르는 것이 아니라 매 순간을 자신의 의미와 가치로 만들 수 있는 것은 그들이 가진 어떤 강력한 의지에 의한다.

초기에 순양석재 사람들한테 욕을 먹을 때마다 영희도 제 마음이 너덜너덜 찢기는 느낌이 들었다. 그렇게 찢긴 느낌이 들면 짜증이 나서 저도 모르게 험한 소리가 나왔다. 복주가 넘어져 울면, 일어나 새끼야, 한다든가, 무슨 일이 잘 안되면 지랄맞다는 소리가 절로 나왔다. 그때, 눈빛이 유달리 반짝이는 '언니' 김공님이 그러던 것이었다.

"어이, 한사코 모란꽃맹이로 이삐고 존 것만 생각허소이."(『꽃 같은 시절』, 192쪽)

할머니들이 시위를 벌이는 행동에는 그들이 삶을 살아오면서 지켜온 나름의 가치가 응축되어 있다. 그것은 자신들에게 의미 있는 아름다운 것들이자 그들만의 역사이다. 이 아름다운 것들 앞에서 그들에게 타협은 존재하지 않는다. 데모를 하는 것 자체도 이미 그들 역사의 일부이기에 그 속에 그들만의 미학이 작동하고 있다. 따라서 그 데모는 투쟁이되 폭력적이지 않고 목표를 향한 과정이되 목표를 위해 희생되지 않는다. 그들은 데모를 포함한 삶의 모든 양상에서 그들의 의지를 살아내고 있는 것이다. 그들이 자연의 아름다움을 취하고 유래와 역사를 소중히 하며 착한 심성을 지키려 하는 것은 그들의 결연한 의지이다. 이런 것들은 권력이나 힘, 돈에 대한 사람들의 강력한 숭상과는 다른 방식으로 그들의 삶에 힘을 실어주는 동기가 된다. 스스로와 관계 맺는 방식의 독자성을 바탕으로 한 이 새로운 삶의 형태가 곧 세속화의 가능성이 놓여 있는 맥락일 것이다.

용산 참사의 자리에서 우리가 확인했던 것은 정부, 경찰력, 사법 체계, 자본의 최고권자 몇몇의 소유물로 환속화된 통치권의 모습이었다. 그리고 그 모습을 내면화하고 닮아 있는 형태의 삶을 추구하는 사회 구성원 각자의 욕망 혹은 불안을 보았고, 그런 불안정한 감각이 배태한 타자에 대한 무관심도 보았다. 결국 이러한 총체적 난국을 만든 것, 혹은 막지 못한 것, 그리고 지금도 여전히 용산이 지속되고 있는 것은 우리 모두가 만든 것이고 모든 책임은 우리에게 있다.

이 책임을 다하기 위해 우리가 할 수 있는 일의 시작과 끝은 환속화한 권력에 대하여 맹목적으로 승인하는 일을 멈추는 것이다. 신이든, 법이든, 국가든, 자본가든 그것이 환속화한 폭력적 권력의 이름이라면 우리는 그것을 내면에서부터 세속화할 필요가 있다. 폭력적 권력은 각 개인이 얼마든지 '함부로' 편안하게 사용할 수 있고, 또 아무것도 아닌 것으로 되돌릴 수 있는 힘의 형태로 재규정되어야 한다. 작품 속 인물들이 신을 죽이고 체제의 가치를 거부하거나 이용하면서 삶 앞에서 홀로서기를 시도하는 이 투쟁이 형상화하는 것도 결국 이러한 권력의 세속화를 위한 노력이다. 용산에서 우리가 기억해야 할 것, 이 기억을 통해 우리가 만들어야 할 삶의 형태는 세속화에 대한 정당성을 내면화하고 그것을 실천하는 길에 대하여 무수한 질문을 품는 삶이다.

4. 꽃같이 분노하는 정치적 자리를 위하여

인류의 역사상 집단 내에 마이너리티가 없었던 적은 없다. 다른 점이 있다면, 과거에는 마이너리티였기에 열악한 환경에 처했지만, 오늘날은 경제적으로 열악한 환경에 처하는 순간 마이너리티가 된다는 점이다. 이와 같이 오늘날 마이너리티들은 사회에서 밀려날지도 모른다는 불안을 내면화하는 개인 모두의 마음속에 내재한다. 이 불안의 고리를 내면화했을 때 그것은 너무나도 정교하게 작동하여 완벽해 보이는 세계관으로 작동한다. 게다가 이 전반적인 불안 때문에, 즉 그 불안 요소를 불식시키고자 하는 다급함에 의해 사람들은 오히려 더욱 맹목적으로 이것에 집착한다. 중세가 끝났음에도 신성함의 자리가 세속의 것으로 돌아가지 못하고 새로운 권력이나 이데올로기로 환속화되고 있는 것도 이러한 메커니즘과 관련이 깊다.

작품을 통해 형상화되고 있는 용산참사에서 확인한 이 시대 권력구조의 맹목성은 분명히 우리 시대를 이해하는 중요한 잣대이다. 용산참사를, 그리고 이후로도 지속적으로 발생하고 있는 유사 사태를 용인하는 이 시대를 생각할 때, 우리는 사회 구성원 모두의 마음속에서 작동하고 있는 환속화된 맹목적 믿음과 그것에 부합하기 위해 기를 쓰는 불안 심리의 상호작용을 해체할 필요가 있다.

때문에 용산의 기억에서 우리가 생각해야 할 미래의 정치적 투쟁 지대는 나의 외부가 아니라 내부이어야 한다. 그 투쟁은 일종의 축적이기도 하고 수동성이기도 한 개방의 상태로 스스로를 확장시키는 작업일 것이다. 이는 맹목적으로 치닫는 위기감에 잠식당하지 말고 더 많은 가능성의 문을 여는 작용이다. 그리고 그 속에서 만들어지는 어떤 사실이나 진실을 있는 그대로 감당하는 일이다. 그것이 아무리 맹목의 가치와 대치되더라도 자신의 판단 속에서 이루어진 결론을 받아들일 때 개인의 내부와 외부는 연결이 가능하게 될 것이고, 일종의 시냅스 체계처럼 서로에 민감하게 반응하여 서로 변화할 수 있는 구조를 만들 수 있다. 적어도 이러한 관계라야 우리는 신성시되어버린 맹목의 논리를 지상으로 데려와 새로운 가능성의 장, 즉 세속화의 장을 열 수 있을 것이다. 용산참사가 투쟁의 실천가능성을 상정하기 위한 돌파구로 작동하기 위해서는 이에 연루된 사람 모두, 즉 우리 사회의 모든 사람들이 각자의 진실과 각자의 기억을 소통하면서 지속적으로 용산의 기억을 새롭게 창조해갈 수 있는 구체적 지대로 존재해야 한다.

최근에 우연히 조지 오웰의 1949년작 『1984』를 읽게 되었다. 1948년에 작가가 상상한 미래 세계는 전체주의가 극단으로 치달아, 체제만 남고 인간이나 인간성은 무가치한 것으로 상정된 곳이다. 그곳에서 인간은 삶에서 느낄 수 있는 내적 감정이나 생각, 인간 사이의 교류가 철저히 배제된 채 체제 유지의 부속품으로 전락해 있었다. 체제의 규칙에 대해 의문을 갖거나 그것으로부터 약간이라도 벗어나는 행동을 하는 것은 거대한 감시체제에 의해 필연적으로 감지가 되는 세계, 그리고 그렇게 한 사람은 체제 내에서 아무런 흔적도 없이 사라지게 되는 세계였다.

이 가상의 세계는 내게 두 가지 충격을 주었다. 하나는 작품이 보여준 인간성 상실의 현장이 너무나 현실적이었다는 것이고, 다른 하나는 이 현장감 넘치는 세계를 구현시키는 논리적 토대가 2012년 오늘날의 삶을 만들어가는 가치의 맹목적인 동일성 논리와 놀라우리만치 같은 구조를 갖고 있었다는 점이다. 결국 이러한 구조가 세속화되지 못하고 환속화를 거듭하는 속에서 용산 참사를 가능케 하는 사회적 경향성을 만들었다고 하겠다. 이 거대한 전체주의의 그림자를 걷어내기 위해 우리는 우리의 현실을 '꽃 같은 시절'로 끊임없이 새롭게 사용해야 할 것이다. 참사가 있었으나 그것이 그 순간으로 끝나버린다면, 그래서 더 이상 기억 속에서 현실로 개입하지 않은 채 화석화되어 시간의 지층 속에 묻혀버린다면 그것이야말로 참혹한 '참사 이후의 참사'이다. 이는 참사가 능산적 기억으로 지속되지 못하는 참사이며, 현실에서 또 다른 참사를 반복하는 참사이다.

의학이 아무리 발달하였다 해도 결정적인 회복과 치유의 과정은 사람들 각자가 가진 자가 치유력에 의한다고 한다. 우리 사회도 마찬가지일지 모른다. 사회가 이다지도 썩어가고 있는 것에 대한 해결책은 결국 우리 각 개인, 그리고 이들이 만드는 공동체의 색깔이다. 다시 희망은 인간인 것이다. 가장 막강한 권력을 가진 자이건 가장 미천한 자이건 결국 인간에게 희망은 인간에게서 찾을 수밖에 없다.

『꽃 같은 시절』에서 영희가 어린 자식 복주에게 하는 말을 다시 한 번 되뇌어본다.

"엄마도 싸우는 게 힘들어. 하지만, 싸워보지도 않고 물러나는 건 우리를 더 힘들게 할 거야. 복주야, 엄마는 지금 순양석재하고 싸우는 게 아니고 그, 뭐야, 어, 그니까, 그래 맞아, 내 속의 패배주의하고 싸우는 거야. 긍게, 내 속의 패배주의와 싸운다는 것이 무엇을 뜻하냐 하며는, 이기든 지든 결과에 상관없이 나를 억압하는 것과 싸운다는 것이여. 말하자면 긍게, 내가 내 삶의 주인이 되어서 산다는 것이여. 주체적으로 산다는 거라고, 알겠지?"(『꽃 같은 시절』, 146쪽)

2부

일상의 폭력을 마주할 때

입 없는 자들의 불온한 몸
― 김이설론

1. 어느 곳에나 존재하는 여자들

돈이 모든 가치의 척도가 되어버린 시대에 돈이 없는 자들은 자존심과 영혼을 지킬 권리조차 가질 수 없다. 돈은 자존심과 영혼을 지킬 수 있는 유일한 방패이며, 그 방패야말로 인간을 유일하게 인간으로 존립하게 하는 필수 조건이 된다. 돈은 그저 자신의 욕망을 소비할 수 있게 해주는 수단이 아니라 인간됨을 지탱하게 하는 목적, 그 자체로 존재하는 것이다. 그러므로 자존심과 영혼을 지킨다는 것은 돈을 번다는 말과 동의어라 할 수 있다.

그러나 매우 역설적이게도 자존심과 영혼을 지키기 위해서는, 돈을 벌기 위해서는 자존심과 영혼을 팔아야만 한다. 돈이 없을수록, 돈에 더욱 궁색해질수록, 돈을 벌지 못할수록, 자존심과 영혼을 팔아야만 하는 존재자들. 아무것도 가지지 못한 여성들이 이 사회에서 살아가기 위해서는 하나밖에 없는 자신의 몸을 성적 대상물로 넘겨주어야 한다.

이때 그녀들의 자존심과 영혼은 돈과 대등한 등가물이 된다.

그러한 여성들의 삶은 이미 소설로 형상화되어 우리에게 다가와 있다. 김동인의 단편소설 「감자」(1925)의 복녀, 최인호의 『별들의 고향』(1973)의 경아, 1950~60년대 소설에 등장하는 기지촌 여성과 양공주들. 또한 IMF 이후에 실직한 남편을 대신해 노래방 도우미를 하는 소설 속 주인공이 모두 그러하다. 이는 문학 작품뿐만 아니라 영화, TV 드라마 등 대중매체에서도 흔히 반복적으로 재생산되고 있는 내용이기도 하다.

수용자도 이미 익숙해질 대로 익숙해진 소재. 그러하기에 더 이상 그 어떠한 흥미도 재미도 불러들일 수 없는 주제. 그럼에도 이러한 내용이 반복되는 것은 그녀들의 삶이 과거에 이어 지금 이 순간에도 지속되고 있고, 아마 앞으로도 이어질 것이라 예상되기 때문이다.

다소 해묵은 주제라고 할 수 있는 '몸 파는 여자'들의 삶에 대해 김이설이 말을 하는 이유도 아마 여기에 있을 것이다. 두 편의 장편소설 『나쁜 피』(2009), 『환영』(2011)과 한 편의 창작집 『아무도 말하지 않는 것들』(2010)에서 작가가 계속해서 말하고 있는 것은 바로 이러한 여자들의 삶에 대해서이다.

사실 2000년대 이후 한국 문학장에는 '상상력, 현실을 벗어난 무중력, 환상, 장르 간의 혼종성, 유머' 등의 경향을 띠는 작품들이 늘어났다. 이전 세대까지 큰 흐름을 이어가던 리얼리즘 문학이나 문학의 사회적 개입에 대한 논의는 많이 사라졌다. 현실을 반영한 작품보다는 환상과 상상을 주류로 하는 작품이 많아졌으며, 순수문학과 장르문학의 경계가 허물어졌다. 엄숙함, 진지함보다는 발랄함, 재치, 유머를 추구하는 작품이 많아졌다. 인기 작가 박민규나 김애란의 작품, 혹은 김이설과 비슷한 시기에 문단에 나온 윤이형과 배명훈, 김성중의 소설이 그러하다. 바야흐로 이전 시대보다 문학에 대한 폭넓은 정의가 요청되는 시대가 되었다.

이러한 문학장의 상황 속으로 김이설의 소설이 호출되었다. 용산참사와 4대강 사업, 부산의 희망버스 등 일련의 사건은 문학장에서 한동안 잊고 있었던 문학의 사회적 개입, 반영에 대해 환기시켰다. 진은영은 이 시대에 시인이 시를 쓴다는 것에 대해 고민하였으며(「감각적인 것의 분배」,『창작과 비평』 2008년 겨울호) 김선우, 송경동, 이시영, 심보선, 황정은은 집회 현장으로 뛰어가 그곳의 상황을 전하였다. "이미 문학적 개입이 이루어진 후 더 이상 문학적 관심을 끌지 못하는 지점들, 그러나 여전히 문학적 개입을 요청하는 지점"[1]들에 대한 관심이 문학장에서 이루어지게 된 것이다.

2006년에 등단하여 청탁 없는 공백기를 거친[2] 김이설의 작품들이 다시 문학의 장으로 소환된 것은 이러한 문학의 사회적 관심에 따른 환기에 연유한다고 할 수 있다. 김이설의 소설은 "단연코 '현실'을 직접 주제화"[3]하고 있다. 현실의 문제를 은유나 환상으로 치환하지 않으며, 우회적으로 돌려 말하지도 않는다. 날것 그대로 생생하게 건져, 독자들 앞에 내놓는다. 수사와 비유를 배제한 단문의 문체는 현실의 고통을 과장되게 서술하지 않음에도 불구하고, 현실의 고통스런 장면을 매우 사실적으로 묘사하고 있다. 김이설의 소설이 동시대 작가의 작품

---

1) 소영현, 「서발턴을 위한 문학은 없다」,『자음과 모음』 2012년 봄호, 252쪽.

2) 윤이형, 「이 작가, 작가 인터뷰」,『문학과 사회』 2010년 여름호, 334쪽.

3) 백지은, 「이설(異說)의 현실, 현실의 이설」(작품해설),『나쁜 피』, 민음사, 2009, 196쪽. 이하 본문에서 『나쁜 피』로 쓰고 쪽수를 병기함.

과 차이점을 보이는 것은 바로 현실의 고통을 정면에서 돌파하고 있다는 데에 있다.

김이설은 현실의 고통과 부조리를 특히, '몸을 파는 여자들'의 삶을 조망함으로써 육화해낸다. 작가가 "누구나 알지만 아무도 말하지 않는 것들"을 "앞으로도 잊지 않을 것"이라고 다짐[4]할 때의 대상은 여성으로서의 자존감과 영혼을 돈과 맞바꾸어야만 생을 꾸려갈 수 있는 자들인 것이다. 이미 복녀, 경아가 걸었던 불행한 삶을 김이설 소설의 인물들도 비슷하게 반복하고 있지만 거기에는 단순한 반복 이상으로, 그 인물들이 우리에게 던지는, 이전의 그녀들은 채 보여주지 못한 어떤 희미한 빛이 있을 거라 가정해볼 수 있다. 왜냐하면 복녀, 경아와 같으면서도 또 다른 길을 걸어가는 더 많은 복녀와 경아가 우리 시대에도 여전히 존재하고 있기 때문이다.

이제부터 김이설 소설 속의 여자들에 대해 알아가 보고자 한다. 과거에도 존재했고 현재에도 존재하지만 그녀들은 우리에게 말하지 않은 그 무엇이 아직 남아 있을 것이다.

2. 돈을 버는 몸, 몸으로 번 돈

잡지 속의 여자 모델들은 8등신 몸매에 희고 가는 팔다리, 풍만한 가슴과 아찔한 쇄골을 가졌다. 그런 모델의 몸은 현대 사회가 원하는 이미지에 맞춰진 표준화, 계량화된 몸이다. 잡지를 보는 여자들은 생

---

4) 김이설, 「작가의 말」, 『아무도 말하지 않는 것들』, 문학과지성사, 2010, 282쪽. 이하 본문에서 『아무도』로 줄이고 쪽수를 병기함.

물학적인 시선에서 모델을 보는 것이 아니라 사회학적 시선에서 모델을 보게 된다. 그리고 이는 나 자신을 보는 시선으로 이어진다.

즉, 현대의 여성들은 주체적인 입장에서 자신을 보는 것이 아니라, 자신과 자신의 몸을 분리시켜 타자화된 시선에서 자신의 몸을 본다. 섹슈얼리티를 담보한 여성의 몸이 자본주의의 상품이 되었을 때, 여성은 여성 스스로를 제3의 눈, 상품화된 몸으로 바라보게 된다.[5] 그리고 잘 팔리는 몸을 만들기 위해 자신의 몸을 공정하고 기계화한다. 그렇게 파편화된 몸이 되어서야 몸은 상대가 원하는 것에 따라 교환, 대체가 가능해지기 때문이다. 넓은 의미에서 현대 여성의 몸은 모두 다 교환 가치를 띠는 상품이 되었다고 할 수 있다. 정이현의 『낭만적 사랑과 사회』, 『달콤한 나의 도시』, 서유미의 『쿨하게 한 걸음』, 백영옥의 『다이어트의 여왕』은 이러한 여자들의 삶에 대해서 다루고 있다.

그러나 김이설 소설 속 여자들은 다이어트 보조제를 사거나 네일샵을 방문할 기회조차 얻지 못한다. 정이현, 서유미, 백영옥의 여자들이 현대 사회의 산업 구조 내에서 직장을 가지고, 직장 내에서 성차(性差)에 따른 차별 때문에 힘들어한다면, 김이설의 여자들은 처음부터 그러한 구조 밖에 내몰려 있는 인물들이다. 앞선 소설들의 여주인공이 대도시의 특정한 위치에 자리매김한, 현대 사회 내부에 위치한 이들이라면, 김이설의 여자들은 어떠한 자리도 갖지 못한 채, 사회 내부와 외부를 넘나들면서 생계를 유지해야 하는 이들이다. 그때 그녀들에게 '몸'은 섹슈얼리티를 담보한 이미지로서의 몸이기보다는, 돈을 버는 직접적인 매개체이자 수단으로서의 몸이다. 몸은 돈을 버는 장소이면서,

---

5) 임옥희, 『채식주의자 뱀파이어』, 여이연, 2010, 199쪽.

돈을 받기 위한 교환의 대상이 되는 것이다.

역에서는 만취해 횡설수설하는 아저씨가 내 앞에서만큼은 아가가 되어 무릎을 꿇고 울었다 웃었다 하는 모양이 우스웠다. 담요 아저씨는 그래서 만 원만 받았다. 흰얼굴은 오천 원, 다른 삼촌들은 담요 아저씨보다 더 줘야 했다. 나는 돈을 먼저 받은 다음에야 삼촌들을 따라갔다. 나는 술이나 빵을 받고 쫓아가는 이모들 같은 바보가 아니었다.(「열세 살」, 『아무도』, 23-24쪽)

만두를 먹는 내내 아빠가 나를 계속 쳐다봤다. 나는 다 먹기도 전에 내가 먹은 만두 값을 지불해야 된다는 것을 직감했다. 항구에 가고 싶니? 아빠가 내 허벅지를 지그시 눌렀다. 선의도 반드시 대가를 치러야 한다. 나는 초경도 치르지 않는 소녀였다. 그날 나는 내 생애 처음으로 항구를 보았다.(「순애보」, 『아무도』, 83쪽)

경찰의 시선이 계속 나를 따라왔다. 다리에 힘이 풀려 온몸이 덜덜 떨렸다. 왕 사장이 별채로 가는 나를 따라왔다. "눈 한번 딱 감아. 해보면 별거 아니야. 처녀도 아니잖어? 돈은 내가 오늘이라도 당장 융통해줄 수 있어." 왕 사장이 내 대신 상 위에 물과 수저, 김치와 밑반찬을 내려 놓았다. "언니는 뚱뚱하다고 싫어하는 손님도 많거든. 거긴, 몸도 괜찮고." 왕 사장이 내 가슴부터 아랫도리까지 훑었다.[6]

---

6) 김이설, 『환영』, 자음과모음, 2011, 57쪽. 이하 본문에서 『환영』으로 쓰고 쪽수를 병기함.

엄마와 서울역에서 노숙하는 열세 살의 '나'(「열세 살」), 바람난 엄마에게서 버림받은, 아직 초경도 치르지 않은 '나'(「순애보」), 왕백숙집에서 서빙하는 '윤영'(『환영』)은 몸을 팔아 생계를 이어나간다. 그녀들에게 몸은 "오천 원", "만 원", "만두 값"과 바꿔야만 하는 대상이다. 그것은 초경도 치르지 않는 '나'나 열세 살의 '나'에게 "누가 말해주지 않아도 자연히 알게 되는 것들", 혹은 '마땅히 알아야 하는 것'이라고 할 수 있다. 이유 없는 선(善)이란 존재하지 않는다. 하나를 얻었으면 다른 하나를 내놓아야 한다. 물물거래가 시작했던 원시사회부터 화폐가 교환의 척도가 된 현대사회까지 교환은 시장경제의 기본이며 시작이다. 그것은 자신의 성(性)도 예외일 수 없다.

소설 속 상황을 다시 보도록 하자. 엄마는 지하철역에서 눈 먼 봉사 흉내를 하며 구걸을 하고 있다.(「열세 살」) 다른 엄마는 낯선 사내와 바람이 나서 나를 국도 한가운데 버리고 도망을 갔다.(「순애보」) 남편은 공무원 시험 준비를 한다며 몇 년째 집에서 놀고 있다.(『환영』) 작품 속 여자들은 어떠한 방법을 통해서라도 돈을 벌지 않으면 가족과 스스로의 생계를 유지할 수 없는 상황에 처해 있다.

「오늘처럼 고요히」, 「막」에 등장하는 여자들의 상황도 별반 다르지 않다. 한 공간에서 남성과 기이한 구조의 가족을 이루고 있지만, 남성은 여성들에게 폭언과 폭행을 서슴지 않는다. 이때의 폭행, 폭력은 성을 착취하는 것으로 이어진다. 경제적으로 자립하지 못한 여성들은 남성의 폭력을 묵인하면서 살아간다. 여기에 아이를 길러야 한다는 책임감이 더해지면서 여성들은 성매매의 환경에 놓이게 된다.

그런 점에서 김이설 소설에서 여성의 몸은 자본주의의 단면이 적나라하게 노출된 곳이라 할 수 있다. 자본주의 사회에서 돈을 갖지 못한 여성이 돈을 벌기 위해 성매매를 하고, 그렇게 번 돈으로 다시 자본주의의 한 구멍을 메우며 살아간다. 여성의 몸은 돈의 생성, 유통과 한 몸이 되어 흘러간다. 즉, 여성의 몸은 자본주의의 폭압과 폭력을 증언하는 장소이면서, 그것이 재현되는 곳이라 할 수 있다.

그렇다고 하여 소설 속 여자들을 나약하고 힘이 없는 약자라고 단언할 수는 없다. 이 사회에서 살아가기 위해서는 돈이 있어야 한다는 것을 여자들은 누구보다도 잘 알고 있으며, 이를 위하여 자신의 몸을 기꺼이 도구로 사용한다. 그렇기에 여자들은 몸을 파는 여자로서의 수치심, 부끄러움 따위를 느끼지 않는다. 간혹 머뭇거리고 잠시 당혹스러워하기도 하지만, 그러한 감정을 느끼는 것보다는 조금이라도 '돈'을 더 버는 것이 최선이라 생각한다.

만약 여자들이 성매매를 해야 하는 자신의 처지를 비관하며 희로애락의 감정을 갖게 된다면 그녀들의 생은 무너져 내릴 것이다. 그녀들에게 돈을 번다는 것은 그만큼이나 절박한 무게를 가진다. 어쩌면 그녀들은 수치심을 느끼지 않는 것이 아니라 수치심을 느끼지 않는다고 스스로 단정해버리고 있는지도 모른다. 그녀들에게 수치심은 돈을 갖지 못한 자의 비극의 씨앗일 뿐이기 때문이다. 물론 그 이전에, 수치심조차 느끼지 않아야만 돈을 벌 수 있는 그녀들의 상황이 절망에 가까운 비극인 것은 두말할 나위가 없다.

그녀들은 몸 위에 군림하는 돈을 택했다. 그것은 비윤리적일지는 모르나 최소한 그들의 선택은 자본주의 사회에서 돈이 없는 여성이 약자임을 증명하는 반어적인 방식일 수는 있다. 그리고 그들의 선택이 낳은 행동 하나하나는 그 자체로 자신들의 몸을 사는 남성과 사회를 비웃고 고발하는 과정이기도 하다. 그녀들이 일상에 대한 감정을 최대한 배제하면서 돈을 버는 몸을 이용하여 아버지가 만든 빚을 갚고, 무능력한 남편 대신에 가장으로서 가족을 꾸려나갈 때, 그들은 단순히 돈에 굴복한 여성들이 아니라 자본적 가치가 마련한 저 단단한 벽을 뚫어내는 불온한 물음표처럼 보인다.

김이설 소설의 여자들이 한없이 약자인 듯 보이면서도 무엇보다도 센 강자처럼 보이는 이유는 그녀들이 자본주의 사회의 구멍이면서 동시에 구멍을 뚫고 나가는 능동적 존재로 읽힐 가능성을 가지고 있기 때문이다.

3. 자궁이라는 뫼비우스의 띠

오정희의 「중국인 거리」는 "초조(初潮)였다"[7]로 끝이 난다. 중국인 거리에 사는 어린 여자 화자는 도둑고양이, 양공주인 메기, 할머니의 죽음을 연달아 겪으면서 세계의 이치를 깨달아간다. 소설의 말미에 나오는 '초조'는 주인공이 아이의 세계에서 어른의 세계로 진입했음을 의미한다. 초경을 겪은 주인공의 몸은 여자 아이의 몸에서 성인 여자의 몸으로 바뀌었으며, 이때 몸의 변화는 정신적인 성숙으로 연결된다.

그렇다면 오정희의 초경이 정신적인 성숙, 변화를 의미할 때 김이설 소설의 초경은 어떤 의미를 지니는 것일까.

「열세 살」의 '나'는 "팬티와 바지", "대합실 의자"마다 "검붉은 얼룩"

---

7) 오정희, 「중국인 거리」, 『유년의 뜰』, 문학과지성사, 1981, 81쪽.

을 묻히고 다녔다. 엄마는 '나'에게 "넌 어린애가 아니니까" "더 이상 치마를 입으면 안 돼"라고 말했다. 더 이상 치마를 입지 못하게 된 '나'는 엄마 몰래 치마를 입었고 '아이'를 가진다. 「순애보」에서 초경을 치르지 않았던 '나'는 아빠의 '아이'를 가지게 된다.

아이의 몸은 여성의 몸이 되었다. 그건 자궁을 가진 여성이면 누구나 겪어야만 하는 일이다. 하지만 김이설 소설 속 여성에게 '초경'은 또 다른 의미로 다가온다. 이는 오정희 소설의 정신적인 성숙이나 어른 세계로 편입하는 것과는 다른 의미를 지닌다.

즉, 초경을 치른 여자 아이의 몸은 이제 '여자 어른'의 몸이 되었다. 아이가 아닌 여자 어른의 몸은 '임신'과 직결되는 상황에 맞닥뜨렸음을 의미한다. 몸으로 돈을 버는 여자들에게 초경, 생리는 낭만적인 의미의 정신적 성숙이 아니다. 이는 원치 않은 아이가 생길 수 있는 환경이 조성되었음을 뜻하며, 그 아기 때문에 열 달 이상 돈을 벌지 못할 수도 있는 끔찍한 상황이 도래할 수 있다는 것을 뜻한다.

김이설 소설 속 여자들은 성매매 결과 생긴 아기를 모두 낳는다. 그리고 아기를 기르기 위해 다시 성매매를 해야 하는 상황에 처한다. 악순환은 뫼비우스의 띠처럼 안과 밖을 구분하지 않고 계속해서 이어진다.

26세, L대 법대생. 165cm, 54kg. 술, 담배 안 함. 유전적 질병, 정신적 결함 없음. 남자 친구 없음. 브로커 없는 직접 거래 요망. 일 년만 숨어 살면 목돈을 쥐는 일이었다. 합법적이지 않다는 건 중요하지 않다. 빚을 지지 않고, 도망칠 수 없는 나락에 빠지는 위험 없이 오천만 원을 벌 수 있는 일이란 대리모 외에는 없었다. 할 수만 있다면 열 번도 더 할 수 있는 일이었다.(「엄마들」, 『아무도』, 41쪽)

자궁과 관련된 좀 더 직접적인 이야기를 보도록 하자. 위의 인용문은 「엄마들」의 한 부분이다. 가족의 생계를 짊어지고 있는 26세의 여성은 "오천만 원"을 한꺼번에 벌기 위해 '대리모'로 나선다. 그녀가 열거해놓은 약력사항은 취업을 위한 조건들처럼 대리모에 적합한가 부적합한가를 판가름하는 기준이 된다. 그녀에게 대리모의 문제는 윤리나 도덕의 문제이기 이전에, 밥을 먹을 수 있느냐 없느냐 하는 생계의 문제와 직결된다. 그런 의미에서 「엄마들」의 여대생은 위 소설 속의 성매매 여성과 같은 위치에 처해 있다고 할 수 있다.

「엄마들」은 대리모를 하는 여대생을 화자로 삼고 있다. 하지만 여대생 못지않게 중요한 인물이 여대생에게 대리모를 부탁하는 여성이다. 26세 여대생이 '돈'을 벌기 위해 자궁을 빌려준다면, 대리모를 부탁한 여자는 정상적인 가족을 만들기 위해 돈으로 자궁을 빌렸다.

미혼(未婚), 비혼(非婚), 아이 없는 가족이 늘어가고 있지만, 여전히 사회는 일정한 나이가 되면 결혼을 해야만 하는 것으로 간주한다. 그리고 결혼한 가족은 마땅히 아이를 낳아 3인 이상의 가족 구성원을 이루어야 한다고 여긴다. 여성의 고학력화, 맞벌이 부부의 증가로 초산이 늦어지고 아이 없는 부부가 늘어나고 있지만, 여전히 우리 사회의 '정상'적인 가족 유형은 아이가 있는 가족이다. 이때에 아이를 낳지 못하는 여성은 가족을 '비정상'의 위치로 몰아넣은 장본인이 된다.[8] 여성

---

8) 남성의 문제로 임신이 되지 않는 것과 비교하여 여성의 불임은 가족 내에서나 사회적으로 더 큰 문제로 인식된다. "우리나라는 여성에게 문제가 있어서 난자 공여를 하게 되면 남편에게 미안해지고 결혼 자체에 문제가 있게 돼요. 그러나 남편이 결격 사유가 있어 정자 공여를 할 경우 부부의 결혼 생활이 원만해지고 남편이 고마워하죠." 조주현, 「생명공학과 여성의 행위성」, 『벌거벗은 생명』, 또하나의문화, 2009, 40쪽.

의 불임은 신체적인 문제가 아니라 사회적인 문제로 확산되어, 안정적이고 안락해야 하는 가정을 불완전하고 불안하게 만든 원인 제공처가 된다.

그런 의미에서 소설 속 여자가 대리모를 구하는 것은 이러한 완전한 가족, 정상적인 가정으로 편입하기 위한 몸부림이라 할 수 있다. "두 벌의 실내복과 호두와 잣", "비타민제", "육아서"를 여대생에게 사다 주면서 여자는 정상적인 가족의 정상적인 아이를 낳기 위해 대리모의 태교에 힘을 쓴다.

이때 여대생, 대리모의 존재는 구멍 날 수 있는 가부장제 사회를 견고하게 구축해주는 하나의 기둥이 된다. 아이를 낳지 못한 여성이 대리모를 통해 정상의 범주에 들어서고자 할 때의 정상이란 남성들이 만들어놓은 '대'를 잇는 가부장제 사회이기 때문이다. 남성은 대리모 계약에 직접적으로 참여하지 않으면서도 계약의 혜택을 가장 많이 받는 존재라 할 수 있다.[9] 결국, 대리모를 하는 여학생이나 그녀를 고용하는 여자는 남성 중심 사회의 이데올로기를 재생산하면서 이를 강화시켜주는 역할을 한다. 그녀들은 이 사회에서 돈이 없는 약자이고, 아이를 낳지 못하는 비정상적인 여자이며, 이 사회의 아비투스를 몸에 각인시키고 있는 인물이기 때문이다.[10]

나는 마지막 항암 치료를 마치고 완쾌 진단을 받았다. 정기적인 검사와 평생 먹어야 하는 약들이 남았다. 배꼽부터 아래로 길게 난

---

9) 캐럴 페이트만, 이충훈·유영근 옮김, 『남과 여, 은폐된 성적 계약』, 이후, 2001, 296-297쪽.

10) 부르디외, 김용숙 옮김, 『남성지배』, 동문선, 2000.

수술 자국도 남았다. 나에게 남지 않은 건 자궁과 아이. 그리고 남편이었다. (…) 간절히 원하기도 전에 아이를 가질 수 없게 되었다. 그런데 뜻밖에도 내 생애에 아이가 없다는 것이 받아들여지자 결혼 생활을 지속해야 할 이유를 잃었다. 어쩌면 자격지심이나 나의 불능에 대한 왜곡된 방어였을 것이다. 나로 인해 남편의 삶이 흔들리는 것을 원치 않았다.(「환상통」, 『아무도』, 105-119쪽)

「환상통」의 은희는 7년 연애 후 결혼을 했다. 2년이 지나도록 아이가 생기지 않았지만 결혼 생활은 견고하였다. 하지만 "자궁경부암 3기"라는 의사의 말은 견고한 결혼 생활을 한 방에 무너트렸다. 은희는 수술을 통해 자궁을 들어냈고, 남편과 이혼을 한다. 아이를 낳지 못한 자신이 남편 옆에 있는 것은 그의 행복을 빼앗는 것이라 여겼기 때문이다.

앞서 「엄마들」의 여자가 대리모를 통해 정상적인 가족으로 편입하려 했다면, 「환상통」의 여자는 남편의 '정상'적인 생활을 유지시켜주기 위해 이혼을 자처한다. 은희에게는 대리모를 구할 돈과 시간이 없다. 결국 자본주의 사회에서 돈이 없는 사람은 이 사회가 정해놓은 규범 안으로 들어갈 수가 없다. 남편은 "나는 아직도 우리가 왜 헤어져야 하는지 납득할 수가 없다"라고 말하면서도 은희와 헤어지고 새장가를 든다.

은희는 남편에게 아이 없이 살거나, 아이가 없어도 행복할 수 있다는 말 등은 하지 않는다. 남성 중심의 사회에서 아이를 낳지 못한 여자가 비정상인이라는 것을 여자 스스로가 주입하고 있으며, 이에 맞추어서 행동한다.

그렇기에 혹자는 은희의 소극적인 태도를 비판할 수도 있다. 아이 없는 가족이나 동거 형태의 가족이 늘어나고 있는 추세에서 은희의 태도는 전근대적인 이데올로기를 답습하고 있는 것으로 보이기 때문이다. 암수술 이후 은희가 주체적인 여성으로 자신의 삶을 살아갔으면 더 좋지 않았을까 하는 아쉬움이 드는 것도 바로 이러한 연유에 기인한다. 하지만 이혼 후, 정기검진을 받으면서 살아가는 은희의 모습은 실제 불임 여성의 모습을 가장 핍진하게 보여주는 내적 필연성을 획득한 것이기도 하다. 불임 여성은 취미, 직장, 종교 활동을 통해 자신의 생활 영역을 만들어나가기도 하지만, 기존 집단과 분리하여 생활하려는 모습을 가장 많이 보여준다고 한다.[11]

「엄마들」과 「환상통」에는 네 명의 여자들이 나온다.(「환상통」의 은희 엄마는 자궁암 말기이다.) 그녀들은 이차 성징 이후 한 달에 한 번씩 생리를 해야 하며, 가임기를 거쳐 아이를 낳아야만 하는 운명을 지녔다. 하지만 소설 속 여자들의 자궁은 온전히 여성 자신만의 자궁이 되지 못한다. 그것은 누군가에게 돈을 받고 빌려줘야 하는 텅 빈 바구니 같은 것이며, 어느 누구에게도 팔리지 않을 암세포가 자라고 있는 병든 살덩어리일 뿐이다. 자궁이 자궁의 기능을 온전히 하지 못할 때, 여자들의 몸은 신체적 기능보다 먼저 사회적 기능을 하지 못한다. 어느 누구도 병든 여자의 몸에 대해 걱정하거나 위로해주지 않는다.

가부장제 사회에서 여자의 몸은 아이를 낳아야 하는 도구적인 몸이다. 도구의 기능을 하지 못하는 몸은 비정상적인, 결핍된 무엇으로 취급된다. 그것은 언제든지 사회에서 추방당할 수 있는, 추방당해도 괜

---

11) 조주현, 앞의 책, 41쪽.

찮은 것(bare life)이 된다. 성매매를 하는 여성의 몸이 자본주의 사회의 지배 이데올로기가 무엇인지를 보여주는 돋보기 기능을 할 때, 아이를 갖지 못하는 여성의 몸은 가부장제 사회에서 여성의 몸이 어떻게 작용되고 사용되는지를 알려주는 감지기 역할을 한다. 어느 쪽이든 여성의 몸은 여성 스스로의 몸이기 전에, 수단으로서의 몸으로 작동하는 것이다.

4. 엄마들의 모성, 그 너머의 책임감

여자들이 몸을 팔아 생계를 꾸려나가고, 남편의 폭력과 폭행에도 묵묵히 삶을 이어나가는 것은 '가족'이 있기 때문이다. 더 명확히는 '아이' 때문이다. 아이를 낳지 못해 대리모를 구하는 것도, 남편과 이혼을 자처하는 것도 모두 '아이' 때문에 생긴 일이다. 그런 의미에서 김이설 소설 속 여자들의 궁극적인 지향점은 아이에게 닿아 있다고 할 수 있다. 열악한 상황에서도 아이를 낳아 기르는 여자들의 모습은 무섭도록 맹목적이고 저돌적이다.

내가 밥을 먹는 것도, 잠을 자는 것도 모두 아이를 제대로 키우기 위해서였다. 밥을 잘 먹어야 젖이 잘 돌고, 잠을 잘 자야 아이에게 웃을 수 있었다. 남편에게 아이를 맡기고 일을 하겠다고 나선 것도 결국 아이를 위한 것이었다. 굶을 수는 없었다. 공무원 시험 준비를 해왔던 남편을 내보내는 것보다 내가 나서는 것이 당연했다. 남편이 시험에 붙어야 하는 이유도 아이 때문이었다. 이제 세상의 모든 이유는 아이 때문이어야 했다. 내 배로 낳은 아이였으므로, 나처럼 살게 할 수는 없었다. 그건 남편도 마찬가지일 것이었다.(『환영』, 15쪽)

인용문에서 윤영은 자신이 밥을 먹고, 잠을 자고, 돈을 버는 모든 이유가 '아이'를 제대로 키우기 위해서라고 단언한다. 성매매를 하면서까지 돈을 벌어야 하는 궁극적인 이유는 모두 아이에서 기인한다. 이를 아이에 대한 엄마의 사랑, 애정, 책임감이라 할 수 있을까.

여자라면 누구나 가지고 있는 것으로 여겨지는 모성(母性)에 대해 학자들은 저마다 다른 의견을 내놓고 있다. 신경정신분석학자는 옥시토신이라는 호르몬의 분비가 모성 행동을 자극한다고 했으며,[12] 프랑스의 철학자는 산업혁명 이후 국가의 노동력과 미래 산업을 위해 엄마들에게 자식에 대한 모성, 애정을 주입시킨 것이라고 했다.[13] 모성은 동물도 가지고 있는 것으로, 종족보존을 위해서는 필수불가결한 행동이라는 견해도 있다. 모성이 본능이라는 이론부터 이차적으로 만들어진 것이라는 견해까지 모성을 둘러싸고 있는 이론은 각양각색이다. 어떠한 것이든 모성이 엄마와 자식 사이에서 중요한 요소로 작용하는 것은 분명하다.

하지만 생의 이유가 아이 때문이라는 윤영의 고백은 자식에 대한 모성 그 너머의 것을 생각해보게 한다. 즉, 윤영의 고백은 가진 것 없는 여자가 이 사회에서 살아남기 위한 명분을 아이에게서 찾는 것으로 읽힐 수 있다. 여타의 직업이나 사회적 지위, 부와 명예, 아니면 사회의

---

12) EBS 마더쇼크 제작팀, 『마더쇼크』, 중앙북스, 2012, 56-57쪽.
13) 엘리자베트 바댕테르, 심성은 옮김, 『만들어진 모성』, 동녘, 2009.

보편적인 기준에 의거한 정상적인 가족조차 갖지 못한 여자는 자신의 존재 이유를 아이에게서 찾고 있다. 아이는 자신의 도움을 절대적으로 필요로 하는 존재이며, 자신이 '소유'한 유일한 대상이다. 그렇기에 아이에 대한 여자의 모성은 모성이기 이전에 여자의 정체성을 이루는 기초가 된다. 아이가 온전한 아이 그 자체의 의의보다는 여자가 살아갈 수밖에 없는 원동력으로, 여자의 존재감을 증명하는 대상으로 다루어지는 것이다.

그러나 아이에 대한 여자의 맹목적인 모성에도 불구하고, 아이는 여자가 원하는 삶을 살아갈 수 없다. 여자와 아이를 둘러싸고 있는 환경은 가난, 성매매와 폭력, 폭언, 비정상적인 가족 구성원이 전부이기 때문이다.

김이설 소설의 특징은 여자들이 낳은 아이의 대부분이 '여자'라는 것이다. 엄마의 불행은 아이에게도 그대로 이어진다. 즉, 아이는 엄마처럼 성매매를 통해 삶을 이어나간다. 성매매의 대물림은 엄마에게서 아이에게로 이어지며, 그 아이가 낳은 또 다른 아이에게로 되풀이해서 이어진다.

"일곱 살이나 먹은 아이가 한글도 읽을 줄 몰랐어. 이는 몽땅 다 썩었고. 그렇게 놔둔 게 나야. 얼굴 마주치기 싫어서 하루 종일 만화 채널만 보게 했던 것도 나고. 자기 자식을 보면서 죽었으면 좋겠다고 생각한 엄마였으니, 벌 받아 마땅하지."

"생리 때문에 그런 거면 네 탓도 아니잖아."

혜주가 눈을 비비며 부엌으로 걸어왔다. 진순이 팔 벌려 혜주를 꼭 안았다. 이제 와서 누구 탓을 하면 뭐하겠는가. 혜주를 안는 진

순이 이제까지와는 달라 보였다.(『나쁜 피』, 40-41쪽)

『나쁜 피』의 진순은 일곱 살 아들을 둔 엄마였다. 진순은 생리 때가 되면 "식구들이 죽도록 싫어지는" 증상에 시달렸다. 유치원 버스를 타고 가는 아이가 버스 사고로 죽었으면 좋겠다는 생각까지 했다. 진순의 자궁에는 근종이 있었다. 병 때문에 생긴 호르몬의 불균형은 진순이 정상적인 생활을 하지 못하도록 하였다. 결국, 남편이 이혼하자 하였고, 진순은 아이, 남편과 헤어진 이후에 자신이 감정을 제어하지 못한 이유가 자궁근종 때문이었다는 것을 알게 된다. 수술 후 진순은 이전과 같은 증상에서 해방되었지만, 아이가 죽었으면 좋겠다는 생각을 했다는 사실 때문에 죄책감을 가진다.

그런 진순은 수연이 두고 간 혜주를 제 딸처럼 보살핀다. 마치 혜주를 보살피는 것만이 자신이 아들에 대해 불경한 생각을 한 것에 대한 면죄부라도 되는 듯 혜주에게 정성을 다한다. 혜주의 외할아버지이자 친구 화숙의 외삼촌과 하게 되는 잠자리도 혜주 때문이라면 참고 견딘다. 혜주만큼은 "엄마 손에서" 제대로 키우고 싶고, 그런 '엄마의 역할'을 자신이 해주고 싶기 때문이다.

병으로 인한 증상이었음에도 아들을 사랑하지 못했다는 죄책감에 시달리는 진순의 모습은 여자에게 있어 모성이 무엇인가 다시 한 번 생각해보게 한다. 진순의 모습은 엄마라면 누구나 모성이 있어야 하며, 아이에게 사랑과 관심을 주어야 한다고 여기게 한다. 그렇기에 아픈 몸 때문에 일어난 증상이라도 아이를 미워한 것은 죄가 되는 것이다. 그런 의미에서, 진순의 혜주 '엄마 되기'는 진정한 의미에서의 사랑보다는 자신이 아들을 미워한 것에 대한 면죄부로서의 엄마 역할이라고 이해된다.

하지만 화숙은 혜주를 안는 진순을 보며 "진순은 웃으며 혜주의 살 냄새를 맡았다. 어미가 되어본 여자들은 저절로 저런 표정이 나오는가."라는 생각을 한다. 면죄부로서의 감정이든, 모성으로서의 감정이든 혜주를 보살피는 그 순간만큼은 진정성을 가지고 있는 것으로 보인다. 어미가 되어본 자만이 아이를 안을 수 있고, 아이를 향해 웃어줄 수 있기 때문이다.

김이설 소설 속 여자들은 엄마가 된다. 엄마가 된 여성들은 목숨을 걸고 아이를 지킨다. 아이에 대한 엄마의 사랑과 무조건적인 헌신은 때론 두렵고 무섭기까지 하다. 성매매를 해서 아이를 키우고, 자신의 아이에 대한 죄책감 때문에 남의 아이를 데려다 키운다. 아이에 대한 여자들의 사랑은 때론 집착처럼 느껴지기도 한다. 그래서 이는 아이 자체에 대한 사랑보다는 아이를 통해 자신의 존재감을 느끼고 싶은 여성의 몸짓처럼 읽히기도 한다.

그러나 어떠한 경우라도 아이를 지키겠다는 소설 속 여성들의 모습에는 아이를 자신처럼 자라게 하지 않겠다는 것, 아이만큼은 잘 기르고 싶다는 '책임감'이 전제되어 있다. 어떠한 의미에서 모성을 넘어서는 것은 아이에 대한 엄마의 책임감으로 보이기도 한다. 그리고 그러한 책임감은 소설 속 여성들이 살아갈 원동력이 된다. 만들어진 모성, 이데올로기로서의 모성을 운운하기 전에 눈앞에서 울고 있는 어린 생명을 지키고 길러야 한다는 책임감의 발현이 여성들을 다시 생존의 터전으로 가게 하기 때문이다.

5. 살아남은 자들의 증언

내 몸은 어느새 땀으로 흥건했다. 진순이 깨끗한 수건으로 내 이마를 닦아 주었다. "밥 줄까?" 나는 고개를 끄덕였다. 황사가 걷히면 더욱 따뜻해질 것이었다. 봄이 끝나기 전에 해야 할 일이 많았다. 나는 크게 심호흡을 했다.(『나쁜 피』, 178-179쪽)

곧 얼음이 얼 것이었다. 왕백숙집으로 출근하던 첫날 아침의 풍경은 바뀌지 않았다. 나는 누구보다 참는 건 잘했다. 누구보다도 질길 수 있었다. 다시 시작이었다.(『환영』, 193쪽)

여자들의 마지막 말은 '괜찮다'이다. "심호흡"을 다시 하고, "누구보다도 질길 수 있"다고 말한다. 그러니까 여자들에게 이 상황은 견뎌낼 수 있는 괜찮은 일인 것이다. 괜찮다고 하는 그녀들의 말은 진심일까? 정말이지 소설 속 여자들은 괜찮은 걸까.

작가는 그녀들에게 괜찮다는 말을 불어넣기보다는 차라리 목 놓아 울고, 모든 것이 망가지도록 내버려두는 것이 더 낫지 않았을까. 그녀들이 괜찮다고 말하는 모습은 그렇게 하지 않으면 살 수 없는 현실에 대한 자기최면이거나, 위악으로 보인다. 그래서 작가가 여자들에게 다시 살 수 있는 희망을 주는 것은 여자들에게 헛된 희망을 줌으로써 다시 한 번 아수라와 같은 사회로 나가라고 말하는 것처럼 읽히기도 한다.

그렇다고 하여 소설 속 여자들에게 극단적인 선택을 하라는 것은 아니다. 다시 한 번 살아보기로 결심하는 주인공들에 비해 보조 인물들은 여러 가지 방법으로 생을 마감한다. 자살을 하거나, 타살을 당하거나, 그도 아니면 질병으로 사망한다. 주인공이 살아남아서 꿋꿋하게 생을 이어나가는 것은 그런 의미에서 삶에 대한 숭고함처럼 여겨지기도 한다.

하지만 아쉬운 것은 여자들의 삶이 이전의 삶과 같은 궤를 이루며 이어진다는 것이다. 여자들은 각성을 통해 '저항하는 주체'로 탈피하지 않는다. 여전히 성매매와 빈곤, 폭력과 폭언이 무성한 환경에서 아이를 기르고 삶을 이어나간다. 그녀들이 자신을 둘러싼 공동체와 환경을 박차고 나가 새로운 삶을 살기를 바라는 것은 무리일까. 여자들은 갖은 폭력과 폭언에도 경찰서에 신고조차 하지 못한다. 가정폭력, 직장폭력에 대항하기 위해 국가기관에 손을 내밀거나, 주변 사람들에게 도움을 요청하지 않는다. 여자를 미혼모 보호시설에 데려다 주는 이는 「열세 살」의 '흰얼굴'이 유일하다. 남성주체에 의해서만 여자는 여타 시설의 도움을 받는다.[14]

여자들은 입을 가졌으나 말을 할 수 없는 입을 가지고 있다. 자신의 상황이 어떠한지, 어떻게 고통을 받고 있으며, 얼마만큼 아픈지 소리쳐 말하지 않는다. 아니, 말하지 못한다. 가야트리 스피박은, 하위주체는 말할 수 없는가? 라는 다소 도발적인 질문을 통해 하위주체의 언술 행위에 대해 말하였다. 하위주체는 자신의 이야기를 할 수 없다, 라는

---

14) 하지만 '흰얼굴'이 '나'에게 접근한 이유는 취재원으로서 기사를 쓰기 위해서였다. 흰얼굴이 쓴 기사는 실제의 나가 아닌 서울역 노숙자에 덧씌울 수 있는 수정과 편집이 용이한 '나'였다. 차미령은 이 부분에 대해 흰얼굴의 기사는 하위주체의 재현불가능성을 말해주는 것이라 평하였다. 서울역 노숙자로 치환되는 하위주체의 삶에 대해 이해할 수 있다고 말하는 우리들의 태도는 수정과 편집, 과장으로 얼룩진 흰얼굴의 기사처럼 그들의 삶에 대해 온전히 말해줄 수 없기 때문이다. 즉, 기사는 하위주체의 삶의 재현 불가능성을 구체적으로 보여주는 증표가 된다 하겠다. 차미령, 「몸뚱이는 말하지 않는다」, 『문학동네』, 2010년 가을호, 257-258쪽.

스피박의 단언은 김이설 소설의 여자들에게도 적용된다. 여자들은 입을 가졌으나 말하지 못하는 입을 가지고 있다.

그러나 스피박의 이러한 질문과 단언은 단순히 말을 하느냐, 못하느냐 하는 재현의 문제에만 얽혀 있는 것이 아니다. 언술행위는 말하는 이와 듣는 이가 함께 있을 때 성립할 수 있다. 다시 말해 하위주체, 여자들이 입을 가졌느냐 안 가졌느냐와 함께 그녀들의 말을 우리가 듣고 있느냐, 안 듣고 있느냐도 그에 못지않게 중요하다. 대화는 듣는 이와 말하는 이가 상호 충족될 때 성립할 수 있는 것이기 때문이다.[15]

벙어리처럼 소리 없이 자신의 삶을 이어나가는 여자들의 모습은 소설을 읽는 이에게 불쾌감을 준다. 하지만 정말 불편한 것은 그녀들이 삶의 증언의 주체가 되지 못해서가 아닌지도 모른다. 스피박의 말처럼 언술행위가 두 사람의 상호소통을 전제한다 할 때, 그들의 언어를 듣는 귀의 부재가 증언 불가능성을 확인시켜버리는 것인지도 모르기 때문이다. 김이설의 소설에서 느껴지는 불편함은, 그녀들이 삶의 증언의 주체가 되지 못한 것 자체에서 기인하지 않는다. 그들의 불가능성을 확인함에도 아무것도 할 수 없는 독자들의 무력감과 죄의식이 불편함이라는 심리적 회피 현상을 생산한 것이다. 김이설은 그녀들의 삶을 들려줌으로써 자기 불편함을 정면으로 응시하기를 독자들에게 요구하고 있다. 그런 점에서 김이설을 향하는 '대상에 대한 외설적 전시'라는 피상적 비판들은 재고될 필요가 있다.

그리고 또 하나. 그녀들이 정말 말을 하고 있지 않은지에 대해서도 판단해보아야 한다. 즉, 그녀들은 나와 다른 언어로 자신의 삶에 대해

---

15) 한국여성연구소, 「하위주체여성의 몸」, 『여성의 몸』, 창비, 2005, 116-131쪽.

끊임없이 말을 하고 있는데, 우리는 나와 같은 언어가 아니라는 이유로 그녀들의 삶을 외면하고 있지는 않은지에 대해 말이다. 모든 사람에게 공적 언어로 말을 하라는 것은 하나의 소통만을 말하는 폭력일 수 있다. 저마다 각각의 언어로 자신의 상황에 대해 말을 하고 재현하고 있을 수도 있기 때문이다.

어쩌면 그녀들은 말할 수 없는 자들이 아니라, 다르게 말하고 있는 자들인지도 모른다. 그리고 이때의 언어란 여자들의 '몸'일 것이다. 김이설 소설 속 여성의 몸은 성매매를 하는 몸이면서 아이를 낳은 출산의 몸이고, 모성이 발현되는 몸이며, 다시 돈을 벌기 위해 사회로 던져져야 하는 몸이다. 이 사회의 폭력과 억압이 기록된 몸이며, 출산과 육아를 짊어져야 하는 성스러운 몸이다. 여성의 몸은 그 자체로 삶의 모든 것을 담고 있는 총체적인 몸인 것이다.

김이설은 여성의 고통을 자신의 목적에 맞게 전유하거나, 고통을 대상화하지 않고 있는 그대로 전달하려고 한다. 여성 화자 뒤에 숨어서 작가의 목소리로 말하지도 않는다. 몸으로 말하는 인물들은 인물 스스로가 발화주체가 되어 자신의 이야기를 하고 있음을 말해준다. 그렇기에 여성의 몸은 여성의 고통을 직접 증언하는 입이자, 몸이 된다. 이는 재현주체로서의 김이설의 태도를 알 수 있게 해주는 부분이기도 하다. 여타 소설에서 인물의 발화가 작가의 욕망에 의해 삭제되거나, 인물의 입을 빌려 작가의 목소리가 나오는 것과 다르게, 김이설은 작가로서의 발화 욕망을 거두고, 인물 스스로가 자신의 목소리, 몸을 통해 고통을 발현하도록 하고 있기 때문이다.[16]

---

16) 스피박은 벵골어로 쓰인 마하스웨타 데비의 소설에서 서구의 지식과 재현의 지배적인 용어로 설명할 수 없는 서발턴 여성들의 삶을 포착해낸다. 임신과 수유를 반복하며 남편

무수한 사건과 고통, 폭력을 통과한 여성들의 몸은 어떠한 재현 체계보다 강력하고 정확하다. 죽지 않고 살아남은 그녀들의 몸은, 그녀들의 언어로 재현되는 언술행위보다 더 명확하게 자신의 삶에 대해 말하고 있다. 그녀들은 지금-여기, 이곳에 내가 죽지 않고 살아 숨 쉬고 있다는 것을 온몸으로 증명한다. 그렇다면 이보다 더 확실한 자기 존재의 증언은 없을 것이다.

"남편 월급이 적은 것에 대한 한탄"을 늘어놓고, "독하게 다이어트 했는데, 얻은 건 위장병과 탈모, 생리 불순밖에 없다"던 "지환 엄마"는 자살을 하였다.(「하루」) 하지만 삶에 대한 한탄조차 늘어놓을 수 없던 열세 살의 나, 윤영, 은희는 살아남아서 삶을 이어나갔다. 삶을 이어 나가는것만이 그녀들의 존재를 증명하는 것이고, 성매매와 대리모로 생계를 이어나가야 하는 자신에게 떳떳해질 수 있는 일이기 때문이다. 여자들은 죽지 않고 살아남아 자신의 존재와 자신이 겪어야만 했던 야만적인 사회를 온몸으로 폭로한다.

이는 김이설 소설의 인물이 죽어버린 복녀, 경아, 양공주와 대비되는 지점이다. 그리고 이것은 김이설의 소설만이 가질 수 있는 새로운 점이며, 그녀의 소설이 이제껏 하위주체 여성을 호명하던 여타 소설과 차별화될 수 있는 가장 중요한 이유이다.

과 가족을 부양하는 '젖어미', 자쇼다의 비극적인 서사는 "탈식민화에 대한 우화"로 읽힌다. 자쇼다는 자신의 비극적인 삶을 통해 자신의 고통을 발화하고 있다. 이는 김이설 소설의 여성인물이 자신의 몸을 통해 고통을 증언하는 것을 떠올리게 한다. 또한 재현주체로서 김이설의 태도는 벵골어로 쓰인 데비의 소설이 영어로 번역될 때의 오역과 간극을 인정하면서, 최대한 벵골어에 가깝게, 번역자의 목소리를 배제하면서 번역하고자 했다는 스피박의 태도를 상기시켜 준다. 스티븐 모튼, 이운경 옮김, 『스피박 넘기』, 앨피, 2005, 234-250쪽 참조.

도시 생활자, 동시대인, 자존의 기록

- 김미월론

'통치될 수 없는 것'이야말로
모든 정치의 시작이기도 하며 소실점이기도 하다.
— 조르조 아감벤, 「장치란 무엇인가?」, 48쪽

1. 스펙과 등록되는 삶

우리는 모두 도시인으로 자란다. 고등학교까지 의무교육을 마치고, 도시에 있는 대학에 진학을 해 일정한 학벌을 갖추고, 일정한 자격증을 따고, 일정한 나이가 되었을 때, 입사 지원서의 자기소개서와 마주하게 된다. 대학생들은 일정한 스펙을 갖추어야만 스스로를 소개할 수 있다고 생각하게 되었다. 이런 상황에서, 대학 교양 강의 시간의 '자기소개하기' 과제에 "저는 아직 스펙이 없어서, 소개가 힘듭니다"라는 대답은 그리 놀랍지 않다. 스펙으로 소개할 수 있게 되는 '나'란, 사회가 '나'에게 요구해온 코드에 스스로를 맞추어 드러낸 모습이다.

전통 사회에서는 관혼상제를 통해 가정이라는 사회, 지역이라는 사회, 국가라는 사회를 관리 통제할 수 있는 장치의 중심부로 나아갈 수 있었다. 현대의 스펙은 현대 사회가 원하는 코드이다. 사회라는 장치가 다룰 수 있고, 관리 가능한 스펙을 획득하는 것은, 우리가 장치 속으로 진입하는 것과 다르지 않다. 장치에 진입하는 것, 그것은 장치의 움직임에 '나'를 맞추어가는 행위이다. 도시 장치의 움직임은 근대적 시간과 근대적 인간관계에 맞추어져 있다. 결과적으로 입사를 하게 되었을 때, '나'는 이 도시 장치에게 통치되기 시작하며, 이 도시 장치를 통치하기 시작한다. 통치되기 위해 스펙을 쌓고, 장치에 진입하고 나서는 통치자이자 피통치자가 되는 것이다.

통치되는 삶은 장치에 의해 관리되는 인간이며, 번호 매겨지는 주소이고, 이름 불리는 자이며, 완벽한 문법의 문장이며, 정확한 수식이다. 그렇다면 관리되지 않는 인간, 주소 없는 집, 이름 없는 자, 불완전한 문법의 문장, 다른 수식은 어디로 가는가? 어디에 있는가? 이들의 존재를 찾아내고, 삶의 모습을 묘사해내며, 불완전한 문장을 듣는 것은 통치 장치에 포획되지 않은 삶을 드러내는 것이라 할 수 있다. 또한, 이러한 것이야말로 정치적인 행위임은 말할 것도 없다. 여기 스펙 없는 인간들, 주소 없는 집들, 불완전한 문법의 문장을 포착해 불러내는 소설가가 있으니, 바로 김미월이다.

김미월은 주로 "폭력의 제도화에 주목하는" 소설가[1]로, "아이러니의 지혜를 갖춘 서사"를 풀어내는 소설가[2]라고 평가받고 있다. 이러한 평가는 등록되지 않는 삶을 포착해낸 소설들과 어쩐지 맞지 않는 것처럼 느껴진다. 김미월의 소설은 국가 폭력에 희생당한 희생자의 비참함

---

1) 이경, 「이토록 쩨쩨한 상상력: 봉합과 파열」, 『오늘의 문예비평』, 2008년 봄호.
2) 우찬제, 「접속 시대의 최소주의 서사」, 『문학과 사회』, 2006년 봄호.

이나 투철한 저항의식을 드러내 해학적으로 표현하는 소설과는 약간 거리가 있기 때문이다. 김미월 소설의 독자들이 느끼는 왠지 모를 심심함은 이러한 이유 때문이다. 그가 포착하고 그려내려는 것들은 사회를 구성하는 여러 틀과 구조 속에 포함되지 않는, 그렇지만 늘 우리 옆에 있는 어떤 존재들이기 때문이다. 그녀가 이러한 것들에 대해서 말하는 것은, 사회라는 배제의 구조가 의도적으로 양산해내는 것들, 그렇지만 그 구조에 끝없이 들러붙어 있어야 하는 존재들에 대하여 응시할 것을 촉구하는 일이다. 우리는 어떻게 그들이 존재하고 있음을 감각하는가. 이름으로 불리지 않고, 주소로도 불리지 않는 그들의 존재와 흔적을 어떻게 드러낼 것인가. 소설가 김미월은 그들의 존재를 언어로 드러내려고 한다. 소설에서 어렴풋하게, 때로는 선명하게 드러나는 그 모습들을 독자는 현실에 고개를 돌려 찾게 된다.

　김미월의 소설이 가진 힘은 여기에서 드러난다. 내 옆에 분명히 존재하지만 이름이 없는 그들을, 그들의 부서진 문법을, 내 눈앞에 들이밀기 때문이다. 이들은 너무 잘나지도, 너무 비참하지도 않아서, 오히려 그 살아 있음이 아무것도 아니게 되어버리는, 이름이 없는 자들이다. 독자, 그리고 나는 그의 소설에서 무언가를 독촉받는다. 등록된 내 삶에 대한 의심, 등록시키는 내 삶에 대한 의심, 그리고 등록이라는 작동에서 분리되는 나에 대한 자각. 그것은 지금 이 시대를 살고 있는 동시대인, 지금도 너무 익숙하게 지워져버리고 있는 '동시대인'을 호출하는 작업에 다름 아니다. 동시대인을 호출하는 소설가—김미월론은 이렇게 시작한다.

2. 동시대인의 삶

비정규직으로 일하는 사람들은 언제나 다음달, 혹은 다음주에 해직될지도 모른다는 불안감을 안고 살아간다. "언제 해고될지 모른다"는 것을 알고 있는 것은 우리에게 아무런 도움도 되지 않는다. 해직이라는 것이 막상 내 생활에 맞닥뜨렸을 때의 진공감, 좌절감, 패배감은 "언제 해고될지 모른다"는 것을 알고 있든 모르고 있든 그 크기가 달라지지 않기 때문이다. 해고를 예감할 때, 어떻게든 더 직장에 있고 싶다는 마음과, 올 것이 왔다는 마음은 둘 다, 자신이 일하던 직장의 일방적인 통고에 순응하는 자세이다. "어쩔 수 없다"는 것이다. 해고 통보를 받은/받을 사람은 아무 손도 쓸 수 없이 자연인으로 돌아가 버린다. 잡히지 않는 사회망에 등록되고 싶다는 마음과, "이따위 사회"라는 마음, 어디에도 소속되지 못했지만, 사회 속에 살아 있는, 그야말로 "잉여"의 삶. 이 삶은, 우리 사회와 우리의 시대에 완벽히 어울리기도 하고, 등록되지 않는다는 점에서 순응한다고 할 수 없는, 그래서 이런 뜻에서 비시대적/비현실적인 삶이라고 할 수 있을 것이다.

김미월은 소설에서 여러가지 그물망, 등록 틀을 이용해서 등록되는 자들과 그렇지 않은 자들의 삶을 들여다보려고 한다. 등록되는 자들과 그렇지 않은 자들은 무자비하게 들러붙어 있지만, 끊임없이 서로의 세계에 거리두기를 하려고 하는 자들이다. 김미월이 동시대인의 삶을 통치하고 등록시키는 틀로 본 것은 먼저 언어와 가족이다.

등록 1. 가족과 언어

　언어는 권력과 접속되어 있는 가장 오래된 장치이다. 수천 년 전에 영장류는 무심코 언어라는 장치에 포획됐다.[3] 완결된 문장의 장치 속에서 완결되지 않은 언어, 언어의 조각은 장치 사이에서 통치되지 않는 어떤 것들의 모습을 보여준다. 언어라는 기호를 이용하지만 아무도 알아볼 수 없게 된 해체된 언어, 그리고 그것을 재구성하는 주체는 어떤 관계를 보여주는가.

　두 다리 사이로 쇼핑백에 씌어 있는 한글 문자들이 보였다. 피 데ㅇ. 종구는 무의식적으로 그 요상한 문자들의 앞뒤 빈칸을 읽어냈다. '해'와 'ㅣ'를 눈으로 끼워 넣었다. 해피데이.(「(주)해피데이」, 108쪽)

　소녀, 살해, 사탕 따위의 낱말들은 제각기 ㅅ으로, ㅎ, ㅌ, 그리고 ㅕ, ㅐ 따위의 자모들로 흩어져 꿈속을 떠돌다가 사라졌다. 그는 허탈감과 동시에 안도감을 느꼈다.(「(주)해피데이」, 112쪽)

　김미월의 소설 「(주)해피데이」의 서술자는 유아용 벽그림을 기획하는 사람이다. 유아용 벽그림은 칸으로 나누어진 곳에 자음별로 칸을 기입하고, 그 자음으로 시작하는 그림을 그려 넣은 것이다. 나누어진 화면 속에는 여러 가지 유아용 단어가 등록된다. 그것은 연결되어 있지 않지만, 독자적으로 벽그림 한 칸을 차지한다. 즉, 서술자는 언어를

---

3) 조르조 아감벤, 양창렬 옮김, 「장치란 무엇인가」, 『장치란 무엇인가』, 난장, 2010, 33쪽.

등록시키는 역할을 하는 사람이다. 따라서 그는 부서진 단어가 불편하고 그것에 주목할 수밖에 없다. 그는 해체되어 있는 문자를 보면 모자라는 자음이나 모자라는 모음을 덧대어 완전한 단어나, 문장으로 만들어버린다. 완전한 단어와 완전한 문장을 욕망하는 것—소설에서 그것은 어린 시절, 폭력에 노출된 동생을 방치했던 것에 대한 죄책감과 연관되어 있다. 폭력으로 처참하게 부서진 기억, 잃어버린 동생을 서술자는 복원하려고 하는 것이다. 그러나 그것은 잘 되지 않는다. 인간의 삶은 언어의 문법처럼 모자라는 부분을 채우는 법칙이 존재하지 않기 때문이다. 그러나 그는 언어를 등록시키는 것과 똑같은 방식으로 자신의 죄책감을 채워나간다. 소설 속에서 그가 만난 것은 자신이 폭력 속에 방치했던 '종희'라는 여동생인지, 아닌지 정확히 알 수 없지만 그는 확인하지 않는다. 그리고 과거는 일방적이고 완전하게 복원된다. 「(주)해피데이」에서 보이는, 이처럼 해체된 문자들은 '완전한 가족'이라는 허구적 장치에 포섭되지 못하는 자신의 가족 관계와 그것으로부터 흩어져 나온 감정, 언어의 조각이라고 할 수 있다. 서술자가 복원시킨 과거는 허구일 뿐이고, 과거와의 화해는 착각일 뿐이다. 복원할 수 없는 것을 복원하려는 시도는 결국 허구로 끝난다. 김미월이 동시대인의 삶으로부터 보여주는 것은, 동시대인이 얼마나 힘겹게 살아가고 있는지, 혹은 어떤 상태인지, 얼마나 비참한지가 아니다. 동시대인이 어떤 사회의 그물망에 걸려 있으며, 그 그물망에 떨어질 듯 말듯 달랑달랑 걸려 있는지를 보여주려고 하는 것이다.

다음에서 보여주는 장치의 장소성은 삶의 장소를 만들지 못하는 사람이 어떻게 사회 속에서 사회와 관계하고 살아가고 있는지를 보여준다. 이 관계는 '삶'이다. 등록되지 못한 삶들이 장치에서 누락되는 순간

이야말로 삶이 순식간에 사라져버린 어둠, 죽음의 세계에 들어가 우리
는 더 이상 볼 수 없는 곳으로 나아가버린다.

등록 2. 장소

주소 없는 자, 등록되지 않는 자는 그 존재를 증명할 수 없는 자이
다. 이 주소 없는 자의 감각, 그것은 공포와 다름 아니다. 김미월은 어
떤 장치에도 진입할 수 없는 존재로서 그 삶의 감각이야말로, 장치에
포섭되지 못하는/않는 자들의 감각임을 드러낸다. 그것은 앞이 보이
지 않는 막막함, 방향상실, 어둠, 죽음의 감각이다.

> 내가 살고 있는 곳, 서울 고시원 203호에서 창문을 열면 신호등
> 약국이 정면으로 내려다보인다.(「서울 동굴 가이드」, 65쪽)

> 순식간에 절대의 어둠이, 그야말로 완벽하다고밖에 할 수 없는
> 어둠이 사방에서 밀려들어 왔다. 눈을 감아도 떠도 똑같은 암흑이
> 었다. 눈 없고 발 많은 동굴 생물들이 내 몸뚱이 위로 스멀스멀 기
> 어오르는 것 같았다. 경이는 이내 공포로 바뀌었다. (…) 아무것도
> 보이지 않았다. 왔던 길이 어느 쪽인지조차 분간할 수 없었다. 어
> 디로 가야 하지.(「서울 동굴 가이드」, 79쪽)

> 귀는 눈처럼 감을 수도 없었다. 기환은 할 수 없이 귀 대신 눈을
> 닫았다. 골방의 창문 너머, 괴물의 천 길 아가리 속 같은 어둠이 익
> 숙하게 그의 시야에 들어찼다.(「골방」, 231쪽)

위 소설들에 나타나는 장소는 '서울 고시원 203호', '동굴', '골방'이다. 이 장소들은 번지수가 없다. 물론 203호가 있는 서울 고시원은 국가에 등록되어 있겠지만, 한 평이 될까 말까 한 203호의 존재 따위까지 등록시키지는 않는다. '203호'는 아마도 약국 맞은편의 '서울 고시원' 속에 있는 아주 좁은 장소일 것이다. 서술자는 약국을 정면으로 바라보고 있는 어떤 장소를 차지하고 있다. 이런 장소에서 느끼는 삶의 감각은 다음 소설인 「서울 동굴 가이드」에 구체적으로 드러난다. '절대의 어둠', '똑같은 암흑' 속에서 '공포'의 감각, 그리고 '어디로 가야' 할지 모르는 방향상실의 감각이 바로 그것이다. 사회에 속해 있지만, 어디로 가야 할지 모르는 방향상실의 감각은 확실한 장소(주소)와 발 디딜 곳을 갖고 장치 속에 포섭/등록되어 있는 자들과는 다른 감각이다. 이러한 감각은 언제나 장치라는 경계에서 이루어진다. 사회에서 벗어나버리고 장치에서 떨어져나가 버린 죽음의 세계에서는 '공포'와 '암흑'을 감각할 수 없다. 안타깝게도 우리는 언제나 살아서 사회 장치의 경계 속에 서 있는 것이다. 서울의 어느 고시원 작은 방, 그리고 서울의 인공 동굴, 작은 골방에서 어느 순간 삶의 장소를 얻지 못한 자들은 '괴물'로 변해간다.

등록 3. 괴물

김미월 소설에 등장하는 괴물은 장치에 등록되지 않는 자들이다. 앞서 살폈던 해체된 언어를 문법적인 허구로 재구성하는 것, 주소 없는 자들처럼 '공포'와 '암흑'을 감각하는 것이 일상화되었을 때, 삶이 장치에서 탈락되었을 때, 더 이상 장치가 삶을 통제하지 못할 때, 장치 안의 삶은 장치 밖의 삶을 '괴물'로 인식한다. 그러나 '괴물'은 완전히 장치 밖에 탈각되어 있는 것이 아니다. 왜냐하면 장치 안의 삶은 장치와 함께 이들을 '괴물'로 인식하고 있으며, '괴물' 또한 이 장치에 의해서 이름 붙여져 있기 때문이다. 어쩌면 정말로 장치의 경계에 서 있는 동시대인[4]이란 이 '괴물'일지도 모른다. 이들은 왜 장치를 위협하는 '괴물'로 드러나는가. '괴물'은 어떤 모습인가.

> "불쌍하잖아요. 얘가 욕구를 해소하지 못해서 그래요. 마음만 애기지, 몸은 다 큰 남자잖아요. 저도 속으로 얼마나 괴롭겠어요. 제발 이해해주세요, 네?"(「소풍」, 163쪽)

> 기환은 자신의 입에서 쏟아져 나오는 말들을 멈출 수 없었다.
> "육삼, 괴물이다!"
> 버스 안이 일시에 여학생들의 비명으로 가득 찼다. 난 아니야. 괴물이 아니라구. 해명을 해야 했다. 당황한 기환의 오른쪽 눈과 왼쪽 눈의 시선이 심하게 엇갈리며 더욱 따로따로 놀았다.(「골방」, 231쪽)

소설 「소풍」에는 정신연령 3세의 23세 청년이 등장한다. 그는 "식욕을 통제하지도 못하고 대소변의 뒤처리도 하지 못하고 그러한 사실들을 부끄러워할 줄도 모"른다. 정신과 육체의 성장이 불균형하게 되어 있는 이 청년은 일상 생활에서 언제나 괴물 취급을 받는다. 사회적

---

4) "동시대인이란 자신의 시대와 완벽히 어울리지 않는 자, 자기 시대의 요구에 순응하지 않는 자, 그래서 이런 뜻에서 비시대적인/비현실적인 자이다." 조르조 아감벤, 양창렬 옮김, 「동시대인이란 무엇인가?」, 『장치란 무엇인가』, 난장, 2010, 71쪽.

으로 고립되어 있는 서술자 자신과 성장이 불균등한 '괴물' 청년은 사회라는 장치에 등록되지 못하는 존재들이다. 스스로의 욕망을 해소하지 못하는 그들과 그들을 낳은 '어머니'들은 사회 구성의 가장 작은 단위인 '가족'을 모방하여 유사 가족을 이루고 살고 있다. 그러나 그들은 '유사'한 가족일 뿐 사회를 구성하는 가장 작은 단위이며 장치로서 '가족'의 역할은 하지 못한다. 그들의 모임 자체가 '괴물'인 것이다.

「골방」의 주인공은 사실, 버스에 출몰하는 '육삼괴물'이라고 불리는 인물이다. 그러나 독자는 소설의 끝에 가서야 그것을 알게 된다. 왜냐하면 '괴물'이라고 불리는 그가 실제로는 나름대로 규칙적이고 성실한 일상을 영위하고 있기 때문이다. 그러나 그러한 일상은 타인과 소통되는 사회적인 일상이 아니다. 그가 영위하고 있는 일상이라는 것은, 일방적인 오해로 점철된 것이다. 그는 사회적인 유대 관계를 만들어가지 못하고 점점 '골방'에 유폐된다. 문법의 장치에서 이탈된 그의 말은 더 이상 말이 아니라 '쏟아져 나오는' 괴음이 되고, 사회적 언어로 해명할 수 없는 상황에 놓이게 된다. 이 '괴물'은 사회적 소통의 장치에서 등록되지 못하지만, 존재하고 있는 어떤 삶의 형체이다.

> 타이어가 노면에 끌리며 가래 끌어올리는 소리를 냈다. 넌 괴물이야. 넌 버러지 같은 놈이야. 보잘것없는 새끼…… 귀는 눈처럼 감을 수도 없었다. 기환은 할 수 없이 귀 대신 눈을 닫았다. 골방의 창문 너머, 괴물의 천 길 아가리 속 같은 어둠이 익숙하게 그의 시야에 들어찼다.(「골방」, 231쪽)

'괴물'로 낙인찍는 것이 사회에 정상으로 등록된 사람들만이 하는 것은 아니다. 주체는 '괴물'이 되기 직전까지 주체가 존재하고 있었던 사회의 장치를 내면화하고 있다. 내면화된 사회적 장치는 주체의 내면을 분열시키고, 스스로를 소외시킨다. '괴물'은 사회에 등록되지 못하는 존재이며, 스스로에게서조차 소외된 존재이다. 스스로에게 '괴물'이고 '버러지 같은 놈'이라고 하는 자기 비하는 장치에 등록되지 못한 스스로를 혐오하게 되고 그러한 과정 자체가 '괴물'의 형상을 낳게 된다. '골방'이라는 사회에 등록되지 못하고 유폐된 공간에서 인간은 스스로를 혐오하며 '괴물'이 되고, 다시 스스로를 혐오하는 무한 악순환의 나락으로 떨어진다. 그가 감각하는 것은 역시 '어둠', '죽음'의 감각이다. 그렇다면 등록되지 않은 삶을 이렇게 고립시키고 소외시킨 이 '외로움'의 감각은 어떻게 죽음의 감각, 어둠의 감각의 나락으로 떨어지지 않을 수 있을까.

3. 동시대인의 감각

인간은 특정한 사회 속에서 특정한 시대에 존재한다. 고립된 인간이라 하더라도, 그/그녀는 사회와 시대의 관계에서 벗어날 수 없다. 앞서 살펴본 '괴물'조차 사회에서 호명한 이름인 것이다. 아감벤에 의하면 동시대성이란, 시차와 시대착오를 통해 시대에 들러붙음으로써 시대와 맺는 관계라고 한다. 김미월 소설에서 주목해야 하는 것은 이들 동시대의 개인들이 어떻게 서로를 감각하느냐 하는 것이다. '괴물'은 '괴물'로서 호명되는 것에 그치지 않는다. '괴물'이라고 불리는 호명과 그것은 사회의 장치에 들러붙어서, 등록 아닌 등록이 된다. 혈연, 학연,

지연에서도 분리되어 독자(獨自)로 서 있는 이들 '괴물'은 어떻게 삶을 영위할 것인가. 그것은 물질적인 공통점이나 실체적인 것이라기보다 감각적이거나 감정적인 흐름, 정념적인 것을 이성의 사회에 등록시키지 않은 채 어떻게 의미화하고 존재할 수 있게 할 것인가와 관련된다. 김미월이 주목하는 외로움의 감각은 장치에 등록되지 않은 어떤 것으로서 동시대인들 사이에 기능한다. 그것은 눈에 보이지 않지만, 등록되지 않은 자 모두가 감각하고 있는 것이며, 서로의 사이를 이어줄 수 있는 단초가 되는 것이다.

> 나는 쓸모없는 놈이다.
> 겨우 아홉 음절을 입력하는 데에도 한참이 걸렸다.
> 왜 사는지 모르겠다.
> 이윽고 마지막 한 문장을 더 입력했다.
> 죽고 싶다.(「모자 속의 비둘기」, 133쪽)

이 소설에서 보이는 '쓸모'라는 것은 사회가 개인에게 요구하는 어떤 것이다. 개인은 사회에서 자신의 역할을 다하며 사회의 주체가 되기를 바라지만, 그것은 사실상 사회가 그에게 요구한 어떤 것에 지나지 않는다. 스스로가 '주체'라고 생각했던 사회에서 탈락되었다고 느낄 때 개인은 스스로가 사회에서 '쓸모'가 없어졌다고 생각하게 된다. 그것은 자신이 지금까지 '주체'가 아닌 객체였으며, 사회의 틀을 유지시키기 위해 필요했던 '도구' 중 하나였음을 깨닫는 것과 다르지 않다. 스스로가 타자임을 깨닫는 순간의 외로움과 허탈감-그것은 자기 비하를 낳고 서서히 사회에서 분리되며 이탈되어간다. 위에 제시한 부분에서는 타자임을 자각한 주체가 어떻게 사회의 문법과 언어를 잃어가는지 보여준다. 언제나 술술 내뱉을 수 있었던, 문법을 가진 문장은 어느 순간 음절 하나하나를 세어가며 한참을 걸려 만들어야 하는 문장으로 바뀐다. "왜 사는지 모르겠다"는 문장 속에서 드러나는 "왜"라는 의문사로 시작하는 문장은 의문으로 끝나지 않는다. 그것은 "모르겠다"는 대답으로 끝난다. 해명되지 않는 존재의 문제는 등록된 삶에서 해결되지 않는다. '왜'와 '모르겠다' 사이에 있는 삶의 문제에 직면했을 때, 살아 있는 존재가 입력하는 것은 "죽고 싶다"라는 마지막 문장이다. 등록된 삶으로부터 자유로워지는 것과 끊임없이 존재감을 느끼면서 등록되고자 하는 주체가 할 수 있는 것은 "죽음"을 선택하는 것이다. "죽음"이야말로 사회에 등록되어 있던 주체가 마지막으로 할 수 있는 선택이다. 이 '죽음'이라는 선택지를 든 존재들이 고립되어 계속해서 삶을 영위하기 시작했을 때, '괴물'이 된다. 그렇다면 등록되지 않은 삶이 '괴물'로 호명되지 않기 위한 방법은 없는 것일까.

일기를 쓰기 시작한 것은 그때부터였다. 나에게 별다른 재능이 없다는 것을, 인생이 너무 길게 느껴진다는 것을, 내가 정말로 원하는 것이 무엇인지 모르겠고 그래서 나의 미래가 내 것인지도 모르겠다는 것을, 관에게 연락이 오지 않는다는 것을, 나는 일기장에 썼다. 생각만 하는 것과 생각을 글로 쓰는 것은 차원이 완전히 다른 일이었다. 나는 후자가 내게 선사하는 쾌락과 위안을 기꺼이 받아들였다. 덕분에 불면의 밤으로부터도 점차 해방될 수 있었다.(『여덟 번째 방』, 168쪽)

성사 여부를 떠나, 일기장은 어느새 나에게 예언과 약속의 땅 같은 존재가 되어 있었다. 일단 쓰면 쓴 대로 이루어질 것 같은 허황된 꿈이 나를 들뜨게 했다. 이전까지는 현실에서 일어났던 일들만을 기록했다. 그러나 나는 차츰 아직 일어나지는 않았으나 현실에서 일어날지도 모르는 일들, 그리고 일어나기를 바라는 일들까지 일기장에 쓰게 되었다.(『여덟 번째 방』, 170쪽-171쪽)

기록의 시작은 사소한 곳에서 시작된다. 정말로 원하는 것은 무엇을 쓰는 것이 아니라, 정말로 원하는 것이 무엇인지 모르겠다는 것, 알 수 없는 미래가 불안하다는 것, 지인과의 연락이 점점 끊어져간다는 것, 점점 고립되어간다는 것에서 시작된다. 그러나 기록한다는 것은 기록하는 자를 고립시키지 않는다. 그것은 다시 읽을 때의 자신과 만나게 하고, 혹시 그 기록을 발견하게 될 '누군가'와 만나게 한다. 기록은 기록의 주체를 고립시키지 않는 것이다.

사회에 등록되지 않은 삶의 모습과 목소리는 어디에도 기록되지 않는다. '잠만 자는 방'이나 '고시원 203호', '골방'은 등기부 등록에도 어떤 사람이 살았는지 등록되어 있지 않다. 등록되지 않는 삶은 공식적인 기록도 남지 않는다. 『여덟 번째 방』은 이런 등록되지 않은 삶의 기록이다. 소설은 '일기장'이라는 매체를 통해서 이들을 기록한다. 알려지지 않은 삶은 대중매체에 기록되지 않는다. 조선시대 규방의 기록이 그러했고, 태평양 전쟁이 끝난 뒤 동토에 버려진 조선인의 삶이 그러했다. 그들이 남긴 일기장, 편지는 가부장제에 의해서 걸러지거나, 국민으로 등록되지 못한 삶의 기록이다. 김미월이 '일기장'이라는 매체로 도시의 작은 방을 떠도는 삶을 기록하기로 결정한 것은 그러한 맥락과 맞닿아 있을 것이다. 일기를 쓴다는 것은 내 존재의 기록을 남기는 것이며, 그것이 사회에 알려지든 알려지지 않든 세계와 소통하려는 한 개인의 투쟁의 증거라고 할 수 있다. "차츰 아직 일어나지는 않았으나 현실에서 일어날지도 모르는 일들, 그리고 일어나기를 바라는 일들까지 일기장에 쓰게" 된다는 것은 이미 현실에서 일어난 일을 현재에 기록하고, 그것을 바탕으로 미래를 예측하거나 판단하는 현실 판단 행위에 다름 아니다. 등록된 삶들이 판단하고 기록하는 거대 서사에서 벗어나 새로운 서사를 써내는 일은, 이 소설에서 말하는 것처럼, 일기를 쓰는 주체를 위안하는 행위일 뿐 아니라, 스스로의 삶과 목소리로 존재를 증명하는 행위이다. 이것은 누구의 도움으로 이루어지는 것이 아니다. 억압에 대한 대항도 아니며, 주체 안에서 샘솟는 '있음'의 에너지가 스스로 만들어내는 삶의 기록이다. 그것은 오랜 시간의 누적과 지속적인 '일기 쓰기' 행위를 통해 이루어낼 수 있는 것이다. 국가에 등록되지 않은 여덟 번째 방이라는 공간과 그곳에서 이루어지는 삶의 기록은 그것을 읽는 독자에 의해서 다시 재구성된다. 여덟 번째 방의 기록을 통해서 재구성되는 방의 기록, 그 방에서 삶을 꾸린 사람의 기록은 아홉 번째 방에서도 계속될 것이다. 그것은 처음에 방의 기록을 쓰기 시작한 사람이 아니라 다른 사람에 의해 이어진다. 이 에너지의 감염은 방의 기록으로 남게 된다. 그것은 아무도 펼쳐보지 않는 책이 되더라도 계속 쓰이고, 계속해서 채워지는 책과 다르지 않다.

4. '안녕'의 기록, 자존의 기록

〈사당동 더하기 22〉라는 다큐멘터리는 철거촌의 한 가족을 22년간 기록한 것이다. 이들의 삶의 모습은 22년이라는 긴 시간을 통해서 영상으로 기록되었다. 이 다큐멘터리는 '고통의 기록'이 아니다. 다큐멘터리에서는 이 가족의 22년간 여정이 결말 없이 기록되고 있다. 중간중간에 들리는 그들의 육성은 잘 들릴 때도 있고, 무슨 말인지 잘 들리지 않을 때도 있다. 이 다큐멘터리를 기획한 조은은 그들의 목소리를 알아들을 수 없는 관객과 그들 사이의 거리를 확인시키기 위해서 일부러 자막을 넣지 않았다고 밝힌다. 관객이 잘 알아들을 수 없어도 주인공들은 말을 하고 있다. 그들이 내는 목소리는 잘 들리지 않지만 없는 것이 아니다. 그들의 목소리를 들으려면 귀를 잘 기울여야 한다. 사회의 오래된 장치인, 특정한 문법과 목소리의 크기에는 등록되지 않지만, 여전히 '있는' 그 목소리의 '있음'을 감각하는 것은, 그들과 우리가 사회라는 틀에 들러붙어서 함께 살고 있음을 감각하는 것이라고 할 수 있다. 그들의 기록은 "아무도 펼쳐보지 않"지만 스스로 쓰이는 기록이며, 스스로 펼쳐지는 책의 내용이라고 할 수 있다. 김미월은 등록되지 않는 삶의 기록을 패배와 좌절로 기록하지 않는다. 김미월이 기록하는 책은 등록되지 않는 삶 스스로가 기록되고, 스스로가 펼쳐지는 자존의 기록이다.

그의 꿈의 변천사는 '되고 싶다'와 '될 수 없다' 사이의 지난한 투쟁의 역사였다. '되고 싶다'가 번번이 패배했다. 기권패였다.(「아무도 펼쳐보지 않는 책」, 24쪽)

테헤란로는 그가 삼십년간 아침저녁으로 매일 다닌 길이니까. 십대 소년일 때부터 꿈꾸어 온 곳이니까. 그런데 말이다, 늘 이곳을 지나 다니는데도, 지금 이렇듯 이곳에 서 있는데도, 왜 자신은 아직 한 번도 테헤란로에 가본 적이 없는 듯 느껴지는 것일까.(「아무도 펼쳐보지 않는 책」, 30쪽)

사회에 등록되지 않은 자들의 패배감, 좌절감은 '아무도 펼쳐보지 않은 책'에서 새롭게 기록된다. 그가 바라던 테헤란로는 그가 늘상 다니던 길이었으며, 먼 곳에 있는 새로운 길이 아니었음을, 테헤란로에서 나만의 길을 찾아낼 수 있음을 기록하는 것이다. 스스로의 힘으로 찾아내는 이 에너지는 테헤란이라는 이름 속에서 찾아낼 수 없지만, 테헤란로에 엄연히 기록되어 있다. 매일 매일 테헤란로를 오간 사람의 기록, 그 흔적이야말로 테헤란로의 다른 기록인 것이다.

아니 그냥 말없이 먼저 안아주기부터 해야겠다. 너는 참 평범하고 보잘것없지만 세상에 오로지 하나뿐인 존재라고. 그러므로 결코 평범하지도 않고 보잘것없지도 않다고.(『여덟 번째 방』, 227쪽)

어쨌거나 내가 지금 하려는 이야기는 그 약속들 중 하나에 대한 것이다. 그것은 유일하게 남이 아니라 내가 어긴 약속이다.(「안부를 묻다」, 143쪽)

십년 후에도 기억할 거야. 그리고 그때 이곳에 다시 와볼 거

야.(「안부를 묻다」, 161쪽)

그러다가 불현듯 나는 대단히 중요한 사실을 깨달았는데, 그것은 이층집이 있던 동네가 정확히 어디인지 모른다는 것이었다. 그곳에서 한 달이나 살았는데. 실내에 나무계단이 있던 그 집의 내부 구조, 한밤의 구둣발 소리, 이모가 끓여준 찌개 맛과 이모부의 책꽂이에서 꺼내 읽었던 책 제목까지 모조리 기억하는데. 그런데 거기가 어디인지 모르다니.(「안부를 묻다」, 162쪽)

이 '다른' 기록에서 찾아낼 수 있는 것은 이 사회에서 생존해내고 있는 스스로에 대한 존중과 위안이다. 여덟 번째 방까지의 삶의 기록을 통해서 찾아낸 것은 보잘것없고 평범하지만 세상에 오직 하나뿐인 소중한 존재라는 자각, 바로 그것이다. 그것은 자신이 '안녕'한지를 묻는 작업이며, 스스로의 삶에 '안부를 묻'는 작업이다. 이 작업은 사회가 만들어낸 틀에 등록되는 법칙을 따르지 않는다.

3×7=21. 그것은 영화 「황태자의 첫사랑」에서 황태자가 하이델베르크로 돌아가는 기차 안에서 중얼거렸던 대사다. 삼칠은 이십일. 사랑하는 여자를 잊어야 하는 현실을 잊기 위해서 아무 의미 없이 떠올렸을 숫자들.(「수취인불명」, 204쪽)

춥다. 손 닿을 수 없는 곳을 바라보는 일은 쓸쓸하다. 그는 저 빌딩들보다도 더 높은 세상에 머무르고 있을 것이다. 나는 다시 한 번 중얼거려본다. 삼칠은 이십일.(「수취인불명」, 214쪽)

"삼칠은 이십일"이라는 자동화된 법칙은 이 작업에서 아무런 의미를 갖지 못하며, 자동화된 법칙의 수신자는 찾을 수 없다. 자동화된 법칙 사이에서 주체가 느끼는 '쓸쓸함' 그것을 돌아보는 기록이야말로 스스로에게 안부를 묻는 것이며, 등록되지 않은 삶을 껴안는 행위이다. 그것은 오랜 시간을 걸쳐 지속적으로 이루어지고, 다른 이들에 의해서 이어지고 또 계속되는 행위이다. 이 이어지는 행위가 등록되지 않는 자들, 통치되지 않는 자들의 연대의 기록이 될 것이다.

용산 참사라니, 새해 벽두에 있었던 그 일이 여태까지 해결 안 되고 있었단 말인가. 철거민이 다섯인가 여섯인가 하여튼 여러 명 사망한 그 사건을 기억한 것은 공교롭게도 내가 그날 저녁 아내와 함께 사고현장을 지나갔기 때문이다.(「프라자 호텔」, 237쪽)

「프라자 호텔」에서 언급하고 있는 용산 참사는 소설, 영화, 다큐멘터리 등으로 지금 계속해서 기록되고 있는 사건이다. 당사자가 기록하지 않은 사건은 위의 예문과 같이 '철거민이 다섯인가 여섯인가 사망한 사건'으로 기억되고, '기억한 것'은 '공교로운 일'이 된다. 김미월은 묻는다. 수십 년의 세월 뒤에 그 이야기를 한다는 것은 믿을 수 있는 일인지, 기억할 수나 있는 일인지 증명을 요구당할 때, 그것에 응답할 수 있을 것인가의 문제에 대해서 묻고 있는 것이다. 그때, 우리는 아무도 펼쳐보지 않는 책을 어떻게 사용할 수 있을 것인가.

십수년의 세월이 흐른 지금 그 이야기를 한다면 그녀는 믿을까.

그때의 일을 기억이나 할까. 내가 바로 그때의 나라는 걸, 우리
가 바로 그때의 우리라는 걸, 증명할 수 있을까. (「프라자 호텔」,
241쪽)

아무도 펼쳐보지 않는 책에 기록된 과거의 자신과 조우하는 일이
의미하는 바는 변화한 자신을 직면하는 것과 다르지 않다. 사회가 만
들어내고 있고, 모두가 아는 역사의 주변에 있는 나의 기록, 경계에
있는 자신의 기록은 고독함과 외로움의 기록이다. 등록되지 않은 자
들의 고독의 기록, 외로움의 기록이 증명하는 역사의 한 단면은 그것
을 이어서 쓰고 있는 등록되지 않은 자들의 만남, 자존의 에너지를 만
들어낸다.

김미월은 이렇게 등록되지 않는 자들을 기록한다. 그들의 삶은 통치
되지 않은 에너지들의 모습이다. 이 기록은 통치되지 않는 자들 사이
의 안부를 묻고, 안녕을 바라면서 이어지는 삶의 기록이라고 해야 한
다. 해체된 언어, 괴물의 형상, 들리지 않는 목소리로 다가오는 이 통치
되지 않는 삶의 모습을 어떻게 기록하고 그 존재를 인정하고, 응답을
돌려줄 것인가의 문제는 끊임없이 세계를 기록하는 김미월의 목표가
아닐까. '여덟 번째 방'의 기록을 잇고 있는 기록들을 발견하고, 의미를
부여하는 것, 그것이 김미월 소설이 지금 하고 있는 작업이다.

마르크스-보르헤스적 기획으로서의 익명성

1. 독일정신분석

1-1. 「독일 진혼곡」은 「욥기」의 오래된 한 문장으로 시작한다. '비록 그가 나의 목숨을 앗아갈지라도 나는 그를 믿으리라.' 저지른 죄가 없음에도 지독한 신의 형벌을 감내했던, 그러면서도 끝내 신을 향한 믿음을 저버리지 않았던 욥. 두말할 것 없이, 저 굳은 다짐의 말 속에 들어 있는 '그'는 신이며 '나'는 욥이다. 보르헤스는 그 신의 자리에 나치즘을, 욥의 자리에 1941년 2월 타르노비츠 수용소의 부소장으로 임명된 린데를 포개고 또 겹쳐놓는다. 보르헤스의 「독일 진혼곡」은 「욥기」의 변주이다. 린데의 말로 된 그 변주는 가스실과 화장용 가마로 표상되는 거대한 절멸의 시간에 관한 어떤 증언으로서, 이른바 최종해결의 밑바탕에 놓인 독일정신의 한 절단면을 담담하고도 섬뜩하게 암시한다.

린데, 1908년생. 슈펭글러의 역사철학이 호전적인 것과 급진적인 것을 독일적인 것 안에서 융해시키고 있음을 확인한 그는 1929년 나치 당(NSDAP)에 입당했다. 그는 수용소의 일이 결코 유쾌하진 않았지만 그 임무를 게을리한 것 또한 아니라고 말했다. 그는 이감되어 온 저명 시인 다비드 예루살렘을 고문하고 암살한 것으로 총살형을 선고받은 상태이고, 그 죄를 자인하고 있으며 형집행을 바로 몇 시간 앞두고 있 다. 「독일 진혼곡」을 꽉 채우고 있는 린데의 생각과 말들이 대강 그런 정황 속에 들어 있다. 그에게 나치즘은 이런 것이다. "나치즘은 본질적 으로 타락한 옛사람에게 새옷을 입히기 위해 그의 옷을 벗기는 도덕적 인 행위이다."[1] 나치즘은 주체 편성의 기술이다. 달리 말해 나치즘은 주체 운반과 배송의 기술이다. 낡은 것을 새로운 것으로, 오염된 것을 정화된 것으로, 타락한 것을 순수한 것으로. 옷을 벗긴다는 린데의 표 현은 그렇게 순수한 것으로의 전면적인 이전이 기왕의 것에 대한 전폭 적인 폐기 위에서만 가능하다는 걸 뜻한다. 나치즘은 그렇게 벌거벗긴 다는 것이다. 그것이 도덕적이라는 말은, 그것이 시혜적이고 교정적이 며 폭력적인 것임을 애써 부정하거나 숨기지 않는다. 린데에게 도덕적 행위와 가스를 트는 폭력 실행은 서로를 보증하며 함께 전진한다. 그 것이 린데의 '의지'이며 의지의 승리이다.

그렇게 승리하는 의지의 밑바닥에 놓인 린데의 독일론. "독일은 모 든 것을 받아들이는 보편적 거울, 즉 세계의 의식이다."(3: 117) 독일은 세계의 수렴점이다. 혹은 독일은 세계의 합수머리이며 밑변이고 뿌리

---

1) J. L. 보르헤스, 황병하 옮김, 「독일 진혼곡」, 『알렙』(전집3), 민음사, 1996, 120쪽. 이하 보 르헤스의 소설들을 인용할 때는 전집의 권수와 쪽수만 표시하기로 한다. 미리 일별해놓는 다. 『불한당들의 세계사』(전집1), 『픽션들』(전집2), 『칼잡이들의 이야기』(전집4), 『셰익스 피어의 기억』(전집5).

이다. 모든 것들에 대한 모든 것들의 감각과 인식에서 독일은 불변하는 표준이다. 독일은 세계가 찍히는 절대적 감광판이며 신적인 스크린이다. 줄여 말해, 독일은 '정신'이다. 다시 말해 독일은 '거울'이다. 세계의 거울. 보르헤스에게 거울은 늘 공포였다. 서로를 마주하고 있는 거울 속에서 무한히 분열되고 증식되면서 그 너머를 볼 수 없는 불빛과 탐욕스런 시선에 의해 발가벗겨지고 있음을 느끼는 「엠마 순스」의 주인공은 보르헤스의 일부이다. 벌거벗긴다는 점에서 거울, 불빛, 시선은 나치즘과 등가이다(엠마 순스는 신의 정의가 인간의 정의를 꺾을 것이며 자신은 그런 신의 도구이므로 인간의 법에 따른 판결을 거절할 수 있다고 믿는 자다). 세계의 거울로서의 독일이라는 린데의 입장은 예수에 대한 신앙으로서 유대주의가 세계를 병들어 죽게 하고 있다는 생각과 맞닿아 있다. 그에게 독일정신은 병든 세계에 대한 치료 그 자체였으며, 파괴적으로 유대주의를 도려내야만 하는 외과적 사명의 담당자였다. 그 사명을 완수하는 데 가장 큰 걸림돌은 자비심과 동정심이었다. "초월자에게 자비심은 짜라투스트라가 극복해야 했던 최고의 죄이다."(3: 120) 니체에 대한 린데의 인용과 전용의 맥락을 확인케 하는 문장이다. 이 한 문장이 독일정신이라는 초월자 또는 독일정신으로의 초월자가 세계를 병으로 전염시키는 유대인을 척결하는 데 있어 가장 큰 장애물로 자비심을 꼽았던 근거이다. 린데는 시인 예루살렘이 이감되어 왔을 때 동정심에 굴복하여 자비라는 죄를 범할 뻔했다고 고백한다. 린데는 세계의 모든 것들 중에 지옥의 씨가 아닌 것이 없으며, 그런 씨는 모조리 정화되고 망각되어야 한다고 생각한다. 망각의 프로그램으로서의 나치즘. 린데에 의해 시인 예루살렘(또는 도시 예루살렘)은 모든 것을 망각했고, 그 자신마저 망각했다. 1943년 3월 1일, 예루살렘은 죽었다.

나는 예루살렘이, 내가 그를 망가뜨렸던 게 나의 동정심을 망가
뜨리기 위함이었다는 것을 깨닫고 있었는지 알지 못한다. 나의 눈
앞에서 그는 한 사람의 인간도 아니었을 뿐만 아니라 한 사람의 유
태인조차도 아니었다. 그는 내 영혼이 저주하는 한 지점의 상징으
로 변해 있었다. 나는 그와 함께 고뇌했고, 그와 함께 죽었고, 달리
보자면 그와 함께 사라져버렸다. 그래서 그렇게 잔혹할 수 있었던
것이다.(3: 122)

린데는 독일정신이라는 초월자로 고양되기 위해서 자신의 동정심
을 부숨으로써 자비심이라는 죄로 이끌리는 것을 차단할 필요가 있었
으며, 그렇게 하기 위해 예루살렘을 파괴했다. 린데에게 예루살렘은 한
명의 인간이나 유태인이 아니었다. 예루살렘은 린데 자신의 영혼이 저
주하고 저지하며 끝내 기피하고 회피하려 했던 죄의 상징이었다. 무언
가를 저주한다는 것은 그 무언가가 이미 자기 안에 들어 있었음을 자
각한 이후의 일이다. 기피한다는 것은 언제든 저지를 수 있다는 반증
이므로, 무언가에 대한 기피는 언제나 그 무언가에 대한 잠재적 수행
과 함께한다. 그러므로 린데가 저주하고 기피했던 예루살렘은 린데 안
의 예루살렘이었다. 린데 안의 병균이었으며, 린데 안의 퇴폐였고, 린
데 안의 타락이었다. 린데는 자신 안의 예루살렘을 철저하게 파괴함으
로써만 독일정신이라는 초월자로 완전히 고양될 수 있었다. 예루살렘
의 파괴가 린데 자신의 파괴였다고 말하는 까닭, 예루살렘과 린데가
함께 죽고 함께 사라졌다고 말하는 까닭, 그렇게 참혹하게 잔인할 수

있었던 까닭이 거기에 있다. 이것이 총살형 직전에 되뇌어진 린데의 신념과 논변의 일부이다. 그를 향해 이렇게 물을 수 있을까. 린데 당신과 함께 예루살렘도 그렇게 고양되었다고 보증할 수 있는가. 아니 그런 고양 의지에 예루살렘도 동의했던가. 당신이 함께했다는 예루살렘의 고뇌는 당신의 의지에 의해 편집되고 가공된 고뇌이지 않는가. 진실로 고뇌를 함께했다고 할 수 있는가. 진정으로 함께 죽고 함께 사라졌다고 할 수 있는가. 끝내 예루살렘은 당신의 목적을 위한 수단으로 전락하지 않았는가. 줄여 말해, 당신의 독일정신은 세계의 체계적 수단화/물화(物化)와 얼마나 어떻게 다른가. 이렇게 묻고는, 그렇게 물어도 되는 것인지, 그 물음들이 얼마나 어떻게 본원적인 것일 수 있는지 조금은 더 생각하게 된다. 그것은 린데의 남은 말에서 다시 시작된다.

　1-2. 린데에게 히틀러의 전쟁 수행은 독일이라는 한 국가를 위한 것이면서 동시에 히틀러 자신이 침공했던 여러 국가를 포함하여 모든 국가를 위한 것이기도 했다. 이런 아이러니한 사정을 히틀러 자신은 몰랐을지라도, 독일적 삶의 권역 및 권리 확장을 위해 내닫던 그의 '피와 의지'에는 애초부터 각인되어 있었다는 게 린데의 생각이다. 린데에게 중요한 것은 히틀러 한 개인의 융성이나 패망이 아니라 바로 그 피와 의지가 관철되는가 중지되는가이다. 히틀러는 어찌되어도 상관없었다. 피와 의지에, 곧 세계를 되비추는 보편적 거울로서의 독일정신에 어긋나는 모든 것을, 그 초월자로서의 독일정신의 보편적 관철에 장애가 되는 모든 것을 제거하는 것이 린데의 사명이자 임무였다. 독일 제3제국의 독재장치 또한 예외일 수는 없다. 독일정신에 위배되는 독일이라면 그 독일마저 제거의 대상인 것이다. 이 지점에 린데가 제시하는

독일정신의 다른 측면이 있다. 이를 두고 그는 '진정한 해답'이라고 말한다.

> 세계는 예수에 대한 신앙인 유대주의라는 병에 의해 죽어가고 있었다. 우리는 유대주의에 폭력과 칼의 신앙을 가르쳐주었다. 바로 그 칼에 우리가 죽어가고 있다. (…) 새로운 질서가 세워지기 위해서는 수많은 것들이 파괴되어야 한다. 이제 우리는 독일이 바로 파괴되어야 할 것들 중 하나인 것을 안다.(3: 125)

폭력과 칼. 신(앙)으로까지 고양된 그것들은 나치즘의 고안물이었다. 병균이며 오염이며 타락인 유대주의를 도려내고 그것에 물든 세계의 환부를 치유하는 것이 독일정신의 사명이었던 것처럼, 폭력이라는 신의 사명 또한 마찬가지였다. 독일정신과 폭력이라는 신은 동일한 사명과 목표 안에서 융합된다. 린데는 세계를 타락에서 순수로 이전시키는 신성한 폭력으로서의 독일정신에 의해 이제는 나치즘이 끝장날 때라고 선언한다. 새로운 질서, 새로운 법이 설립되기 위해 기존의 질서는 송두리째 파괴되어야 한다는 것. 이제는 나치즘이 바로 그런 기존의 법을 답습하고 재생시키고 있다는 것. 나치즘이 파괴되어야 하는 이유가 거기에 있다. 린데에게 나치즘의 파괴는 슬퍼할 일이 아니다. 그것은 독일정신의 담지자들에게 내려진 폭력이라는 신성한 '선물'이 원래의 원리와 사명을 잃지 않고 완전하고도 줄기차게 관철되고 또 증여되고 있다는 반증이기 때문이다. 린데는 말한다. "이제 세계 위로 무자비한 시대가 만개하기 시작하고 있다. 영국이 망치가 되고, 우리가 대장간의 모루가 된들 무슨 상관이란 말인가? 중요한 것은 비굴한 기

독교적 소심함이 아니라 폭력이 지배하기만 하면 되는 것 아닌가."(3:
126) 린데의 독일정신은 영국과 독일이라는 국가 간 대결의 승패 너머
에서 혹은 그 승패의 밑바닥에서 전면적으로 관철되고 있다. 자비라는
죄, 그리스도교적 소심함과 단절하는 폭력의 신성화를 통해 기존의
질서와 기왕의 법을 리셋(re-set)하는 사명의 철저한/처절한 전면화.
그것이 린데가 말하는 신성한 폭력으로서의 독일정신이다. 총살형 앞
에서 육체는 두려울지언정 정신은 떨리지 않는다고 되뇌는 타르노비
츠 수용소 부소장 린데. 그가 연주하는 독일 진혼곡은 파괴된 나치즘
을 향한 패잔병의 위령곡이 아니라, 오염된 법으로 전락한 나치즘을
기쁜 조종 소리와 함께 장사지내는 승리자의 장송곡(葬送曲)이자 전
승곡이다.

　린데의 의지의 연주를 들으면서 그의 사명 바로 곁에 또 하나의 사
명을 병치해야만 하는 필요와 까닭을 느낀다. 「비밀의 기적」에 나오는
자로미르 흘라딕의 사명이 그것이다. 1939년 3월 14일 제3제국의 기갑
부대가 프라하를 침공했다. 5일 뒤 게슈타포의 우두머리 율리우스 로
스에 의해 흘라딕은 체포됐고 29일 오전 9시에 총살형이 있을 예정이
다. 흘라딕은 유대인이며 독일 신비주의에 관한 연구서의 저자이고 미
완성 비극 『적들』을 썼다. 흘라딕은 체포된 열흘 동안, 상상 속에서 처
형과 죽음을 무한히 반복하며 연습했다. 그러던 중 문득 6음절 운율로
된 희곡 『적들』을 떠올렸다. 흘라딕은 한 정신이상자의 상상 속에서
무한히 재생되고 반복되는 환상의 경험을 기록한 그 작품을 머릿속에
서 수정해나갔다. 작품을 완성하기 위해선 1년의 시간이 더 필요했지
만 그는 곧 죽어야 했다. 그는 어둠 속에서 신을 향해 말한다. 자신의
존재와 신의 존재를 정당화해줄 수 있는 그 비극을 끝내기 위해 1년의

시간을 더 달라고 말이다. 흘라딕의 사명, 그것은 『적들』을 완성시키는 것이었다. 그에게 『적들』은 자기 자신의 존재와 신의 존재를 동시에 정당화할 수 있는 근거이다. 흘라딕의 작품과 신의 세계는 무한과 반복의 차원에서 창조됐다는 점에서 동열에 놓인다. 작품의 완성은 흘라딕의 존재증명이며, 그것은 동시에 신의 세계의 완성이자 신의 존재증명이기도 한 것이다. 자신이 신의 시행착오에 의해 만들어진 존재가 아닌 이상 『적들』의 저자로 존재한다고 믿는 흘라딕에게, 편재(遍在)하는 목소리로서의 신은 일할 수 있는 시간 1년을 허락했다. 형집행이 예정되어 있던 29일 오전 아홉시가 되었고, 흘라딕은 흰 페인트가 칠해진 병영 한쪽 구석진 벽 앞에 섰다. 굵은 빗방울 하나가 흘라딕의 관자놀이를 타고 흘렀다. 총을 들고 정렬한 분대를 향해 하사관 하나가 손을 들어 발포 명령을 내렸다. 그 순간,

　　물질적 세계가 정지해 버렸다. / 무기들이 흘라딕을 향해 모아져 있었다. 그러나 그를 죽일 사람들은 얼어붙은 듯 굳어 있었다. 하사관의 팔은 아직 못 마친 동작 속에서 영원화되어 있었다. 벌 한 마리가 마당의 보도 위에 굳어버린 그림자를 드리우고 있었다.(2: 241)

　영원화된 순간, 비밀의 기적. 흘라딕은 온몸이 마비된 채로 물질적 세계의 운행이 정지된, 그 틈입하는 순간 속에서, 그 단절적 순간의 연장 속에서 "정밀하고 비밀스럽게 자신의 보이지 않는 고결한 미로를 짜 나갔다."(2: 243) 미완성 희곡의 수정과 완성의 과정이 고결한 미로를 직조하는 것으로 표현되어 있다. 보르헤스에게 미로는 세계였다.

다시 한 번 흘라딕의 작품과 신의 세계가 동렬에 있음을 확인할 수 있다. 허락된 1년이 지났고, 흘라딕은 작품을 완성했다. 인간과 신의 존재증명이 수행되었고 흘라딕의 사명은 완수되었다. 관자놀이를 타고 흐르던 굵은 빗줄기가 다시 흘렀다. 마당 위에 굳어져 있던 벌의 그림자가 다시 움직이기 시작했다. 29일 아침 9시 2분, 네 개의 총구에서 발사된 독일제 총탄이 흘라딕을 쓰러뜨렸다.

수용소 부소장 린데의 사명은 폭력의 신성화로서의 독일정신을 통해 유대주의라는 병균을 제거하고 세계의 운행과 그 질서를 재설립하는 것이었다. 이와 달리 흘라딕의 사명은 인간과 신성의 동시적 증명을 수행하는 것이었으며, 그것은 물질적 세계의 운행정지 속에서, 바로 그 정지 순간의 지속 속에서 가능한 무엇이었다. 린데의 사명은 세계의 전부를 관리하고 비추는 세계의 거울로서의 독일정신을 순수하게 지속시키고 연장시키는 것이었다. 이는 세계를 미로로 인식하는 흘라딕(의 신)과는 결코 화해될 수 없는 의지이다. 흘라딕에게 자신과 신의 존재증명을 가능케 했던 장소는 세계를 모조리 비추는 린데의 투명한 거울이 아니라, 미로로서의 세계를 파편적으로만 비출 수 있는 깨진 거울이었다. 온전한 거울이냐 깨진 거울이냐, 다시 말해, 세계의 거울이냐 세계의 정지냐. 그것이 린데와 흘라딕의 차이다. 신성의 경험이라고 할 수 있을 물질적 세계의 정지 순간, 그 순간의 지속 안에서 전개되는, 파괴적인 동시에 구성적인 힘. 내겐 그것이 문제이다. 아니 그것은 린데의 문제이기도 했다. 왜냐하면 앞서 인용했던 한 문장, '새로운 질서가 세워지기 위해서는 수많은 것들이 파괴되어야 한다'는 바로 그 문장의 의지는 린데의 것이면서 동시에 나의 것이기도 하기 때문이다. 기존 질서의 붕괴와 새로운 법의 설립, 그 둘의 동시성을 뜻하는 파국의 개념은 나의 것이면서 동시에 린데의 것이기도 하기 때문이다. 그러므로 이렇게 말해야 한다. 세계의 거울이냐 세계의 정지냐라는, 제3제국에 대한 화해될 수 없는 인식의 차이는 실상 구조적 차원에서 끊임없이 서로를 향해 근접하며 간섭하고 있다고 말이다. 그러므로 중요한 것은 동일한 문장과 개념을 둘러싸고 벌어지는 인용과 전용의 전투이며, 그 전투에서 이기기 위한 인식의 배치를 지속적으로 갱신해가는 작업이다. 린데와 흘라딕이 서로를 닮아가지만 결코 똑같아지지 않게 하는 일, 서로에게 근접해가지만 끝내 합치되지 않게 하는 일. 남은 과제가 그것이다.

2. 불사의 익명성

2-1. 「독일 진혼곡」과 「비밀의 기적」은 보르헤스의 적대가 비교적 선명히 드러나는 소설이다. 『또 다른 심문』(1952)의 몇몇 에세이에서 보르헤스의 적은 더욱 간명하고 구체적으로 제시된다. 그에게 가장 시급히 풀어야 할 문제는 개인에 대한 국가의 개입이었다. 나치즘과 공산주의와 민족주의는 단연코 사회악의 요소를 가진 것으로 비판된다. 그런 적들과 싸워나가는 와중에 새롭게 정당성을 얻게 된 것이 개인주의다. 그의 개인주의는 물론 아르헨티나의 개인주의다. 국가주권과 대결하기 이전에는 무용지물이자 해로운 것으로 여겨졌던 개인주의가 그 대결의 과정 속에서 각성의 계기를 제공하는 것으로 전변하리라고 기대했던 것이다. 그것은 당대의 대다수가 떠받들었던 민주주의에 대한 비판에 근거해 있다. 보르헤스는 민주주의의 승배자들이 그들의 적

이었던 나치즘과 동일한 용어로, 즉 피와 대지와 의지가 발하는 내밀한 명령을 부과했다고 쓴다. 나치즘과 민주주의의 적대적 공모에 대한 그런 판단의 연장선에서 이데올로기 투쟁의 격렬한 전장이었던 스페인 내전 또한 비판된다. 보르헤스에게는 공화주의, 민족주의와 더불어 '망치와 낫'을 든 마르크스주의조차도 인종차별주의를 공유하고 있었다.

이방인의 위대함을 공표하는 걸 영광으로 여겼던 아이슬란드인의 기록 『덴마크인의 사적』을 읽으면서 보르헤스는 네이션(nation)이라는 인식틀 속에서 그것을 깨고 찢는 어떤 날의 도래를 감지한다. "아직 미래 속에 존재하고 있을 예언된 날짜, 즉 혈통과 국가와 인종을 망각한 날짜 말이다."[2] 보르헤스에게 예언된 그날은 경계의 설정과 재조정을 통해 순수성을 높이는 피의 국가, 곧 닦달함으로써 안달하게 하는 네이션의 분할정치를 끝내는 시간이었다. 이런 신학정치적 사고는 책들의 무한한 연계 속에서 끊임없이 읽고 또 읽었던 보르헤스에게 인용의 급진성이라는 문제로 다시 드러난다. 보르헤스는 조지 무어 및 제임스 조이스가 다른 작가의 글에서 한 단락씩을 통째로 인용할 때와 오스카 와일드가 다른 작가들이 사용할 수 있도록 자신의 플롯을 제공할 때를 비교한다. 보르헤스에 따르면, 그 두 경우는 겉으로는 상반되는 것 같지만 예술이 가진 정치적 지평에서는 어떤 급진적 의미로 연결되어 있다. "만국주의적이고 무인칭적인 의미". 보르헤스에게 그것은 "'말씀'의 근본적 존재를 증명하는 또 하나의 증거이자 개별 작가의 경계를 부정하는"(『심문』, 32) 정치적 행위에 다름 아니었다. 무슨 말인가.

---

2) 보르헤스, 정경원 옮김, 『만리장성과 책들』(원제 『또 다른 심문』), 열린책들, 2008, 303쪽.
　　이하 『심문』으로 줄이고 쪽수만 표시.

인용은 자기의 붕괴다. 독창적인 것과 독보적인 것을 향해 진군하는 자의식의 전횡이 정지되는 순간, 바로 그때가 인용할 때다. 한편 누군가에 의해 나의 글이 인용된다는 것은 때때로 내가 구축한 자족적인 체계가 그 누군가의 인용 행위에 의해 깨지고 부서진다는 말과 다르지 않다. 인용됨으로써 나의 문장은 나의 체계로부터 탈구되어 '제자리를 잃고 불구가 된 말'이 된다. 그래서 급진적인 인용은 인용할 때와 인용될 때의 양방향 모두에서 자기의 경계를 부수는 힘과 더불어 자기의 경계가 부서지는 경험을 수반한다. 내게 이채로운 것은 그 힘과 그 경험이 '말씀'이라는 신성의 존재를 증명하는 또 하나의 증거로 자리매김 되고 있다는 점이다. 자기의 동일성을 가능케 했던 경계가 부서진 이후의 자기는 이미 더 이상 자기가 아니다. 그는 자기라는 1인칭의 폐기를 맛본 무인칭의 인간이다. 순수한 피의 국가를 끝내는 그날, 도래할 바로 그날을 살고 있는 무인칭적/만국주의적 인간의 어떤 세계주의. 무인칭의 인간이란 아무것도 아니라는 것이다. 아무것도 아니라는 것은 무(無)라는 것이다. 보르헤스에게 "신은 완전한 무이다."(『심문』, 259) 아무것도 아닌 그들이야말로 바로 신이다. 아무것도 아니므로, 무이므로 모든 것이다. 보르헤스는 쓴다. "'아무것도 아님'이야말로 '그 무엇이 되기'이며, 경우에 따라서는 '모든 것이 되기'가 아닐까."(『심문』, 261) 청년 마르크스는 쓴다. "나는 아무것도 아니다. 그러나 나는 모든 것이어야 한다."3) 마르크스-보르헤스적 기획으로서의 익명성, 또는 신성. 그것은 어떤 불복종의 힘으로 드러난다. 환상소설 「지친 자의 유토피아」를 읽자.

---

3) 칼 마르크스, 강유원 옮김, 『헤겔 법철학 비판』, 이론과실천, 2011, 25쪽.

2-2. 일흔의 나이를 바라보는 영미문학 교수이자 작가 에두아르도 아세베도. 보르헤스의 분신인 그는 끊임없이 확장되고 불어나는 시 한 구절을 되뇌면서 평원을 걷다가 꿈결같이 그곳 유토피아에 이르러 있다. 그가 꿈꾸는 '없는 곳'으로서의 유토피아에서 없어져버린 것들의 목록. 달력, 역사, 통계학, 기념식, 동상, 박물관, 도서관, 국가들, 이름들. 그는 그런 것들이 없는 곳에선 모두가 자신만의 버나드 쇼, 자신만의 예수, 자신만의 아르키메데스가 되어야 할 거라고 말한다. 보르헤스는 쇼의 어떤 편지 속에 들어 있는 한 문장을, 앞선 마르크스의 문장을 꼭 빼닮은 한 문장을 인용했었다. 보르헤스에게 쇼는 아마도 그 유토피아에서 살아가는 이들 중 하나였을 것이다. 그렇게 없어진 것들의 목록을 일별했었던 그 누군가에게 아세베도는 이름을 묻는다. 그 누군가는 이름이 없다고, 다만 '어떤 사람'으로만 불린다고 답한다. 그는 익명의 인간이며 그곳에는 익명의 인간들이 산다. 그들은 국가에 불복종했던 이들(의 후예)이다. 국가들은 어떻게 되었냐는 물음에 그 익명의 인간은 답한다.

전승에 따르면 그것들은 점차로 쓸모가 없어졌다고 하더군요. 사람들은 선거를 부르짖고, 전쟁을 선포하고, 세금을 거두고, 재산을 압류하고, 구속명령을 내리고, 검열을 하려고 했지만 지구상의 그 누구도 그것들에 복종하지 않은 거예요.(5: 106)

대의의 체계, 폭력의 구조에 대한 불복종. 그 익명적 힘의 표상으로 보르헤스가 제시하고 있는 또 다른 하나는 저 「욥기」의 괴물 비히모스

(Behemoth)이다. 1977년 부에노스 아이레스에서 있었던 일곱 번의 대중강연 중 하나에서 보르헤스는 신을 두고 "비히모스(이 이름은 복수이며, 히브리어로 수많은 동물을 의미한다)처럼 가공할 만한 것"[4]이라고 말했다. 그는 비히모스로 무얼 하려 하는가. 다시 말해 비히모스를 정의하는 보르헤스의 의지란 무엇인가. 비히모스는 개별적 단수를 특칭하는 게 아니라 복수적 존재들을 통칭하는 말이면서 수많은 동물을 가리킨다. 비히모스는 아무것도 아닌 무이므로 복수적이다. 비히모스는 익명의 신성이며 국가라는 괴물에 대한 불복종적 힘의 표상이었다. 보르헤스는 말한다. "인간은 시간 속에서, 연속성 속에서 살고 있지만 마술적인 동물은 현재 속에, 순간의 영원 속에 살고 있"다고.(2: 278) 인간이 살아가는 연속적이고 직선적인 진보의 시간이 끊기고 정지되는 순간. 그 순간의 지속과 연장, 곧 순간의 영원함. 그것은 앞서 「비밀의 기적」의 흘라딕이 경험했던 신성의 시간, 곧 지속되던 그 정지의 순간과 다르지 않다. 줄여 말해, 현재시간(Jetztzeit). 수많은 익명적 동물로서의 비히모스는 바로 그런 현재시간을 사는 마술적인 동물을 가리킨다. 보르헤스에게 비히모스는 연대기적 진보의 시간과 그 시간 위에서 부과되는 선포와 압류와 명령과 검열의 국가주권을 정지시키는 주체성의 표현이다.

익명의 인간은 죽지 않는다. 익명성은 불사의 신성이다. 「죽지 않는 사람들」의 주인공은 『오뒷세이아』의 저자 호메로스이다. 그는 죽지 않고 세기를 걸쳐 매번 다른 모습으로 살아간다. 이름을 묻는 퀴클롭스에게 '아무도 아니'라고 답했던 오뒷세우스처럼, 「죽지 않는 사람들」의

---

4) 보르헤스, 송병선 옮김, 『칠일 밤』, 현대문학, 2004, 38쪽. 이하 제목과 쪽수만 표시.

호메로스는 아무것도 아닌 자는 모든 자가 될 것이며 단 한 명의 죽지 않는 자는 모든 죽지 않는 인간이라고 말한다. 이와 관련하여 보르헤스는 오뒷세우스의 삶에 있어 절정의 순간은, 혹은 그가 가진 힘의 원천은 트로이 목마의 계략 때문만이 아니라 범접 불가능하도록 금지된 신성의 영역을 알고자 했던, 대담하고도 고결한 결의 때문이라고 말한다. 보르헤스가 문학의 변함없는 주제들 중 하나로 꼽았던 『신곡』의 단테는 바로 그 지점에서 오뒷세우스와 동렬에 놓인다. 오뒷세우스처럼 단테 또한 누설이 금지되고 공표가 불가능해진 신성의 규약과 한계선을 위반하고 있기 때문이다. 보르헤스에게 그런 위반의 순간, 범람의 수행은 죽지 않는 익명적 삶의 어떤 정점에 다름 아니었다.

비히모스와 위반의 힘을 되짚으며 조금 더 나아가도록 하는 건 「전체와 무(無)」 속에 그려진 셰익스피어이다. 그는 자신 안에 아무도 없다는 사실, 곧 아무것도 아닌 자로서의 자신을 남에게 들키지 않기 위한 위장에 능란했으며, 그런 한에서 배우라는 직업은 그에게 적격이었다. 오랜 시간 동안 그는 수많은 사람이 되는 경험을 할 수 있었다. 그는 극장을 소유했으며 성공했고 은퇴한 흥행주였다. 그러던 어느 아침, 그는 자신의 그 아무것도 아님이 두렵고 혐오스러웠다. 그는 극장을 팔았고 유언장을 썼고 죽기 직전 혹은 직후에 신과 대화했다. 그는 신에게 이제껏 모든 것이 될 수 있었던 것은 헛된 것이었다고, 이제 그 자신이 되고 싶다고 고백한다. 회리바람과 함께 들려오는 신의 말. "나의 셰익스피어여, 나 또한 나 자신이 아닌 걸. 나는 마치 네가 너의 작품을 꿈꾸었던 것처럼 세계를 꿈꾸었지. 그리고 내 꿈의 형상들 속에, 마치 나처럼 수많은 존재이기도 하고 동시에 아무도 아닌 네가 존재하고 있는 거지."(4: 58) 신 또한 신 자신이 아니었다. 셰익스피어가 아무엇도 아니었던 것처럼 신 또한 그랬다. 셰익스피어가 꿈꾸었던 작품처럼 신이 꿈꾼 세계 속에서, 셰익스피어는 신 자신이었다. 셰익스피어가 신처럼 수많은 존재일 수 있었던 건 아무것도 아니었기 때문이다. 완전한 무(無)이므로 무한한 변주의 힘을 가진 자. 그가 셰익스피어이며, 신이며, 익명의 인간이다. 익명의 인간이 신이다. 이 명제를 암시함과 동시에 그 명제의 힘을 다시 한 번 재정의하도록 이끄는 보르헤스의 육성 한 대목을 듣자.

우리 각자 안에는 극히 작은 신의 입자가 있습니다. 이 세상이 정의로운 하느님의 작품이 될 수는 없다는 것은 명백합니다. 그러나 그것은 모두 우리에게 달려 있습니다. 카발라가 우리에게 남겨주는 가르침은 바로 그것입니다. (…) 카발라는 그리스인들이 '아포카타스타시스(apokatastasis, 만유회복)'라고 부른 교리를 가르쳤습니다. 그 가르침에 의하면 모든 피조물, 심지어 카인과 악마도 기나긴 윤회가 끝나면 되돌아와서 언젠가 그들을 출현하게 만들었던 신과 뒤섞이게 될 것입니다.(『칠일 밤』, 223)

유대 카발라의 교리에서 세계를 만든 여호와는 무한한 신성(En Soph)으로부터 멀리 떨어지고 이격된 신이며, 그런 한에서 신성이 축소된 신이고 결함과 실수투성이의 신이다. 매매된 정의 위에서 사회가 버젓이 유지되고 있는 까닭, 악착같은 악과 표독스런 독이 넓고 깊게 퍼지는 까닭이 거기에 있다. 하지만 그 악과 독의 문제가 근본에선 우리 자신에게 달려 있다고 말하는 보르헤스의 의지는 카발라의 의지와 함께 움직인다. 보르헤스는 쓴다. "신을 규정하는 것은 '무(無)'이지

'전(全)'은 아니라"고.(『심문』, 258) 무는 전능함이 아니다. 아무것도 아니기에 모든 것으로 변신할 수 있는 힘, 그 불복종적이고 위반적인 힘이 전능한 힘인 것은 아니다. 익명의 인간이 행사하는 신적인 힘은 전능함을 내세우는 힘의 무능을, 전능함을 선포하는 힘의 불의를 향해 발포하는 힘이다. 곧 선포하고 압류하며 명령하고 검열하는 신적인 힘의 불의와 무능을, 불의라는 무능을 쏘아 죽이는 힘이다. 익명의 인간은 좌시하는 신이 아니다. 익명의 신은 "육중한 권총을 끄집어냈고(우리들은 그 꿈속에서 돌연 권총을 가지고 있었고) 즐겁게 신들을 쏘아죽였다."(4: 61) '꿈'을 두고 역사를 형성하는 일에 참여하는 것이며 폐기된 사물의 심장부를 뚫고 들어가는 힘이라고 했던 건 발터 벤야민이었다. 보르헤스의 단편 「꿈」 속의 꿈은 권총이라는 무기의 돌연한 발생적 순간을 품고 있다. 그 권총에 의해 전능함을 가장한 신이 코를 박고 엎어지는 순간은 그 신에 의해 파기된 것들의 의미를 재각성하게 되는 시간과 맞닿아 있다. 그런 시간의 도래를 수행하는 이들이 바로 신의 입자를 가진 자들, 익명의 인간이다. 아포카타스타시스는 권총에 맞은 신이 거꾸러지는 순간을, 다시 말해 그 신의 권능이 정지되는 바로 그 순간의 지속을, 최고도로 정지된 상태의 연장을 가리킨다. 폐기된 모든 것이 신성을 회복하는 순간, 어떤 보편적 구제의 시간. 아포카타스타시스의 뜻과 의지에 내장된 힘의 강도와 방향이 그와 같다. 보르헤스에게 그것은 이미 불사(不死)의 주제에서 암시되어 있는 것처럼 '영원회귀'의 힘에 대한 표현으로 구체화된다.

3. 짝이라는 적(敵)-영원한 악순환을 정지시키는 진정한 영원회귀

3-1. 보르헤스가 '영원'을 설명하기 위해 예로 든 사건은 이런 것이다. 적막한 밤의 분위기, 장밋빛 담장의 색감, 인동덩굴의 향기. 그런 사건의 거듭된 반복은 단순한 재현이나 유사한 것의 연속이 아니라 매번 '바로 그것 그 자체'인 것이다. 그 사건들은 결코 다른 무엇으로 환원될 수 없는 고유성을 품고 있다. 이런 생각은 어제의 한순간과 오늘의 한순간이 직선적인 발전과 진보의 관점에서 연속적인 고리로 연결되어 있다는 시간관과 대결한다. 어제와 오늘의 그 각 순간은 다른 것으로 환원되지 않는 차이의 영원한 지속이다. 보르헤스에게 그 매 순간은 바로 그 환원 불가능한 차이를 품은 채로 영원히 도래한다. "매 순간은 자치적이다."(『심문』, 316) 순간의 자치(self-governing), 순간이라는 자치. 보르헤스는 그 자치의 힘이 연대기적 고착의 시간을 정지시키고 붕괴시키기에 충분한 것이라고 적었다(이 자치적 힘과 상관적인 것들 중에는 보르헤스가 인용하고 있는 J. S. 밀의 의지도 있다. 밀은 직선적 시간의 연결 고리를 파괴하는 신의 행동을 전제하고 있다). 아포카타스타시스는 바로 그런 순간의 자치적 힘을 가리키는 말이기도 하다.

직선의 시간은 어떤 독재의 체제를 지탱하는 전제 중 하나다. 보르헤스가 말하는 대칭성은 그런 독재의 체제를 유지하는 또 다른 전제이다. "10년 전 그 어떤 대칭도—변증법적 유물론, 반유태주의, 나치즘—외형적 질서만 가지고 있으면 쉽게 인간의 마음을 사로잡을 수가 있었다. 그 누가 질서정연한 혹성이라는 정밀하고 방대한 증거를 눈앞에 두고서도 틀뢴에게 굴복하지 않을 것인가?"(2: 48) 1940년을 전후해 작성된 이 문장에서 조금 더 생각하도록 요청하는 단어가 있다면 그건 대칭과 틀림이다. 대칭이란 짝이라는 것이다. 짝은 거울 같은 것이며, 거울은 보르헤스에게 공포의 대상이었다. 짝이라는 거울, 그 공포의 대칭성은 예컨대 영국과 독일, 연합국과 추축국, 자본주의와 나치즘, 민주주의와 공산주의 같은 것들이다. 공모하는 그 짝의 힘은 영원한 악순환에서 나온다. 그 악순환의 토대, 혹은 속성은 이렇다. 질서정연함, 그런 질서정연한 전망의 제시, 그 전망의 오차 없음에 대한 기계적 증명, 그 증명을 위한 정밀하고 방대한 증거. 줄여 말해, 틀림. 어떤 혹성을 뜻하는 그 용어는 상상된 것(그러므로 더욱 물질적이고 실질적인 것)의 조합으로 된 이데올로기적 장치이다. 보르헤스에겐 아르헨티나의 급진주의자와 독재주의자(페론주의자)가 바로 그런 영원한 악순환의 짝이자 거울이었다. 보르헤스는 보수당을 선택했다. 그리고 그는 많은 이들에게 아르헨티나에서 보수를 택한다는 것은 우익이 아니라 중립이 되는 것임을 이해시켜야 했다고 말한다. 보르헤스가 말하는 중립이 된다는 것, 다시 말해 양극단의 틈새에 선다는 것은 그렇게 영원히 악순환하는 짝이 삶의 가능한 최대치가 아니라 현재의 삶에 의해 걷어치워져야 할 적대임을 개시하는 일이다. 짝은 적이다. 총구를 겨눠야 하는 것은 그러므로 짝이라는 적이다. 그 영원한 악순환의 토양이자 뿌리가 바로 직선적 발전의 시간이다. 보르헤스에게 직선의 시간을 부정하는 것과 자기의 동일성을 부정하는 것은 다른 게 아니었다. 그 둘은 모두 부정의 행동이므로 언뜻 허망한 것으로 느껴지지만, 실은 삶을 위로하고 치유한다는 점에서 등가였다. '시간'과 '나'의 관계에 대한 보르헤스의 문장, 어떤 사유.

시간은 나를 이루고 있는 본질이다. 시간은 강물이어서 나를 휩쓸어 가지만, 내가 곧 강이다. 시간은 호랑이여서 나를 덮쳐 갈기갈기 찢어버리지만, 내가 바로 호랑이이다. 시간은 불인 까닭에 나를 태워 없애지만, 나는 불에 다름 아니다. 세상은 불행히도 현실이다. 나는 불행히도 보르헤스다.(『심문』, 337)

무슨 말인가, 아니 어떤 의지인가. 앞서 직선의 시간이 어떤 독재를 지탱하는 한 가지 전제라고 썼다. 보르헤스에겐 그 직선적 시간에 대한 거절과 불복종이 나의 동일성에 대한 해체의 수행과 등가였다는 점을 놓치지 말아야 한다. 나의 본질은 시간인데, 그 시간은 강물이며 호랑이고 불이라서 '나'라는 동일성을 휩쓸어버리고 찢어버리며 불태워버린다. 그 시간은 나의 동일성을 해체한다. 그렇게 해체된 나에 의해, 다시 말해 동일성이 붕괴되었으므로 아무것도 아닌 것(또는 모든 것)이 된 익명적 인간에 의해 직선의 시간은 정지된다. 왜냐하면 휩쓸리고 찢기고 불태워진 나, 그 익명적 인간이 이번에는 직선적 시간의 체제를 끝장내는 또 하나의 강물이었으며 호랑이었고 불이었기 때문이다. '나는 불행히도 보르헤스다.'라는 문장은 보르헤스가 인용했던 스위프트의 문장과 포개져 있다. '유감스럽게도 나는 나'라고 적었던 스위프트는 그럼에도 신이 원하는 그대로 존재했으며, 그렇게 존재한다는 것과 모든 것이 되는 것이 다르지 않다고 고백했다. 그의 고백처럼 그를 인용한 보르헤스 또한 불행히도 보르헤스였다. 하지만 그 보르헤스가 모든 것이 되었던 보르헤스, 익명적 보르헤스였음을 느낄 수 있다. 그는, 존재한다는 것은 시간이 된다는 것이며, 우리들은 모두 시간이라고 말했다. 그 말을 받아 이렇게 적어놓는다. 존재한다는 것은 시간이

되는 것이되 자치적 시간이 되는 것이며, 우리 모두는 시간이되 자치적 시간이다.

보르헤스의 시간에 대해 여기까지 쓰고선 그의 어떤 절망적 인식과 마주하게 된다. 그의 절망적 몸짓은 그가 읽은 것들, 그가 인용하고 있는 염세적인 것들 때문이다. 젊은 날에 자살로 생을 끝낸 마인랜더에게서 보르헤스가 인용한 부분은 인간과 신의 관계에 대한 것이었다. 마인렌더에게 인간은 태초의 시간에 존재하기를 거절하고 스스로를 파괴해버린 어떤 '신의 파편'이었다. 절망적으로 고개를 끄덕이던 보르헤스는, 세계사란 바로 그런 파편들의 우울한 고뇌의 역사라고 적었다. 생각해보면, 태초의 시간은 일방적인 제작과 명명의 시간이기도 하다. 그 시간에 대한 불복종의 표현으로 스스로를 파괴하는 신의 의지가 그 신의 부서진 파편 속에 보존되어 있다. 인간은 그렇게 보존된 신의 의지이다. 자신의 파괴가 자신에게 부과되는 명령의 시간을 파괴하기 위한 비극적인 방법이자 절망적 태도인 한에서, 보르헤스의 절망은 패배의 무기력한 추인이 아니라 어떤 원리적 수준으로까지 고양된 절망이라고 해야 한다. 여기 두 개의 절망이 있다. 포기하고 마는 절망과 끝내 포기하지 않는 절망. 절망을 그렇게 구분할 때, 포기와 절망은 동의어가 아니라 반의어다. 절망은 포기와는 반대로 끝내 포기하지 않는 거듭된 실패의 시도이다. 자신의 파괴를 통해 자신을 있게 만든 세계의 한쪽을 파괴하는 신의 파편은, 아포카타스타시스의 순간을 도래시키는 익명적 인간이 '신의 입자'로 구성되어 있다고 했던 보르헤스의 말과 상관적인 것이다. 그렇게 신의 입자들과 신의 파편들로 된 익명의 인간은 이른바 "또 다른 영원회귀가 양산해내고 있는 지각되지 않는 수많은 주체들"(『심문』, 47)과 포개져 있다. 지각되지 않는다는 것은 계측되지 않는다는 것이다. 계측에 근거한 예상이 불가능하므로 저들은 지배자의 관점에서는 위험한, 숨은 것이다. 보르헤스에게 신은 곳곳에 숨은 것이었다. 영원회귀란 무엇인가. 영원회귀는 계산불가능성을 생산하는 힘이자 편재하는 숨은 신을 양산하는 힘이다. 영원회귀는 저 영원한 악순환의 체제를 정지시키는 신의 힘이다. 그 힘에 대해 좀 더 해야 할 말이 남아 있다.

3-2. 알려진 것처럼 보르헤스에게 '책'은 중요한 주제 중 하나이다. 자주 그것은 영원회귀의 이미지로 드러난다. 대표적인 예가 『천일야화』이다. 이야기가 끝나면 목이 달아나므로 왕비 셰에라자데의 이야기는 끝나지 않고 불어나고 늘어난다. 페르시아의 왕은 무한히 다시 삽입되고 다르게 틈입하는 끝없는 이야기를 듣고 있을 뿐이다. 이야기가 시작되었던 그 순간부터 줄곧 증식되고 있는 한, 그래서 왕이 그 이야기를 듣기 시작한 순간부터 줄곧 듣고만 있는 한, 왕이 가진 생사여탈권은 줄곧 정지되어 있고 끝내 지연되고 있다. 보르헤스에게 『천일야화』에서 드러나는 이야기의 무한한 삽입과 틈입의 가능성은 존재론적 증식의 유희와 맞닿은 것이었다. 『천일야화』는 한계와 제약이 없으며 인과율적이거나 직선적이지 않다. 그것은 파편적이어서 분산적인 모래의 책이다. 그것은 집계를 거절하므로 계산불가능한 책이다. 계산불가능하므로 숨은 책이다. 숨은 신의 책이다. 그것은 생사여탈의 권능 안에 그것을 정지시키고 해체시키는 위기와 위험을 장착하고 있다. 이는 그 저변에 있어 「비밀의 기적」의 물질적 세계를 정지시켰던 신의 시간, 신의 그 폭력적 틈입의 아포카타스타시스와 동질적인 것이다. 이런 사정이 시적으로 또는 역사적으로 형상화된 이미지가 보르헤스의

호랑이다.

「또 다른 호랑이-그리고 유사하게 창조하는 기술」이라는 시. 그 호랑이는 피범벅인 채로 힘 있고 새롭고 천진하다. "그의 세계는 이름도, 과거도, 미래도 없고, 다만 어떤 찰나만이 있을 뿐이네./야만적 거리(距離)를 도약하리."[5] 그 호랑이는 이름이 없으므로 익명이고 익명이므로 과거와 미래의 직선적 운행을 정지시키는 틈입하는 찰나이다. 줄여 말해, 호랑이의 도약(Tigersprung). 보르헤스의 호랑이는 도약한다. 그 호랑이는 야만적 분리가 만들어놓은 경계와 거리를 뛰어넘는다. 그 야만적 경계를 떠올리게 하는 것들이 「일천구백이십몇년」에서 나열된다. 연합군의 가공할 밤과 공포, 굴욕, 방화, 분노, 스페인의 코르도바와 인산인해의 군중. 보르헤스는 그 모든 사태가 아르헨티나에서 벌어질 것임을 누구도 말해주지 않았다고 말한다. 아무런 일도 일어나지 않을 것 같은 반혁명적인 안정과 고요와 안락, 그 고갈과 유배의 느낌에 대한 추인과 공모가 보르헤스가 인식하는 아르헨티나의 역사였다. 그 역사를 깨고 찢는 것이 바로 호랑이의 도약이었다. "호랑이는 회귀하는 형상들 중 하나"이다.(『열기』, 94) 그런 호랑이의 회귀처럼, "선조들의 무인의 피는 신의 전쟁에 기쁨으로 회귀"한다.(『열기』, 82) 무한히 오늘로 회귀하고 틈입하며 도래하는 호랑이는 어디로/어디서 도약하는가. 익명의 선조들이 신위 전쟁에서 흘린 기쁜 피로 도약하며, 그 피에서 오늘로 도약한다. 피칠갑한 호랑이 같은, 「순환하는 밤」의 도약하는 시어를 읽자. "내 핏줄의 과거 이름들을─라쁘리다, 까브레라,/솔레르, 수아레스⋯⋯─되풀이하는 거리들이 엮어낸./(이미 비밀스런) 기

---

5) 보르헤스, 우석균 옮김, 『부에노스 아이레스의 열기』, 민음사, 1999. 66쪽. 이하 『열기』로 줄이고 쪽수만 표시.

상나팔, 공화국, 말, 아침,/행복한 승리, 용사적 죽음들이 고동치는 이름들./ (…) 변함없는 영원이 내 육신에 회귀하네.(『열기』, 162)

보르헤스의 선조, 그 이름이 되풀이되고 엮이고 짜일 때 그 이름은 매번 오늘로 회귀하는 익명성이다. 싸움하는 선조의 피로 도약하는 보르헤스의 호랑이는 이미 보르헤스가 바로 그 호랑이였음을, 익명의 인간이었음을, 틈입하는 신이었음을 가리키고 있다. 섬뜩한 느낌을 지울 순 없지만, 피로 고동치는 익명의 이름은 오늘의 육신에 무한히 회귀하고 있다. 도약하는 호랑이는 그렇게 피범벅인 채로 매번 힘 있고 새롭고 천진하다. 호랑이는 아무것도 아니다, 호랑이는 모든 것이어야 한다. 보르헤스에게 호랑이의 도약은 무(無)라는 본원적 신성에 이르는 놀라운 과정에 다름 아니다. 그 과정 위에, 그 길 위에 역사와 악과 독을 마주하는 보르헤스의 신념과 의지가 있다.

법률과 교리를 공부했고 판결과 법조문 속에서 살 거라고 생각했던 보르헤스의 선조 프란시스코 라쁘리다. 「순환하는 밤」에서 나열됐던 이름 중 하나인 그는 보르헤스의 외가 쪽 선조였으며, 1816년에 아르헨티나의 독립을 선포했었던 뚜꾸만 의회의 지도자였다[그는 소설 「의회」에 나오는 의장 알레한드로의 말을 떠올리게 한다. "의회는 잿더미 위의 욥이자 십자가 위의 예수야."(5: 41) 보르헤스에게 의회라는 장치는 아무것도 아니므로 모든 것이어야 하는 익명성의 역-장치여야 했다]. 「추측의 시」는 1829년 9월 22일 적에게 살해당하기 직전에 있었던 그 라쁘리다의 신성 경험을 다룬 시이다. 그런 한에서 「추측의 시」의 라쁘리다는 「전체와 무」의 셰익스피어, 「비밀의 기적」의 흘라딕과 같은 선상에 놓인다. 심장을 찔러 오는 적의 비수를 느끼는 그 순간 라쁘리다가 느끼고 경험했던 것은 이런 것이다. "마침내 내 인생의, 숨겨진 열쇠를 발견하였네. (…) 빠져 있었던 문자, 애초에 신이 인지한 완벽한 형상을. 오늘밤이라는 거울에서 의심할 바 없는 영원한 내 얼굴에 도달하네."(『열기』, 170) 그가 죽기 직전에 발견했던 열쇠란 신이 인지한 완벽한 형상의 발견이며, 그 발견이란 오늘밤이라는 거울에 비치는 자신의 상을 깨고 의심할 것 없는 자신의 영원한 맨얼굴을 느끼는 것과 등가이다. 그렇게 영원한 자신의 얼굴을 발견하는 자들의 그 밤, 거울이라는 짝의 형상을 깨고 틈입하는 실재/신의 힘으로 구성된 그들의 그 밤은 잠들지 않는 밤이며, 그 밤의 영원한 회귀이다. 다시 「순환하는 밤」을, 그 불면의 밤을 지새우는 보르헤스의 뜬눈을 마주한다.

> 모든 불면의 밤이 세세히 회귀하리라.
> 이 글을 쓰는 손도 동일한 배에서 또다시 출생하리라.
> 강고한 군대가 심연을 건설하리라.
> (에딘버러의 데이비드 흄이 똑같은 말을 했네.)
>
> —『열기』, 158쪽

　읽은 것에서, 그것들의 미로에서 유출되고 분비되고 있는 보르헤스의 시어, 문장. 그가 말하는 무한회귀하는 것들. 불면의 밤, 쓰는 손, 강고한 군대. 불면이란 깨어 있음을 말한다. 그것은 어떤 각성의 지속상태다. 그 불면의 각성 속에서만 익명의 인간은 시대와 체제의 실상에 대한 예민한 관찰자이자 똑똑한 목격자가 된다. 그러므로 그 불면의 밤은 익명의 밤이며 정치적인 것의 밤이다. 보르헤스에겐 그 밤이야말로 어떤 배(腹)이다. 그 뱃속에는 놓치지 않고 세세히 목격했던 실재를 써나가는 손들이 잉태되고 있다. 그 손들은 불면의 밤이 세세히 누대에 걸쳐 회귀하듯, 매번 그 배에서 또다시 발생한다. 그렇게 발생하는 쓰는 손들이 바로 강고한 군대이다. 쓰는 손들의 군대에 의해 적들의 저 영원한 악순환 속에는 어떤 소멸이, 파국과 신생의 동시성이, 틈입하고 난입하는 아포카타스타시스의 지속이, 정지상태의 연장이 장전된다. 그것은 불사의 시간에, 순환하는 불면의 밤에 일어나는 일이다. 보르헤스가 말하는 영원회귀의 힘(Gewalt)이 그 일을 한다. 그 게발트에 대한 신념이 보르헤스의 의지의 승리를 이끌고 있다.

김남영

패설의 퍼레이드, 소통의 주파수
– 권혁웅, 『소문들』

1. 허구적인 현실로부터의 도주

폭력적인 상황을 뚫고 현실에 개진하는 소리가 있다. 이 소리는 우리가 믿음을 주고 그 믿음 속에서 발화되는 여느 소리와 질적으로 다르다. 누군가의 호흡일 수도 있고 신음소리일 수도 있으며 정체 모를 증상과 징후의 소리일 수도 있다. 그러나 이 소리는 현실을 통과하지 못하고 굴절되거나 어느 변두리 거리 위에서 부유하면서 종국에는 사라져버린다. 그 소리를 탐색하기 위해서는 말의 주변을 어슬렁거려야만 한다.

조화롭고 질서 있는 세계에 대한 구상은 오래전부터 있어왔다. 특히 시에 있어서 이 구상은 항상 주체중심의 차원에서 세계를 동일시하거나 자기 반영성의 의지로 나타난 것도 사실이다. 이때 말할 수 없는 것들은 잉여 혹은 찌꺼기처럼 생활세계에 부유한 채 질서에 편입되기를 포기한다. 이를테면 국가폭력이 빚어내는 사태 중에 국가가 진정국면으로 사태를 몰아갈 때에도 자기 반영화되지 못하는 주체의 시좌에서 벗어나는 그런 말들은 언제나 존재해왔다. 이것은 국가폭력의 한계를 드러나게 해주는 일종의 사태증상으로 파악해볼 필요가 있겠다. 결국 국가폭력은 자신의 한계를 노정하면서도 끊임없이 파행을 지속한다는 사실을 우리는 주목해야 한다. 사실 이 글은 국가적 장치, 시스템을 뚫고 나오는, 파편처럼 부유하는 것들의 힘에 대해 주목한다. 근대가 파생시키는 역장(力場)들을 불가능한 언어의 층위, 실패를 예감하는 언어인 소문에 주목하는 이유는 다음과 같다. 우리의 언어, 다시 말해 일반 언어는 그 공과에도 불구하고 그러한 언어는 시효를 다한 듯하다. 일반 언어는 조화롭고 질서 있는 세계에 대한 인식을 재구성한다. 이것은 사실상 폭력을 재구성하고 우리로 하여금 자동적으로 이 구조를 승인하게 만든다. 구성된 현실을 뚫고 폭력적인 세계에 대한 새로운 언어의 귀환, 개진하는 힘의 귀환, 그것은 대중(mass)이 말하고 생산하는 소문의 복귀를 명한다.

　소리의 실체에 다가가기 위해서는 불가능한 말의 퍼레이드를 우리는 목격해야만 한다. 불가능한 말의 퍼레이드는 실상 인식의 지평에서 벗어나 인식 너머의 세계에 존재하고 있다. 인식 너머에 존재하는 이 말들에 대해 이해를 구하기 위해서는 우리의 인식지평에서 한걸음 더 나아가거나 물러서는 일이 필요하다. 자기중심주의로 점철된 상징계적 질서에 익숙해진 사고로는 이러한 험로를 벗어나기가 무척 어렵다. 하나의 해결책이 있다면 가능한 말들의 확장된 형태로 나아가 보는 것. 그 일이 가능하다면 그것들을 일렬로 정렬시키고 배치함으로써 새로운 언어의 탄생을 읽어내는 새로운 순간을 직감하게 될 것이다.

공식적인 언어에서 이미 벗어나 있거나 그러하다고 믿고 있는 비공식적 발화(發話)를 복원해나가는 작업, 그 작업의 토대는 우리의 인식에서 사라진 단어를 다시 구제(救濟)해냄으로써 낯설고 이질적인 것들을 통한 세속화된 현실을 인식하고자 하는 데에 있다.

소문은 그런 말의 관계 속에 위치하고 있다. 소문이 비정상적이라면 과연 정상성은 무엇인가. 정상성이 존재하려면 비정상성을 경유해야 하지 않을까. 이 비정상성의 자리 주위에는 실패라는 단어가 도사리고 있다. 소문이 실패와 짝을 이루는 이유도 그 때문이다. 소문은 늘 화자와 청자 사이를 오고 가지만 결국 공멸을 예정하고 있다. 그럼에도 불구하고 소문이라는 단어 속에는 그 형식을 넘나드는 초과분의 의미가 있다. 이 초과분의 의미를 단순히 특수한 말이라고 단언하기는 어렵다. 이를 인정해버리는 순간, 우리가 이미 편집증적인 사회적 질서를 긍정해버리고 길들여져 있다는 사실을 인정하게 되고, 다수의 사고, 집단의 사고에다 자신의 정체성을 위치시키는 일이 발생한다. 문제는 일의 사태에 접근하기보다는 좋은/나쁜의 질서라는 사고방식으로 세계를 재편한다. 결국 말을 하는 순간 개별자의 의지는 물론이요, 집단의 의지가 노출되는 사태에 이른다는 점으로 미루어, 이 사태는 그 자체로 말이 이데올로기적 사태임을 방증한다. 현대사회를 살아가는 우리들은 무엇인가에 의해 이데올로기적인 마비상태와 경제 만능의 소비주의적 최면상태에 길들여져 있음을 직시하지 못한다. 해로운 속성이 제거된 상품(지젝)에 만족하거나 정치 없는 정치에 대한 재정의, 나아가 타자성이 제거된 타자에 대한 경험으로 일상을 채운다. 사정이 그러하다면 현실은 벤야민이 말한 환등상자, 허구(감각이 탈취된 마비상태) 그것일 수 있다. 우리는 그 속에서 매번 실패를 기획하고 실패에 익숙해지기를 바란다. 그 익숙함에 대항하는 소문들. 소문이 있어야 할 자리는 다름 아닌, 이미 실패가 되어버린 말 사이에 있으며, 그것은 사회적 질서를 흔들어대는, 혹은 우리가 구축한 이 세계를 향해 조난신호를 보내는 언어들, 그 틈에 있다. 따라서 소문은 조난신호의 대표적인 방식이다.

이러한 조난신호를 목격하고 불가능한 언어를 복원시키려는, 나아가 주변의 언어로 정치적인 진지를 형성하려 드는 이가 있다. 그의 작업은 말과 단어의 조합으로 불가능한 말의 사태, 즉 소문에 대한 사고를 우리에게 가능하게 하는 힘을 보여준다. 그는 시인 권혁웅이다. 이 실패를 예감하는 자리에서 그는 사회에서 생겨나고 사라지기를 수차례 반복하는 말들의 퍼레이드에 관심을 둔다. 이러한 작업을 통해 그가 획득하려는 것은 허구가 현실로 오인되는 현실에 대한 날카로운 비판이다. 풀어 말하자면, 허구로 재구성된 현실은 보편적이며 계산 가능한 것이자, 적분의 사고로 인식되는 계급제도의 낡은 각인이 그것이다. 반면 권혁웅은 데리다식으로 말하자면, '계산 불가능한 독특성', 나아가 합법적 정치를 초과하는 힘, 어떤 일회적인 사건을 그의 시에서 매개한다. 오히려 변증법적인 이러한 관계는 권혁웅의 시를 읽는 사람으로 하여금 반문을 제기하고 그 반문의 자리에서 타자성이 제거된 타자경험을 비틀어내고 경제적으로 상호이익만을 생각하는 보편성의 프레임을 균열해낸다. 요컨대 기존의 통념으로부터 달아나자는 것이다.

이 도주가 즐거운 이유는, 종국에는 도주 실패를 예감하고 마는 이 실패의 장에서 최소한의 탈출구, 정치적인 물음을 의지화해내는 일이 빛나기 때문이다. 이 의지는 각 개체의 자율성이 결국에는 총체적인 방식으로 감지된다는 믿음에 있다. 그러한 시도는 소문들의 다채로운 말 비틀기 놀이로 대체되고 쾌락화된다. 이 쾌락의 지점에서 권혁웅은 사건을 희화적으로 생산함으로써 국가폭력의 허위, 다시 말해 국가폭력을 관통하는 우리의 무의식을 훔쳐낸다. 이로써 시는 본연의 감각적 자율성을 획득할 수 있는데, 시를 읽는 독자들로 하여금 해석의 여지를, 해석을 통한 생산의 여지를 재구성하는 논법으로 일관한다. 그 대표적인 방법으로 권혁웅은 몽타주라는 기법을 차용한다. 다음으로는 일종의 말의 자율성을 그대로 두고 내부의 주변성을 포괄해나가면서 외부를 관통하는 사고의 진작을 요구한다. 그러니까 시 속에 숨어 있는 의지를 해석할 수 있는 여지를 다시 만들어놓고 스스로를 다른 사람의 세계에 던짐(소문의 발화)으로써 그의 시는 완성된다. 이때 소문은 또 다른 심급에 이르게 되는데, 권혁웅의 현실 개입 방식은 언제나 우리의 기대지평을 무너뜨리고, 물리적 환경과 권력 사이의 불균형, 예측불가능성의 발화로 시를 형상화한다. 그렇다면 권혁웅은 시 작업을 통해 무엇에 도달하려고 하는가. 그것은 세속화된 세계의 밑그림을 우리에게 투사시킴으로써(알레고리적 방식) 현대사회의 상징적인 언어, 세계, 질서 등이 지닌 문제 인식을 우리에게 펼쳐놓는다. 가능한 것은 자기 계발의 모든 책임을 스스로에게 전가하는 자본주의가 가진 친밀성을 우리가 목격할 수 있다는 점이다.

이 친밀한 적에 대한 배신을 감각화해내는 작업, 권혁웅의 작품 『소문들』(2010)[1]은 소문이라는 기표를 통해 기성 권력의 질서를 흔들어댄다. 따라서 권혁웅의 시는 끊임없이 말의 분열을 가로지른다. 이 가로지르는 분열은 일견 맥락 없는 전개로 보일 수도 있다. 하지만 우리

---

1) 권혁웅, 『소문들』, 문학과지성사, 2010. 이후 인용하는 시는 모두 여기에서 재인용.

의 삶은 불안정한 가운데에서도 무엇인가에 의해 각인되어 있고 몸은 그 각인을 정확히 기억해내곤 하질 않는가. 그렇다면 권혁웅의 시어를 사유의 영역에서 일차적으로 배제해봄으로써 사물의 영역으로 나아가고 그 본질은 폐허라는 허구의 현실을 인식하는 것도 가능할 것이다. 생산의 맥락에서 단절되어 더 이상 회자되지 않는 근본적인 소문의 실패를 더듬더듬 촉수로 감각화내고 있을 때 우리는 문득 우리의 토대를 이루는 것들이 소위 알 수 없는 권력과 권위로부터 인식가능한 권력, 권위, 혹은 폭력의 생산방식에 참여할 수 있는 힘으로 귀환함을 목격할 것이다.

2. 소문, 그 (불)가능함

오랜 계급의 각인으로 인해 우리는 너무나도 변증법적인 사고에 익숙해져 있거나 소위 그 틀 속에서 미래로 기획을 꿈꾸곤 한다. 의식적인 반성 없이 무의식적으로 통용되는 차갑고 무거운 명제들 속에서 안락하지만 황량한 안식처를 구하려는 개별자들.

소문은 제 생명을 스스로 구하지 않는 타자적인 감각이다. 그래서 소문은 불안감을 동반한다. 실체가 없고 근원도 알 수 없다. 그럼에도 불구하고 소문은 집단에서 동력을 얻는다. 우리는 이 움직이는 언어를 놓고 걱정과 자기기만, 시기심을, 그 위태의 감각을 접합시킴으로써 세계를 '적분(통합)'하려 한다. 반대로 소문은 세계의 복수성과 존재의 다수성을 추구한다. 따라서 소문의 언어는 차이화되는 언어, 중심이 아닌 주변으로 존재하는 언어, 다수의 언어가 아닌 소수의 언어이다. 한마디로 잡종(hybrid)이다. 이 소문이라는 것을 '대상'으로 인식하면 다양한 말의 사태[2]를 목격하는 우리의 입장은 달라진다. 예컨대 소문(대상)은 주체(소문을 말하는 자)와도 공감하고 사물(소문의 기계)과도 공명한다. 대상화는 거리감으로 나타난다. 이 거리감을 유지하고 거리를 유지하는 힘을 분석하는 일이야말로 시가 지닌 고유 의무이기도 하다. 그러나 소문의 존재론적 자기 증명은 이 대상화마저 일탈하려는 속성을 지닌다. 앞서 말했듯이, 소문의 사태는 타자적인 감각에 있기 때문이다. 따라서 소문은 해석의 불통을 전제로 하고 폐쇄적 정서의 자족성이란 혐의에 종종 직면한다. 과연 불통과 자족성으로 구성된 소문이라는 언어를 우리는 왜 불안한 감각으로 인식하는 것인가. 생각을 바꾸어보자. 만약 소문이 지닌 미분(차이화)화된 감각을 재구성하고 재사유할 경우에 우리가 그토록 궁금해하던, 나와 다른 사물과도 차이가 있는 '외부의 사상'이 도래하지 않을까라는 생각. 나는 소문이라는 대상 기표를 설정해두고 보편성에 기반을 둔 척도로서의 소문과 소문이 지닌 특성을 저울질하면서 다양한 말의 사태에 대해 해석의 요청을 승인한다. 보편성이라는 척도 아래 사실과 다른 허위의 산물로 배제당하지 않고 그것을 품어내면서 소문이 불러일으킨 사태의 저 깊은 층에 도달하는 길, 그래야 저 자명한 세계의 질서가 허구와 오인으로 가득한 비질서의 세계임을 폭로하지 않을까.

　　외설(猥藝)은 사면발이의 한 종류다 눈이 작고 앞/니가 돌출해

---

[2] 진리는 의도의 죽음이라고 선언하는 곳에서 진리란 의미하기로서가 아니라 경험적인 것의 본질을 형성하는 힘(Gewalt)으로 존속한다. 하이데거식대로라면 본질을 형성하는 바로 이 힘을 사태진리라 부를 것이다. 서동욱, 『철학연습』, 반비, 2011, 77쪽.

있어서 서생(鼠生)을 닮았으나 그보다도/작고 바글바글하다 어느
구멍이든 파고들기를 좋아해/서 한번 자리를 잡으면 색출하기가
여간 어렵지 않다/하나를 잡으면 둘이 나타나고 둘을 죽이면 넷
이 나타/나, 마침내 온 집을 가득 채운다 더러우니 먹어선 안/된다
(「소문들-짐승」 부분)

위의 시에서 과연 대상화하고 있는 것은 무엇일까. 국가권력에 대한
풍자와 조소 어린 문장을 직접적으로 말하지 않고 에둘러 표현하려는
이유는 소문이 지닌 약간의 믿음에 의존한다. "아니 땐 굴뚝에 연기도
분명히 난다"라는 믿음. 이 믿음은 분명 권력의 중심주체가 바뀌었음
을 예감하게 한다. 과거의 아버지(대타자)가 금지의 아버지였다면 지
금-여기의 아버지는 외설적인 아버지로 어느샌가 우리에게 쾌락을 즐
기라 한다. "바글바글거리거"나 어느 구멍이든 어느 개별 주체의 마음
속으로 "파고들기"를 좋아한다는 점이다. 그렇다 치고 위 시의 놀라운
점 중 하나는 국가 폭력에 대한 일반 대중의 의식을 엿볼 수 있다는 사
실이다. 대중은 국가권력을 비판하는 존재자의 집합임에도 불구하고
혹은 국가권력에 권능에 도전하는 그들이지만, 결국에는 국가권력에
귀속되어버리고 마는 존재라는 통찰. 더러우니 먹어선 안 된다를 외치
고 행동화로 옮기지만 결국 '자리를 잡으면' 급속하게 퍼지게 된다. 바
로 소문이 지니는 애매함 때문에 소문은 사람들 사이에서 파생되고 확
장된다. 이 애매함을 공동체가 지니는 증상으로 파악해보면 어떨까.

용산에서 발흥했으며 우면산의 검경(劍京), 발치산/의 공산(恐
汕)과 함께 3대 조폭이었으나 동이와 오환/의 대살육 때에—이를

육이오(戮夷烏)라 부른다—/검경과 연합, 공산을 궤멸하여 장안을
장악했다 정직/한 자를 잡아가고 가난한 자를 태워 죽이며 속이
는/자에게 쌀을 주고 부유한 자의 곳간을 지켜, 그 악명/이 자자하
다 최루탄지공, 개발이익조, 아수라권, 물대포신장, 소요진압진 등
의 연합무공을 쓴다.(「소문들-유파」 부분)

시 「소문」 연작 중 부제가 '유파', 그중에서도 용역(龍另)에 대한 시
이다. 이 시가 일반적인 한자어 용역(用役)과 달리 용역(龍另)이라는
한자어를 사용한 이유는 이 사회를 살아가는 사람들이라면 누구나 직
감할 수 있다. 바로 용산참사와 관련된 것임을 시인은 과감하게 표현
한 것이다. 크리스테바가 말하는 기호계를 대입해서 생각해보면 검경,
공산, 용역은 하나의 기호계를 표현하고 있다. 이 중 공식적인 기호계,
다시 말해 사회적 질서를 유지해주는 시스템으로 인식되는 대표 권력
은 검경(검찰과 경찰)이다. 그런데 이 검경이 애매한 순간을 맞게 된다
는 것을 시인은 넌지시 알려준다. 검경은 공산을 멸하는 데 사력을 다
하지만 공산을 괴멸한 후에는 그 존재가치가 어이없게도 용역에 의해
가능해진다. 역설적이게도 무법자인 용역은 공식적인 사회 시스템의
자기 한계를 스스로 폭로시키는 것에 불과하다. 시인 권혁웅이 이것을
의도하지 않았다 하더라도, 법만으로는 이 사회를 질서 있게 유지시킬
수 없다는 판단이 이 시의 핵심이다. 시인은 그들의 무공을 현란하게
치장함으로써 사회 집단의 문제를 들추어내고 폭압적인 권력의 실체
를 고발한다. 또한 법적 폭력의 한계를 까발리고, 검경이라는 기호계
에서 서식하며 안주하려는 것들을 무효로 만들어내면서도, 무언가를
구성해내려는 의지를 엿볼 수 있다. 그(권혁웅)는 과연 무엇을 겨냥하

고 있는 것인가.

　자신의 욕망을 알기 위해 인간은 타자에 대한 인식적 개입이 필요하다. 루소가 말한 '일반의지'[3]는 분명 무의식과 연결되는데, 이를테면 소문과도 같은 것의 작동원리는 사실과는 동떨어져 있는 그 무엇임에도 불구하고 사람들은 소문이 어느 정도 옳다고 생각한다는 사실이다. 이것은 소문이 유포되는 공간(인터넷, 구글, 트위터)과 마찬가지로 의식된 합의의 집합이 아니라 오히려 무의식적인 욕망의 집합으로 해석할 수 있기 때문이다. 사람들은 상황판단에 대한 의지적 개입을 뒤로하고, 좋은 소문에서 비롯되는 부러움의 감정, 그리고 나쁜 소문에 기인하는 원한의 감정으로 소문을 덧칠하기 시작한다.

　요컨대 소문은 바로 이러한 부러움과 원한의 감정으로 뭉쳐져 있으며 나와 타자의 관계를 살피는 하나의 구성적 발판이다. 그런 의미에서 소문은 너와 나의 구성에 직접적으로 관여하는 지배체제와는 거리가 있다. 다시 말해, 이 거리감은 소문을 통하여 지배체제가 지니는 약점을 노출시키기도 하고, 부러움과 원한의 에너지를 말끔히 봉합해버리기도 한다. 이른바 소문의 역능. 소문은 소문을 만드는 자보다 그것을 파생시키고 유지하려는 힘의 역학관계에 위치한다. 따라서 소문의 실체를 정의하는 순간, 소문은 우리의 손아귀에서 벗어나버린다. 정의할 수 없는 것이기에 소문은 회피해야 할 대상, 그리고 그 대상이 지목하는 그 무엇은 부정된다. 예컨대 수단으로 존재하는 것들. 별로 내세울 것도 없는 어떤 목적을 위해 소모되어야 하는 운명에 처해 있는 비루하고 덧없는 것들의 존재. 인간에게 고기를 제공하기 위해 사육되는

---

3) 아즈마 히로키, 안천 옮김, 『일반의지 2.0』, 현실문화, 2012 참고.

돼지나 닭, 인간에게 물을 제공하기 위해 깎여나가는 강 같은 것들이 그러하다. 마찬가지로 소문에 의미를 부여한다면 바로 수단으로 존재하는 것들의 의식적, 무의식적인 복원에 있다.

크림소스 스파게티 먹을 때 숟가락은 참 공손해요(「가정요리대백과-숟가락」 부분)

노파의 기억이 순두부처럼 풀어지자 아들은 뚝배기만큼이나 오래 열을 냅니다(「가정요리대백과-그릇」 부분)

밥상은 얌전하고 일가는 단란합니다 깨소금으로 마무리되었거든요(「가정요리대백과-밥상」 부분)

「가정요리대백과」라는 제목을 달고 있는 시 중에 숟가락, 그릇, 밥상에 관한 부분이다. 물론 이 시들은 소문과 직접적인 연관은 없다. 그러나 권혁웅이 선택한 방법론은, 시는 어떻게 가능한가에 대한 고민과 직접적으로 관련이 있다. 그가 취하는 이 방법론은 "의사(疑事)명명법"으로, 사물에 인격을 부여함으로써 비루하고 존재감 없이 수단화되는 것들의 복원이다. 이러한 인식의 근저에는 우리가 살아가는 현실이 그리 깨끗한 세계가 아니라 세속화된 현실, 달리 말하자면 무엇으로부터 오염되어 있고 폭력적인 현실이라는 문제점을 이끌어낼 수 있다.

소문이 지닌 부정성 때문에 소문을 접하는 사람들은 우선 불안한 감각에 이끌린다. 역설적이게도 이는 우리들의 세계가 그리 안전한 세계가 아님을 인식하게 된다. 막연하게 소문에 안주하는 것은 소문을 향유하기에 즐겁다는 것만을 의미하지 않는다. 만약 소문의 경계가 존재한다면 그 경계면 어디에는 싸구려 술집의 꾀죄죄한 변소 냄새 같은 것이 항상 뒤따르기 마련이다. 따라서 부정적 소문으로부터 자신을 방어하는 길은 소문에 대하여 귀를 예민하게 열어두는 길밖에 없다. 특히 사실에 대한 정확한 가치 판단을 유보하고 좋은 소문보다는 일단은 나쁜 소문에 열을 올리는 것이 어떤가. 분명 소문이라는 꽃은 시민 사회와 법의 관계가 완전히 정립되지 못한 상황이거나 급격한 사회 변동으로 인한 가치 판단의 혼란, 그리고 대상에 대한 혐오 사이에서 피어난다. 그리고 이러한 소문의 발생 조건을 뛰어넘는 것은 소문에 손쉽게 결탁하는 군중의 심리에 있다. 그 심리를 무엇이라고 정의하기는 복잡하고 난해한 일이다. 그렇지만 이 소문에 열광하는 그들을 파악하는 길도 이 복잡함 속에 있다. 소문에 직간접적으로 관여하는 이들은 상처를 입히고 상처를 받는 것에서 자유로울 수 없다. 그래서 소문은 대상 차원에서 폭력과 밀접하게 연관되어 있다.

가령 소문을 대하는 우리의 시야는 우리의 정신으로부터 대상세계로 투사된 '자폐증적 시야'에 불과하다. 그러니까 '~카더라'[4]에 의해 생산되는 소문은 필연적으로 간접화법의 형태를 취하고 있다는 것이 이를 대변한다. 이 간접화법은 바로 발화자를 대리하는 것이 아니라 수용자를 대리한다. 쉽게 말해 누가 이 소문의 유포를 담당하는가라는 물음에서 그것은 전적으로 수용자의 몫인 셈이다. 따져 물어야 할 것은 소문의 수용자, 그들이 대하는 소문에 대한 종속된 사유이다. 이 사유는 언제나 대상에 대해 행사하는 폭력의 도구가 된다. 소문을 믿

---

4) 경상도 방언이다. 이것이 웹상에서 '카더라 통신'으로 표현되고 있다.

는다는 것은 내 앞에 있는 대상을 나와 분리시키고 나의 시선에 종속된 것으로 만드는 기능을 포함한다. 대상은 바로 나로 인해, 나를 통해서만 존재하는 나의 부속물이다. 소문은 앞에 던져진 그 무엇이다. 던져진 그 무엇에 대해 우리는 사유의 예속화를 통해 철저히 그 실체를 분리시키고야 만다. 이때 진정한 소문의 실체는 소문이라는 대상과 분리되고 이 소문을 생성하는 나의 방식대로 인식된다. 소문 그것은 살아 있는 존재, 생물이 된다.

권혁웅의 시집 『소문들』에서는 생물이 되어버린 소문들의 퍼레이드를 목격할 수 있다. 그의 시에 나타난 소문들의 실체는 마치 둔갑술의 향연을 보듯이 현란하다. 그것을 이렇게 생각해보면 어떨까. 그의 시를 풀이의 대상이 아닌 요청의 대상으로, 하나의 사태로 인식하는 것. 이럴 경우 그의 시 속에 간접적으로 발화되는 소문을 통해 우리가 교환하는 것은 어떤 메시지가 아니라 소통가능성 자체,[5] 그것이 아닐까. '무엇을 소통한다'가 아니라, 우의적으로 말할 수 없음을 다시 복원하고 귀환시키면서 투쟁하는 힘들의 의지를 순수소통가능성에 기초하여 도래할 공동체의 구성을 구상해보고자 하는 어떤 제안. 나아가 시는 어떻게 현실적으로 가능한가에 대한 고민의 단초. 소문에 대해 생각하면서 폭력은 어떠한 방식으로 정당화될 수 없다는 휴머니즘적 인식론이 세계를 다시 재편해나가려는 것에 저항을 하면서 목적 없는 수단을 끝없는 중간/매개체, 다시 말해 소문으로 읽어내면서 그 소통가능성에 대해 생각해보기로 한다.

---

5) 조르조 아감벤, 양창렬, 김상윤 옮김, 『목적 없는 수단』, 난장, 2009, 218쪽 참조.

3. 일반의지가 몽타주화되는 그곳

소문에 대해 접근하기 위해서는 소문굴로 들어가야 한다. 깔대기 모양의 소문굴 입구에서는 출입을 기다리는 다양한 소문이 배회하고 있다. 배회하고 떠다니는 것들의 운명은 명멸을 예감하고 있다. 분명 인간의 입에서 그 수단으로 태어나지만 어떤 미련도 없이 버려질 때가 많다. 권혁웅의 시들이 환유적인 감각으로 읽히는 이유는 시인이 그 버려질 운명의 것들을 다시금 지평 위에 놓고 사유해내는 데 있다. 시인은 소문굴의 입구에서 농성한다. 시작인 동시에 끝인 세계, 목적인 동시에 수단인 것들에 대한 관계론적 탐구.

그 입구를 탐색한다는 것은 소문의 생성과 파멸을 동시다발적으로 사고해야 한다는 것이다. 이유는 소문의 생성과 사라짐의 연장선 위에는 소문을 향유하는 대중의 일반의지가 묻어 있기 때문이다. 소문의 경험적인 힘에는 분명 이념이 담겨 있다. 개개의 이념은 다양한 것들의 결합, 다시 말해 이질적인 것들의 공통요소, 즉 일반성이 담겨 있다. 사물의 소리 없는 언어. 바로 권혁웅의 작업은 이 공통요소를 탐색하고 추적하며 제시해준다. 그의 시는 사물의 몽타주로부터 시작된다. 따라서 각각의 장면[6]을 잇는 인과적 서술은 전혀 찾아볼 수 없다. 권혁웅의 시는 대개 부분 부분 따로 존재하며 개별적이고 자립적인 형상으로 표현된다. 앞서 언급하였듯이, 이 부분의 배치는 배열하는 주체의 의도와 밀접한 연관을 가진다. 우리가 믿음을 주고 가능하다고 의

---

6) 사실 몽타주라는 용어는 영화에서 시작되었다.

심 없이 받아들이는 시가 있다고 하자. 그러한 시는 하나의 독점적인 시점에서 감각적인 작업이 진행된다. 단일한 주체가 시 전체를 고루 관통하고 있다. 따라서 대상과 주체는 동일시되는 것으로 별개의 것이 아니라 하나로 존재한다. 더 이상 의미 개진을 할 수 없는 상태인 셈이다. 더 엄밀히 발하자면, 통합된 세계를 그리는 데 적합했다.

반면 몽타주 방식을 구성 원리로 하는 권혁웅의 시는 단일한 주체의 목소리를 갖지 않는다. 다양한 복수의 주체가 소문처럼 발화하기 시작한다. "의미심장한 파편"들, 다시 말해 소문에도 의미를 형성하는 힘이 비로소 작동되기 시작한다. 각각의 자립적인 부분을 조합하고 재배치하여 시를 완성하는 것이라 할 수 있는데, 이것은 철저히 인과관계를 배신하면서 비롯한다. 설령 인과관계가 나타난다 해도 매우 빈약한 형태로 나타난다. 각각의 장면은 느슨하게 걸쳐져 있고, 이것들이 서로 간에 치환 가능한 형식으로 존재한다.

소문들의 연작으로 권혁웅이 "유파(流波)"라 지목하는 것은 다음과 같은 것들이다. "공중(恐衆)", 풀이하자면 '두려운 대중'이다. "최근 정리해고와 의술의 발달"로 이 공중의 수는 날로 증가한다. 그리고 미래 사회는 공중화 사회가 될 것이라는 징후를 표현한다.

"덕후(德侯)", 그들이야말로 중심이 아니라 주변의 문화를 이끌었다 해도 과언이 아닐 것이다. 그들을 주목하는 권혁웅의 시선은 바로 이것에 있다. 덕후들은 "남자가 여자로, 노인이 학생으로, 사람이 로봇으로 변신한다." 그만큼 변신은 무한하다. 변신의 토대는 분명 사회이다. 이 사회는 바로 인간의 욕망이 꿈틀대는 그런 사회다. 덕후들은 탈주를 즐기면서 때로는 이종 교배를 가능케 하고 때로는 변신하면서 그 사회를 수시로 공격하기도 한다. 그들은 바로 현대판 게릴라이다.

김남영   183

이 덕후들보다 선명하게 인식되는 존재, 그들은 용역(龍役)이다. 말 그대로 높은 존재이다. 이들은 "검경과 연합"하기도 하고 "가난한 자를 태워 죽이며 속이는 자에게 쌀을 주고 부유한 곳간을 지켜" 그 악명이 자자하다. 이 용역이라는 존재, 사회악이면서 권력의 핵심에 의해 수단으로 존재하는 자들. 따라서 목적을 위해서라면 가차 없이 버려지는 수단은 본질적인 것을 은폐하거나 왜곡시킬 수 있다. 이것은 발리바르(폭력과 시민다움)가 주목한 권력의 형태 중 하나로서 게발트[7]이다.

용역들은 사회 밑바닥에 잠재되어 있다가 목적에 부합하는 수단으로 작동하는 일종의 기계들이다. 그들이 지닌 폭력성은 사실 국가폭력과 닮아 있고, 유사한 방식으로 작동한다. 이것을 말하고 복원 가능한 것으로 사유화해내는 작업 또한 소문에 대한 탐색으로 가능해진다는 말이다. 곧, 소문의 역능으로 이어진다.

"소문들" 중에 권법이라는 부제를 달고 있는 이 대목은 우발적인 병치로 엮여 있으며 이 병치들은 하나의 이념으로 일관성을 확보해나간다. 그 일관성을 일반화하고 정식화하는 작업은 아직 미지수이다. 그러나 벤야민이 말했듯이, 진리는 비밀을 없애는 들춰냄이 아니라 그것을 보존하는 계시(啓示)다. 이 계시되는 것들을 권혁웅은 주목하였고, 그것은 차가운 명제(진리로 인식되고 재정의되는)로 표현되는 공통적인 감각, 나아가 이것이 굳어진 형태로서의 보편성과는 꽤나 멀어 보인다. 소문이란 그러한 점에서 자신을 해체하는 기제 이상의 기능을 한다. 그것은 또 다른 진리를 인식하게 만드는 가능성이다. 권혁웅이 표현하는, 일견 산만하게 보이고 파편화된 권법들 속에는 자본주의

---

7) 에티엔 발리바르, 진태원 옮김, 『폭력과 시민다움』, 난장, 2012, 18쪽 참조.

의 실체에 대한 고민이 녹아 있으며, 이러한 그의 인식이 시를 읽는 독자를 자극한다. 파편화된 것들은 아무것도 아닌 것이다. 단지 수단으로만 존재할 뿐 더 이상의 의미부여는 과잉된 집착일 수 있다. 하지만 파편화되는 것들은 역시 아무것도 아닌 물리적, 인지적, 심리적 환경과도 정확히 관계된다. 위에 나타난 모든 종류의 몽타주 구성은 사실 우리 사회 안에서 순수한 주체를 뽑아내려다가 여타 다양한 주변 층을 배제하게 된 것들의 목소리가 구현되는 자리에 있다. 때론 비정상적인 것들로, 그로테스크한 것들로 나타나고 있지만 사실 이것들도 정상적인 것들을 구성하는 데 관여를 한다. 나아가 배제를 당한 것들이 스스로 웅성거리며 그 폭력의 본질을 캐묻고 있다는 점, 그것이야말로 시가 가능한가에 대한 약소한 대답은 아닐까. 내부의 주변성을 포괄해나가면서 외부와 횡단적으로 연결될 수 있을 때 그것을 자율성이라 부를 수 있을 것이다.

4. 거리조절의 실패-그/그녀

그렇다면 이 자율성을 보장하는 존재, 아직 불안정한 존재인 이 밀폐되고 자립적인 존재에 대해 몽타주 구성은 어떤 관여를 하는가. 몇몇 시에는 소문을 생산하는 자에 대한 고백이 나타나 있다. 여기에서 '시적 화자'는 소문을 생산하는 자, 즉 제작과 연관되어 있는 시인의 모습이다. 일반적으로 시는 말하고자 하는 바를 직설적으로 다루지 않는다. 드러나지 않는 것을 드러내고, 드러나는 것을 감춘다. 먼저 말하고자 하는 바에 대해 이런저런 진술이 생겨나고, 그런 말들이 모여

한편의 시를 이룬다. 특별한 시어와 시행이 모여서 말하고자 하는 바를 만드는 것이며, 그 속에는 이것을 수행하는 주체가 있다. 『소문들』에 나타난 수행하는 자의 진술은 비루한 '사생활'이 역사로 정의되는 그 순간이다.

역류성식도염이란 잘못 들어온 밀물 같아서/온갖 쓰레기를 입안에 부려놓습니다/밟힌 적도 없이 꿈틀한 건/혈관이 지렁이를 닮아서입니다/몽니와 몽리 사이에서 말없이 바뀐 그녀의/전화번호는 빨리 달아나는 짐승입니다/처녀자리와 천칭자리 사이에서/잘못 반올림한 달(月)이기도 합니다/독재자를 닮은 독재자 앞에서는/요추의 4번과 5번 사이가 늘 문제입니다/설치류가 부러운 건 이빨이 아니라 다산 때문이죠/바글바글하게 까놓은 새끼들이/국회위원처럼 우글우글합니다/그녀의 자동응답은 보이스피싱이어서/내 주민번호는 나보다 먼저 국경을 넘어갑니다/어떤 비는 급하게 갈긴 오줌발 모양으로 옵니다/전봇대도 아닌데 우리는 민족자결주의처럼/어리둥절하게 서 있었습니다 이를테면/안감에 말아 넣은 게 다 편지는 아니죠/다리아랫소리는 다리 아래에 놓아두고/우리가 잡은 손은 서로를 손잡이로 만듭니다/컵에 꽂아둔 칫솔처럼 하얗게 물때가 앉아서/우리는 천천히 밀물 속으로 들어갑니다/물속에 문이 있다는 듯 벌컥, 하면서/음주 다음 날 그렇듯 벌컥벌컥, 하면서(「사생활의 역사」 전문)

그의 '사생활'을 엿보려면 이질적인 시어들을 하나의 지평 위(몸짓)에서 지속과 단절(기억)로 사유해야 한다. 그의 사생활은 일단 몸짓으로 표현되고 있다. "몸짓은 매개성을 전시하며, 수단을 그 자체로 보이게 만든다. 몸짓은 인간의 매개-안에-있음을 나타나게 한다."[8] 위의 시에서 그의 몸짓이 연출하는 매개들로 미루어 짐작해보면 그는 술에 취해 있다. 혈관이 지렁이처럼 꿈틀대고, 먹었던 음식은 역류하고 있다. 술을 먹었던 이유는 그녀의 '몽니' 때문이다. 그녀는 심술궂고 사납게 구는 몽니와 몽리 사이에 있다. 전화번호를 바꾼 그녀, 분명 그는 그녀에게 차였다. 그럼에도 불구하고 그의 몸짓은 국가 체제에 대한 깊은 불신과 주민번호를 관리하지 못한 관리체계의 모순을 지적한다. 그녀와 그의 윤리적인 지점이 끝나는 순간에도 정치적인 목소리는 여전히 그를 괴롭힌다. 그런 사생활은 역시 비루하기 짝이 없다. 칫솔질로 이 모든 기억을 없애려고 애쓰는 그. 그럼에도 불구하고 첫사랑의 실패는 밀물처럼 꾸역꾸역 위장을 타고 올라오고, 그는 '물속에 문이 있다'는 듯 물만 마실 뿐이다. 그녀는 과거의 여자이고, 나도 그 여자에게 과거의 남자이다. 몸은 분명 그녀를 각인하고 있다. 몸이 기억하는 각인이 쉽사리 잊힐 리는 없다. 대상인 그녀, 그리고 그녀를 기억하는 몸이 자신의 정체성을 이르집어주고 있다. 그것의 시작은 입이었고 끝나는 것도 입이다. 입이 근질근질해진다는 것.

입안에 사막을 들였다는 것은/조바심이 당신을 바짝 구웠다는 증거,/바깥에서 불어온 바람이/혀끝에서부터 고사목들을 세우기 시작한다/그러니까 어떤 침도 눈물도/그 사람을 넘을 수는 없다는 뜻,/당신이 마주한 그 사람이/이곳까지 비그늘효과를 낸다는 뜻이

---

8) 조르조 아감벤, 앞의 책, 217쪽.

다/당신이 당신 안에서 노숙하는 기분이 든다면/저 타는 애를 햇
빛에 널어보라/기왕에 끓을 거라면/내면에서 막 떠낸 두부라도 먹
기 좋게/입안에 썰어 넣으면 좋지(「군입」 전문)

누군가를 상정해두고 쓴 시이다. 그 사람은 넘을 수 없는 존재이다.
그 사람만 생각하면 입은 바싹 타고 있다. 바로 그 사람과의 관계는 애
를 태우고 있다는 데 있다. 다시 말해 그 사람과의 사랑이 이 시의 주
요 골자인데, 사랑이란 것이 타자의 그 무엇을 욕망하고 있다는 가정
이라면, 그것을 직접적으로 말하지 않고 왜 굳이 사물의 기호를 가져
오는 것인가. 바로 이 지점이 권혁웅의 시가 보여주는 또 하나의 매력
이다. 소문의 정체를 비틀고 분절하는 사고로 우리들에게 요청하고 있
는 것이다. 정념의 감각을 일상의 삶과 사물에 접목시키기. 다시 말해
시인은 대상과의 분리를 통한 사물의 소외를 원천적으로 차단하려 하
고 있다. 오히려 그것을 몸으로 껴안고 있는 셈이다. 그 사람의 '비그
늘효과'에 의존하고 종속한다는 사실을 생활세계의 사물로 되살려낸
다. 이것은 곧 환유의 형식, 시어의 인접성에 기인한다. 자, 그렇다면
권혁웅은 과연 소문을 말하기에 앞서 사생활을 들추고 말라버린 입들
에 대해 무엇을 말하려는 것일까. 그것은 사회적 지배의 한 양상, 다른
말로 타자에 대한 지배의 현현을 강조하기 위해서이다. 아도르노에게
자연지배의 도식은 인간의 사회적 관계, 성적 관계, 인간과 동물의 종
적 관계, 인간의 자기 관계에 동일한 방식으로 작용하고 있다. 다시 말
하면 개념적 사유로 자연의 양화를 통해 자연지배가 성립되며 양화의
자연지배논리가 사회영역에서는 '교환가치(Tauschwert)' 형식을 통해 사
회의 작동원리가 된다. 교환가치는 모든 관계를 사물화한다. 양화의

자연지배 논리는 인간과 인간의 관계를 지배와 피지배의 관계로, 남성
과 여성의 관계를 여성에 대한 남성의 지배로, 인간과 동물의 관계를
동물에 대한 인간의 지배로 전환한다. 이 맥락에서 "자연에 대한 지배
는 인류 내부에서 재생산"된다. 아도르노가 보기에 사회적 지배의 발
생원인은 사회적 노동분업, 그것에 원인이 있다고 생각하였다. 분업은
무엇인가 절단 내고 분리하는 것을 통하여 이루어진다. 육체노동을 하
는 자는 비록 자연과 사물에 가까이 있지만 그 어느 것 하나 향유하지
못한다. 왜냐하면 그것에는 자발성이 없기 때문이다.[9] 이 지배의 감각
을 분석하고 말들의 풍경을 찢어내는 일, 이 행위로 인해 복원되지 못
하는 것들이 다시 복원되고 너와 나의 거리의 실패로 인해 생기는 소
문들을 재사유의 장으로, 소통가능성으로 복원한다.

5. 애매모호한 동물-알레고리적 연쇄

　소문이 실패한 사랑에 유발된 것, 너와 나의 거리 인식 실패에서 기
인하는 것이라면, 소문을 받아들이는 당사자에게는 어떤 폭력적인 효
과를 동반할 수밖에 없다. 의사소통의 목적이 되지 못하고 떠도는 것,
바로 목적 없는 수단들에 대하여 사유하는 것이 그것이다. 권혁웅이
주목한 소문은 우리가 부정적인 것으로 여기는 단어를 '짐승'으로 대
체하여 살피는 데 있다. 유사(類似)와 상사(相似)들의 놀이, 그중에 상
사(시뮬라크르)의 놀음이라고 할 수 있겠다. 그러니까 유사에는 근본

<hr>

9) 이종하, 『아도르노 고통의 해석학』, 살림, 2007, 31쪽.

적인 토대가 있으나 상사는 이것을 말놀음을 통하여 스스로를 복제하는 형식이다. 바로 소문의 유통이 그러하다.

창피(猖披)란 짐승이 있어, 무안(無顏)과 적면(赤面)/사이의 좁은 골짜기에 산다 (…) 낭패(狼狽)는 이리의 일종이다 낭은 뒷다리가 짧고/패는 앞다리가 없어서, 길을 가려면 반드시 두 마리/가 짝을 이뤄야 한다 전하여 서로의 배필을 찾지 못/했을 때를 낭패라 하고, 동성의 짝을 만나 겹으로 쓸/모를 잃었을 때를 낭낭패패라 한다 이 짐승을 달여/먹으면 어지자지가 떨어져 한 몸이 둘이 된다//하루에 천리를 달리는 말이 있으니 이를 무족마(無/足馬)라 한다 (…) 암상이라고도 부르는 질투(嫉妬)는 암컷이고, 수컷/은 따로 시기(猜忌)라고 부른다 (…) 외설(猥褻)은 사면발이의 한 종류다 (…) 개차반 있는 곳에 파리가 있으나 개중에는 군집을/싫어하는 놈들이 있어서, 이를 청승(靑蠅)이라 한다/볕 잘 드는 곳에서 눅눅한 날개 말리기를 좋아하는데,/그러다 간혹 날개가 바싹 말라서 굶어 죽기도 한다/몸 전체가 푸른 빛이어서 청백리들이 좋아한다 처마/밑에서 겨울을 나지만 넛보나 계명워리가 드는 집에/는 얼씬도 하지 않는다 (「소문들-짐승」 부분)

이 시는 소문의 곁가지를 단순 기호로 나열한 듯한 느낌을 준다. 이 나열의 느낌에다 꼼꼼히 주석을 요하는 단어들이 우리를 혼동케 한다. 이 시는 말장난처럼 보이기도 하고 일반문법에서 벗어나 사물(단어)을 비틀어내고 있다는 점에서 알레고리적이다. 다소 에둘러 가길 제안한다. 이 시를 분석하기 위해서는 중요한 방법론으로 알레고리의 가능성에 대해 타진해보아야 한다. 알레고리의 정의는 리쾨르에게서 비롯된다. 그는 이 알레고리를 관습적이고도 죽은 것이라 폄하한다. 물론 리쾨르식의 알레고리에 대한 정의는 대단히 인식론적인 폭력을 수반한다. 새로움에 대한 지나친 집착이라고나 할까. 매우 지나치게 한쪽으로 치우친 견해이다. 반면, 발터 벤야민의 경우 알레고리에 대한 해석이 매우 흥미롭다. 『독일 비애극의 원천』에서 그는 "미적인 상징, 조형적인 상징, 유기체적 총체성의 이미지에 대립하는 것으로 알레고리적 글쓰기의 형식 속에서 발견되는 무형의 파편들을 인식할 수 있다. (…) 고전주의는 자유의 결핍, 불완전, 육체적이고 미적이며 자연적인 것의 붕괴를 인정하지 않았다."[10] 따라서 벤야민이 말하는 알레고리는 자유와 완전성, 아름다움으로서의 총체적 상징과 대립되는 부자유, 미완성, 추로서의 역사적 성격을 갖는다. 그것은 완성된 가상이 아니라 파편화된 조각이며, 그로써 역사의 타락을 증거한다. 다시 말해 벤야민은 상징의 저항가능성(counter)으로 알레고리를 상정한다. 상징이 신화라면 알레고리는 파편적이고 역사인 셈이다.

그렇다면 이 시를 알레고리적 연관으로 독해해보면 어떨까. 그것에서 무엇을 간취해낼 수 있을까. 정말 벤야민이 말한 대로, 부자유, 미완성의 힘들이 다시 귀환을 할까. 그런 귀환을 반기는 마음으로 위의 시를 분석해보자.

일단은 창피(猖披)를 설명하는 말을 추려보자. "무안"과 "적면", 이는 얼굴과 관련이 있을 것이다. 그리고 야행성, 쓰레기통, 이것은 더러운 것을 뜻한다. 오르는 것을 좋아하고 자신의 꼬리 때문에 늘 골짜기로

---

10) 권혁웅, 『시론』, 문학동네, 2010, 395쪽 재인용.

추락한다. 얼간망둥이보다는 조금 낫다. 창피라는 주어에 따르는 단어
는 이렇게 묶을 수 있다. 그것에 해당하는 술어를 나열하면 "눈에 띄지
않"고 "뒤지"고 "떨어지고" "면할 수 있다" 등이다.

낭패(狼狽)에 해당하는 지시어는 이리의 일종, 두 마리가 짝, 낭낭패
패, 어지자지[11] 등속이고, 술어를 나열하면 "없어서", "잃었을 때", "둘
이 된다" 등이다.

무족마(無足馬), 발 없는 말이 천리를 간다. 무족마와 관련된 단어는
인적, 성체, 한 마리에 천 냥 등이고 술어로는 "살다가", "뛰어다니며",
"핥아 먹는다." 그리고 이 짐승을 기르는 사람을 "말전주꾼"이라 "부른
다." 다음은 질투와 시기이다. 질투는 암컷, 시기는 수컷이다. 떼를 짓
고, 송곳니와 어금니가 두루 나 있다. 술어는 "사람을 잡아가"기도 하
고 "가두"기도 한다. 그리고 이들의 눈을 "피할 수 없다."

외설(猥褻)에 해당하는 단어는 서생(쥐), 바글바글, 구멍 등이고, 술
어로는 "파고들기 좋아"하며, "여간 어렵지 않다", "더러우니" "안 된다"
등이다.

개차반에 해당하는 단어는 청승,[12] 날개, 푸른 빛, 청백리, 놋보,[13] 계
명워리[14] 등이고 술어는 "싫어한다", "날개 말리기를 좋아한다", "굶어

---

11) 권혁웅의 시어 선택 방식이 매우 흥미롭다. 정체성을 말하기 전에 정체성을 유보하는 방
　식이고, 우리의 언어감각을 끊임없이 지연시키거나 유보시킨다. 이러한 방식으로 그가
　말하고자 하는 것은 애초에 우리가 비정상적이라 불리는 것들을 소환하면서 우리의 사
　회 구조, 질서를 다시 한 번 생각하게 하는 추동력을 이끌어낸다. 국어사전에 "어지자지"
　의 뜻은, 원래의 모습은 남자, 양성인 또는 남성 내면 속의 여성성, 성이 없는 자웅동체이
　다. 남영신, 『국어대사전』, 성안당, 2006. 이후 뜻풀이는 이 책에서 인용한다.
12) 궁기가 끼어 있어 언짢게 보이는 모습.
13) 사람됨이 천하고 더러운 사람.
14) 행실이 단정하지 못한 여자.

죽기도 한다", "얼씬도 하지 않는다" 등속이다.

결국, 소문의 부정적인 속성들이 짐승으로 알레고리화되어 있다. 시의 표면만을 분석하면 상당히 작위적인 분석이 될 가능성이 크다. 이 짐승들은 부정성을 동반하고 있다는 점에서 작품 바깥의 상황이 전제되어야 해석이 가능하다. 다시 말해 인간 군상의 말들이 짐승이 되어 인간을 되레 공격하게 되는 현실을 표현하려 했던 것 같다. 현실적인 것들이 부정적인 것으로 형상화되어 있다고 해서 그렇다고 시인이 우리를 계몽하고자 한다고 해석하면 곤란하다. 소문의 정체성을 더러운 것들에 빗대는 것은 고결한 혈통의 부정에 더해 건강한 육체의 부정에까지 이르는 상상이다. 이것은 우리가 당면한 현실이 사실 안정/정체의 감각이 아니라 무척이나 파편화되고 불균등한 공간임을 넌지시 알려준다. 결국 소문은 '앱젝션(abjection)'[15]의 가능성으로 설명될 수 있다. 다시 말해, 앱젝션은 인간 생활과 문화가 스스로를 유지하기 위해 철저히 배제하는 것들이다. 자아가 정립되기 전에 이미 잠재된 "혐오스러운 실재"에 대한 경험이라고 정의한다. 그것은 우리를 매혹과 반감 양자로 가득 채우는 괴기스러운 어떤 한계체험의 전주곡이다. 혐오와 황홀의 이러한 혼합은 앱젝트에 대한 우리의 기묘하게 낯선 반응을 가장 잘 나타내준다. 그리고 이러한 방식 안에서 현실은 오염된 것, 그리 안전하지 못한 세계임을 반증하며 기묘하게 낯선(그로테스크) 형태임을 넌지시 알려준다. 그 앱젝트는 아무것도 가리키지 않기 때문이다. 즉, 그것은 언어를 거부하며 혼돈스럽고 이름 붙이는 것이 불가능

---

15) 쥘리아 크리스테바의 『공포의 권력』에 의하면, 앱젝트(폐물, 폐인)란 "정체성, 체계, 질서를 어지럽히는 것, 경계, 위치, 규칙을 무시하는 것"이다. 조셉 칠더즈·게리 헨치 엮음, 황종연 옮김, 『현대 문학·문화 비평 용어사전』, 문학동네, 1994, 57쪽.

한 비-대상을 지칭한다. 따라서 앱젝션의 증상을 포착하는 것은 소문의 증상을 포착해내는 것이다.

6. 소문들-적의 형상

자본주의에 대한 혐오, 풍자, 그리고 권력화하는 의지에 대한 주변의 것들, 경계에 끼어 있는 것들의 저항이라는 측면에서 분명 소문은 유효하다. 우리 사회가 결코 무균질의 사회가 아니듯, 애써 균질화되는 통념으로 세상을 분절하기 시작하는 그러한 이유들에 대해 물음은 끝없이 이어진다. 결국, 공고화되어 있다고 믿는 이 거대한 자본주의 사회에 얼룩처럼 묻어 있는 것들에 대한 반문과 가능성이 권혁웅이 상정하는 적의 우의적 형상이다. 이 낯설고 기묘한 것들이 스스로 불가능함의 토대를 이루고 그 토대에 누군가가 반복적으로 말을 걸었을 때 우리는 가능한 것들에 대하여 성찰할 수 있을 것이다. 물론 두 개의 반정립적인 '사회적 힘'을 간과해서는 안 된다. 부르주아지의 제도화된 무력과 프롤레타리아트의 자생적 폭력을 구별해내는 일이 그것인데 이 구별 없이는 폭력의 역사적 근거, 폭력의 주체에 대한 구체적인 판가름을 할 수가 없기 때문이다.[16] 가령 소렐이 프롤레타리아트의 폭력으로 착취당하는 생산자들의 조건에 내재된 반역을 확대 적용해보는 일처럼 권혁웅은 세속화되어 있고 감각이 마비된 지금 현실에 불가능한 응답을 살펴봄으로써 구체적으로 소문을 형상화하고 있는 셈이다.

---

16) 조르주 소렐, 이용재 옮김, 『폭력에 대한 성찰』, 나남, 2010 참조.

그가 말하는 적은 과연 무엇일까. 국가권력의 마법에 대립되는 소문의
확산을 가늠하려면 우선 권혁웅이 삼고 있는 적들에 대한 알레고리,
상처 난 얼룩을 탐색해내야 한다.

　　빅뱅 이후 별들이 무서운 속도로 이동하고 있다는/거 아시죠?
그래서 별자리들도 바뀌죠 새로 자리 잡/은 황도십이궁을 소개해
드립니다 지금 하늘에서 으뜸/가는 별자리는 예전에 오리온자리
였던 삼성입니다 혹/자는 이를 삼대로 잘못 읽기도 하는데, 나란히
빛나/는 세 별을 일가족이라 여기기 때문입니다 먼 바다에/나간
장사치들이 이 별들을 보고 갈 곳을 정한답니다/대여섯 개씩 무더
기로 모인 별들이 있으니 동쪽의 자/리를 워커힐, 서쪽의 자리를
하얏트라 부릅니다 바람/난 연인들, 벽안의 관광객들, 몰려다니기
좋아하는/정치인들이 두 별자리 아래 언덕에 모여 경쟁하기를/좋
아합니다 중국에서 건너온 별자리가 자금성인데요,/전국에 체인점
이 있는 유명한 식당의 트레이드마크로/쓰이고 있죠 별자리 모양
을 닮은 더부룩한 음식들이/지천입니다 늦둥이들의 별자리는 대성
이라고 합니다/대기만성의 준말이죠 크게 될 이들의 별이긴 하지
만,/이 별들을 섬기면 재수 내지 삼수는 기본입니다 아,/북두칠성
은 아직 남아있습니다 예전에 임금의 별이/었다면 지금은 양아치
의 별로 전락했다는 게 차이점/이죠 그들은 북두의 정기를 이어받
아 제 몸에 별을/새기곤 하죠 남쪽의 칠성은 따로이 롯데라고 합
니다/맹물에 트림하는 약을 넣어 팔아서 떼돈을 벌었다는/전설적
인 장사꾼 이름에서 유래했답니다 지금은 빛을/많이 잃었으나 아
직도 아랫동네에서는 쳐주는 별자리/가 육사입니다 이곳의 정기를

김남영　195

타고나면 머리가 벗겨/지거나 보통 사람이 되지만 힘은 무지 세지
거든요 약/육강식을 좌우명으로 삼은 자들이 섬기는 별자리입니
다 스무 개 안팎의 별들이 일렬로 늘어선 자리가 있/으니 이를 스
무자평이라 부릅니다 그런데 뒤로 갈수/록 점점 어두워져서 눈 밝
은 이는 이 가운데 다섯 개/를 보고, 어두운 이는 한 개밖에 못 본
다고 합니다 별/점을 치는 자들은 죄다 이곳 출신이라는 말이 있
습니/다 기복을 좋아하는 종교집단이 섬기는 별자리는 통/성입니
다 넓은 마룻바닥에 모여 앉아 이 별을 찾으며/고래고래 떠드는
게 이들의 예식이지요 철거와 토목/공사를 좋아하는 이들의 별이
금성입니다 사실 금성/은 행성이니까 별이 아니지만, 워낙 밝아서
(혹자는/이들이 그냥 무식해서라고도 합니다만) 별자리로 착/각한
것이지요 여기저기 끼어들어서 다른 자리를 어/지럽히는 이 별의
운항을 그들은 하는 일 없이 끌어/당긴다 하여 적수공권의 중력,
줄여서 공권력이라 부/릅니다 마지막으로 이름 없는 이들의 별자
리가 방성/인데요, 어떤 이는 이를 방성대곡의 준말이라고도 하/고
다른 이는 시일야방성대곡의 준말이라고도 합니다/아무리 크게
눈을 떠도 지금 세상에서는 보이지 않는/오등성, 육등성 들의 별자
리죠 짐작하셨겠지만 그들/의 숨죽인 눈물이 유성입니다. 유성우
가 쏟아지는, 지/금은 별이 빛나는 밤입니다(「소문들-성좌」 전문)

문제는 자율성을 확보한 개인들이 과연 연대로 이어질 수 있는가에
대한 추상적인 믿음이다. 권혁웅의 시가 불가능한 말과 단어를 복원
해내고, 내부의 주변성에 관심을 돌리는 행위는 물론 타당하다. 이것
을 그 나름의 진지로 구성해내고, 알레고리적 방식으로 부각시키는 시

점에서 등장하는 복수성의 확보는 대단하다. 위의 시에서 비판의 대상, 다시 말해 권혁웅이 말하는 적의 형상은 재벌이다. 재벌의 네트워크는 정치인과의 담합이고, "전설적인" 장사치이고, 군부이다. 그러니까 적의 형상은 단일한 것이 결코 아니다. 적은 결코 선/악의 이분법적인 것으로 등장하지 않는다. 오히려 우리가 의지해 마지않는 국가권력, 그것을 가능케 하는 힘의 총체인 상징계가 모두 적인 셈이다. 그 적은, 슈미트가 말한 대로, 우리를 절멸로 이끌지는 않는다. 어쩌면 조금씩 우리의 향락을 쥐었다 놓았다 하는 그런 일들에 있을 것이다. 반면 권혁웅의 이러한 세속화된 시대 인식에 저항하는 공간은 바로 소문들이 퍼져나가는 일반인의 의지에 있을 것이다. "숨죽이"지만 유성처럼 빛나는, 잃어버렸지만 항상 가까이에 있는 "별이 빛나는 밤"이 불가능처럼 보이는, 추상적으로 보이는 그 믿음에 권혁웅의 진지가 구성되어 있다.

  권혁웅의 시집 『소문들』은 어쩌면 시스템에 초과되지 않는 찌꺼기들에 대한 이야기라 할 수 있겠다. 단일화된 시점으로 주체의 상상력을 상쇄시키는 것이 저 옛날의 시들이었다면 권혁웅의 시는 역으로 복수의 시점을 다시 재설정하고 이야기한다는 것이 흥미롭다. 자신의 일을 전적으로 사랑해 마지않는, 어떤 면에서 그럴 수밖에 없는 이 무차별적 사회 구조, 언어의 상징계에서 모든 유희마저 자본에 저당 잡힌 우리가 말하고 떠들 수 있는 일반의지의 공간과 시간적인 감각, 그것은 분명 소문이라는 장이 마련해놓은 그곳 어디쯤일 것이다.

3부

또 다른 공동체는 가능한가?

고은미

사랑의 반복과 그 필연적 실패

1. 사랑은 어떻게 현대영화의 화두가 되었나

> "사랑은 재발명되어야만 한다"
>
> —아르튀르 랭보

죽음을 선택함으로써 생명보다 사랑의 낭만을 지키려 했던 젊은 베르테르는 사랑이 없다면 이 세계는 불빛 없는 마술 환등과 같다고 읊조렸다. "불을 그 속에 넣어야 비로소 다채로운 영상이 흰 벽에 비치게 되는 것! 비록 그것이 순간적인 환상, 슬쩍 비치는 그림자에 지나지 않는다고 하더라도, 우리가 씩씩한 아이들처럼 그 환등 앞에 서서 이상한 그림자에 황홀해진다면 그것 역시 우리에게 행복을 자아내 주는 것"이라고.[1]

---

1) 요한 볼프강 폰 괴테, 박찬기 옮김, 『젊은 베르테르의 슬픔』, 민음사, 2003, 65쪽.

사랑에 관해서라면 태곳적부터 무수한 이야기가 난무했다. 영원하고 지고지순한 이상적 사랑에 대한 열광에 비례해 질투와 간음과 배신과 복수로 얼룩진 사랑의 뒷이야기를 얼마나 많이 들어왔던가. 사랑의 이야기만큼 정처 없고 정조 없이 집집마다 떠돈 것도 없으리라. 오늘날에도 그 빛의 그림자는 우리를 둘러싼 곳곳에서 너울댄다. 인간이 감정을 표출하여 남긴 모든 방법, 선과 색과 언어와 음표와 심지어 기계와 화학품으로 이루어진 것에서도 쉽사리 '사랑'의 흔적을 찾을 수 있다. 그럼에도 사랑만큼 난해하고 복잡해서 하나의 이름으로 불리지 못하는 것이 또 있을까. 사랑에 목숨 바친 베르테르가 연인의 얼굴을 그리려다 포기하고 실루엣 그림으로 만족해야 했던 것처럼, 완전한 사랑의 초상이란 없다. 사랑은 하나의 선명한 형상으로 존재하지 않는다. 그래서 사랑을 말할 때는 우회할 수밖에 없다. 그것은 때로 의무이고, 윤리이고, 예술이고, 법이고, 폭력이고, 운명이고, 혁명이다. 민주주의와 함께, 유토피아라는 이름처럼, 사랑은 아마도 인류가 완벽한 방식, 최선의 답안을 찾지 못한, 몇 안 되는 이상의 하나일 것이다.

주위에 널린 수많은 사랑의 징표를 보건데, "사랑의 담론이 지극히 외로운 처지에,"[2] 단절된 처지에 있다고 한 바르트의 말은 언뜻 믿어지지 않는다. "사랑은 언제나 재발명되어야 하지만, 이와 동시에 사방에서 위협받고 있기에 보호되기도 해야 한다"[3]고 한 바디우 역시 비슷한 지적을 하고 있다. 사랑만큼 쉽게 말해지고 함부로 다루어지고 손쉽게 재단된 것도 없다는 점을 인정하고 보면, 또 우리의 손쉬운 사랑 '타령'이 얼마나 편협하고 폐쇄적인 틀에 갇힌 것인지를 떠올려보면,

---

2) 롤랑 바르트, 김희영 옮김, 『사랑의 단상』, 문학과지성사, 1992, 9쪽.
3) 알랭 바디우, 조재룡 옮김, 『사랑예찬』, 도서출판 길, 2011, 15쪽.

'사랑의 위기'를 조금은 짐작할 수 있다. 물론 바디우가 비판하는, 열정을 잃어버린 사랑, '안전한 사랑의 소비' 세태는 이 글의 초점이 아니다. 사랑의 담론이 어떤 상태들의 평균치가 아닌 바에야, 사랑은 어떠해야 한다, 어떤 사랑이 의미 있다 등의 도덕률 같은 보편타당한 이상적 사랑에 대한 탁상공론 역시 불필요하다. 오히려 사랑이 그 존재론적 근원으로 가지고 있는 생동감, 모험성, 반항정신, "어떤 미결상태의 공포,"[4] 폭풍우 같은 동요를 주시하는 것이 더욱 긴요한 일인 듯 보인다. "사랑하는 사람은 머릿속에서 늘 돌아다니며, 새로운 교섭을 시도하거나 자신에 맞서 음모를 꾸미기를 멈추지 않는다"[5]고 하였거니와, 이것이야말로 몇몇 감독들에게 사랑 이야기를 쉴 새 없이 변주하게 만든 사랑의 '매력'일 것이다. 사랑 이야기는 그 자체로 '모험'에 다름 아니며, "우연한 사건에 부딪힐 때마다" 백과사전의 이런저런 단어를 무작위로 횡단하며 되풀이되는 행위들, 공연한 모기의 비행 같은, "어떤 초월도, 구원도, 소설도 존재하지 않는 수평적 담론"이다.[6] 영화의 통합체적인 내러티브 방식을 거부하는 새로운 물결이 한순간에 해안을 덮치듯 밀려왔을 때, 파고를 이끄는 세이렌의 노래가 사랑 이야기였던 것은 당연하다. 거짓, 배반과 비슷비슷하지만 똑같지는 않은 반복의 경우들, 언뜻 사랑과 대립되는 듯 보이지만 실은 사랑의 이면이기도 한 '비정주성'으로 인해 사랑은 새로운 역할을 얻어 영화 속에 재림했다.

영원한 사랑, 지고지순한 사랑, 유일한 사랑 등의 달콤한 정의가 오

---

4) 롤랑 바르트, 앞의 책, 16쪽.
5) 롤랑 바르트, 앞의 책, 12쪽.
6) 롤랑 바르트, 앞의 책, 17-18쪽.

늘날에도 감동을 준다면 그것은 필시 진실이 아니기 때문일 게다. 베르테르는 죽었지만 괴테는 살아서 소설을 쓴 것처럼, 유일무이한 사랑에 의한 감동이란 픽션이다. 현실에선 누구라도 사랑이 회귀하기를 바란다. 회귀하지 않는 사랑, 단 한 번으로 끝나는 사랑, 이미 막이 내려버린 사랑 뒤엔 죽음밖에 없으니까. 그렇다. 숨결을 가진 자들이 꿈꾸는 사랑의 진정한 매력이라면 반복의 운명일 것이다. 반복과 재생산의 문제, 혹은 그 가능성으로 인해 오늘날 사랑이란 '다성적 진실'을 탐색하는 현대영화 시작의 중요한 동반자가 되었다.

2. 사랑주의자들

에릭 로메르, 〈녹색 광선〉, 1986년

소심한 성격의 델핀느(마리 라비에르 분)는 수평선 너머로 해가 완전히 떨어지기 직전에 태양이 녹색으로 변하는 모습을 보면 행운을 얻는다는 말을 듣고 우연히 만난 남자와 일몰을 기다린다. 둘은 나란히 앉아 같은 곳을 주시한다. 녹색광선은 빛의 굴절로 인해 일시적으로 태양이 녹색으로 보이는 것을 말한다. 놀랍게도 그것은 색깔이 완전히 사라져버리는 현상이라고 한다. 남자친구를 사귈 수 있을지도 모른다는 희망을 안고 노르망디 해변까지 왔지만, 친구와도 다투고 여름휴가를 망쳐 쓸쓸히 집으로 돌아가려던 델핀느는 마지막 희망을 가지고 수평선을 바라본다. 티 없이 맑은 날에만, 평생에 걸쳐 몇 번 보기 어렵다는, 게다가 단 2초도 지속되지 않는다는 그 현상을 목격하며 감동에 젖는 두 사람. 짧지만 충분한 행운, 기적 또는 위로.

에릭 로메르(Eric Rohmer)에게 사랑은 도덕적이고 완전무결한 이상이다. 신념의 차원이고 철학의 문제이기에 현실의 사랑은 끝없는 토론의 대상, 고민과 불화의 과정에 놓여 있다. 사랑은 삶 안에 숨어 있는 거대한 비밀이다. 그것은 장소와 계절의 산물이기도 하다. 삶의 결을 섬세하게 더듬어 사랑의 흔적과 희망을 찾으려는 로메르의 집요함은 사랑의 정의를 묻는 일이 아니라 어떤 구원을 갈구하는 행위인지도 모르겠다. 골몰하는 그에게 삶은 일상에 숨어 있는 작은 비밀들로 보상한다.

우디 앨런, 〈애니 홀〉, 1977년

우디 앨런(Woody Allen)에게 사랑은 진행성 정신질환, 만성폐기종, 끝없이 생성되고, 그때마다 밖으로 내뱉지 않으면 숨을 쉬기 어렵게 만드는, 목에 걸린 가래 같은 것이다. 그래서 그의 영화는 종종 격정적이고 사적인 모노드라마가 된다. 우디 앨런에게 사람은, 그리고 그들이 갈구하는 사랑은 태어날 때부터 삐뚤어진 모습인데, 장애와 질병을 본성으로 인정할 수가 없기 때문에 사랑의 본질로 가닿지 못한다. 지나서야 조금 알 수 있는 것, 혹은 끝까지 이해하지 못하는 것, 그렇지만 놓지 못하는 것, 나르시시즘의 변형, 우울한 향수. 〈애니 홀〉은 그의 이런 사랑-인생관을 종합적으로 보여준 영화였다. 우디 앨런이 연기한 앨비 싱어는 타인을 향해 또는 혼잣말로 심지어 카메라에 대고 중얼중얼 끝없이 말을 한다. 하지만 결국 그것은 자신을 향한 얘기다. 자신의 욕망, 타인에 대한 생각, 세상에 대한 불만, 자신의 모자라고 삐뚤어진 부분을 결국 스스로 인지하게 되는 과정 안에서 회의로 가득한 로맨틱 코미디가 가능해진다.

고다르, 〈비브르 사 비〉, 1962년

눈물 가득한 이 젊은 여인은 안나 카리나가 배역을 맡은 '나나'다. 그녀는 극장의 어둠 속에 앉아 칼 드레이어의 영화에서 잔 다르크를 연기하는 팔코네티의 클로즈업을 응시하고 있다. 나나는 잔 다르크의 (혹은 팔코네티의) 영혼을 느끼며 눈물을 흘리고 있지만, 그들은 실제로 시선을 교환하지 못한다. 카메라와 스크린이라는 장치의 경계 때문에 물리적으로 같은 시공간에 있지 않고, 드레이어의 이 영화에서는 0도로 카메라를 쳐다보는 장면이 없기 때문에 가상적인 시선 교환도 불가능하다. 그것은 한 편의 영화 혹은 어떤 이미지를 보는 나나의 상상에 의한 교류고 맞물림이고 감정이다.

장 뤽 고다르(Jean Luc Godard)의 영화 속에서 사랑의 전달, 한 영혼이 다른 영혼에게 어떤 울림을 주는 일은 '영화 속에서 영화를 통해'서만 때때로 가능해진다. 이 순수 전용(惇用, detournement)의 작가에게 영화는 사랑의 갖가지 이면을 중첩시켜놓은 것이다. 사랑은 예술 그 자체다. 그에게 영화는 세계와 인간과 역사에 대한 질문이다. 그리고 사랑은 영화 이상의 질문이다.

홍상수, 〈옥희의 영화〉, 2010년

홍상수, 〈북촌방향〉, 2011년

홍상수의 영화에 자주 나오는 이미지다. 테이블을 사이에 두고 남녀가 앉아 있고, 한 사람이 다른 사람에게 '들이대는' 상황. 그들 사이에, 인물보다도 더 카메라 가까이, 입체감 있게 튀어 나온 듯 전경에, 프레임의 정중앙에 놓인 초록색 술병들. "〈옥희의 영화〉는 한 배우가 연기하는 같은 이름의 사람인데도 인물의 동일성이 모호했는데, 〈북촌방향〉은 시간의 동일성이 모호하다."7) 모호성은 반복되는 술자리, 반복되는 고백, 반복되는 배신이라는 홍상수식 내러티브의 가장 중요한 작법이자 키워드다.

홍상수에게 사랑은 항우울증 약과 같은 것이다. 문득문득 치솟는 우울감에 대한 예방이고 처방이며 자기비하에 가면을 씌우는 놀이고, 진절머리 나게 느끼면서도 끊어내지 못하는 죽음충동에 대한 시간 때우기, 필연적 유희. 세상의 모든 이야기들이 회귀하는 곳. 홍상수의 사랑에 있어 애초부터 실패란 없다. 그들은 미래를 염두에 두지 않으니까. 관계의 장기적 목표 따윈 없는 그들에게 사랑은 성공도 실패도 논할 수 없는 것이 된다. 사랑은 개수로 셀 수 있는 행위가 아니기 때문이다. 발현하고 복잡하게 얽히는 관계 속에서 사랑이란 변명을 찾을 수 있을 뿐이다.

에릭 로메르, 우디 앨런, 장 뤽 고다르와 홍상수. 그들의 영화는 한 가지 대답보다 여러 개의 질문을 품게 만드는 영화라는 점에서 공통적이다. 그 질문은 영화의 존재론에 관한 것이기도 하고, 사랑과 사람의 친연성에 관한 것이기도 하고, 공간의 느낌에 관한 것이기도 하고, 시대의 우울에 관한 것이기도 하며 드물게는 시간에 대한 사유이기도 하다. 그런데 이들이 수십 편의 필모그래피를 이어나가면서도 표면적으로 '사랑'이라는 테마에 꾸준히 집착했다는 것은 인상적이다. 위의 여

---

7) 홍상수 감독 인터뷰, 김혜리 글, 「영화는 언어적인 속박을 벗어나 어딘가로 가보려는 일」, 『씨네21』, 2011년 819호, 74쪽.

러 질문과 시도는 '사랑' 주위에 포진되고 사랑과 함께 진행된다.

사랑에 관한 달달한 영화들이 안정적이고 성공이 보장되는 사랑을 추구하며, 규약적이고 확정적인 의식적 사랑을 지향하지만, 에릭, 우디, 장, 그리고 상수라는 이 흔한 이름의 주인공들은 낭만적인 사랑을 믿지 않는다. 이들의 연애는 낭만적 사랑의 거절로부터 시작한다. 성숙한 삶과 사랑이 펼쳐질 곳을 '연합'이라 한다면[8] 이들 영화의 인물에는 그런 연합이 없다. 바디우는 '진리'를 말했으나, 그런 것 역시 찾을 수 없다. 그럼으로써 이들은 사랑을 통해서 얻을 수 있는 최고의 가치를 처음부터 포기한다. 물론 그 가치란 자기기만이라는 것을 우리는 잘 안다. 이들이 만드는 사랑은 선도 악도 없는 얽힘 또는 부딪힘이고, 어떤 합목적성도, 설계도도 가지고 있지 않다. 그럼에도, 아니 그렇기 때문에 사랑이라는 뮤즈는 현대영화의 다양체를 암시하고 있다. 바둑이 똑같이 생긴 검정색 돌과 흰색 돌로 매번 다른 형세를 그리는 것처럼 이들의 영화도 그렇다. 처음부터 답이 없는 사랑에 관한 영화들을 대한다는 건, 빈 공간을 메우는 것이 아니라 빈 공간을 지키고, 둘러싸고, 오히려 이어가고, 넓혀가야 하는 바둑의 대국을 지켜보는 것과 같다.

이런 그들에게, 우리에게 삶과 사랑에 관한 유일한 진실, 사랑은 불가능하다는 사실을 알려주고자 매진하는 이들에게 우리는 무엇을 더 물어야 할까.

---

8) 이종영, 『사랑에서 악으로-권력의 원천에 대한 연구』, 새물결, 2004.

3. 두 가지 물음, 영화의 '모더니티'와 '누벨바그'

> "모던한 작품은 또한 항상 예술에 대한 어떤 선언이기도 하다."
>
> —자크 오몽

'그리 오래되지 않은'을 의미하는, 백발성성한 '현대/모던(modern)'이라는 말 앞에 다시 '현대적'이라는 말이 붙고, '포스트(post)'가 붙은 지 오래다. 아마도 일종의 '모던의 이상', 다시 말해 혁신적이고자 하는 욕구, 진정으로 "동시대인이고자 하는 욕구, 자신의 시대에 밀착하여 이를 밝히고자 하는 욕구"[9]가 항상 진행 중이기 때문일 것이다.

시네마토그래프가 철저히 세기말의 발명품으로서 역사적 모더니티 시기의 산물이라는 것은 의심할 여지가 없다. 그러나 20세기 초의 영화가 보여준 것은 이미지의 모더니티라기보다는 속도의 모더니티였다. 만들어진 지 반백 년이 넘어서야 영화는 '모던시네마'라는 새로운 이름을 부여받으며 '모던'한 예술로 새로운 면모를 조금씩 보여주기 시작했다. 그러니 영화가 언제부터 모던했는가, '현대영화'란 어떤 것인가, 라는 질문은 여전히 진행 중이다. 2차 세계대전 이후의 황폐화가 단절을 경험하게 하고, 전과는 다른 세계감각을 충격적으로 던졌을 때 영화에도 모던의 고민이 시작됐다.[10] 들뢰즈식으로 말하자면, 행동 이

---

9) 자크 오몽, 이정하 옮김, 『영화와 모더니티』, 열화당, 2010, 50쪽.

10) 1945년 전후부터 시작된 이탈리아의 네오리얼리즘과 1959년쯤부터 시작된 프랑스 누벨바그, 70년대 들어와서야 명명된 뉴저먼시네마는 시기적 차이는 있지만 모두 기존 영화 제도에 대한 강력한 대항 의식에서 시작된 것이다. 이들은 모두 '새로운 미학의 영화'라는 의미에서 '새로움'이란 단어가 붙는다. 이 새로움이 곧 발명의 차원이나 속도의 차원과는 다른 미적 차원에서의 '모던화'의 시작이다.

미지의 위기가 시작된 것이다. 들뢰즈는 세계를 둘러싼 상투형에 대한 자각, 분산된 상황, 희박화한 맥락, 인물들의 거듭된 방황, '음모'의 잦은 등장('음모'는 얽히고설킨 애정관계에서 필연적으로 발생하는 감정의 다른 이름이다)을 행동 이미지의 위기의 특징으로 제시했다. 영화가 순진하게 간직해왔던 유년기적 백치성(이야기하기의 전능성에 대한 믿음과 기반)에 대한 자각은 반항기 가득한 해체 작업을 거쳐 새로운 세대의 존재를 증명했다.

누벨바그는 하나의 유파라기보다는 서로 이질적인 방식을 가진 하나의 의지였다.[11] 누군가가 누벨바그를 일컬어 '영원한 영화의 청춘'이라고 한 말은 정확하고, 지금도 유효하다. 50년 전이나 지금이나 변함없이 '동시대적인 영화'를 위해서는 청춘의 감각이 필요하다. 할리우드의 고전주의는 미심쩍고 불결한 모국어로, 여전히 지배적인 형식으로 자리 잡고 있다. 들뢰즈는, 문학이란 "모국어를 분해하거나 파괴"해야 한다고, "언어 속에 새로운 언어를 만들어"내고, "외국어의 자취를 새겨 넣"는, "항상 미완으로 끝나는, 늘 일어나고 있는 생성·변화의 문제"라

---

11) "누벨바그가 하나의 유파가 아니라면, 1960년대 유럽 모더니즘이 서로 이질적이었다는 것 외에 달리 무슨 말을 할 수 있을까. (…) 1960년대 한 중심에 선 모던한 영화는 기표의 영화라는 것이다. (…) 베케트가 조이스에 대해 말한 "그는 무언가에 대해 쓰는 것이 아니라 무언가를 쓴다"라고 말할 때의 문학을 (…) 마침내 따라잡을 수도 있었을 것이다."(자크 오몽, 앞의 책, 57-58쪽) 이 글에서 누벨바그의 범위와 역사적 정의를 구체적으로 다루긴 지면이 여의치 않지만, 누벨바그는 '하나의 새로운 물결'이 아니라 '개별적이고 산발적인 방식으로 진행된 일종의 전환기의 분위기'에 가까웠다. 1966년에 데뷔한 우디 앨런은 기본적으로는 누벨바그 감독―60년대 유럽, 그중 『카이에 뒤 시네마』가 배출한 신진 감독들에 포함되지 않는다. 오히려 유럽이 아닌 미국에서 초기 필모를 쌓았고, 7년 늦게 데뷔한 창조적 계승자라는 점에서 홍상수와 비슷하다. 다만, 70년대까지 다양한 방식과 입장으로 산발적으로 나타난, '누벨바그 정신'을 실험한 감독군을 넓게 잡는다면 홍상수의 선배 격으로 누벨바그의 계보 속에 우디 앨런의 자리를 놓을 수 있을 것이다.

고 했다.[12] 물론 이것은 정확하게 '모더니티적 예술'에 대한 정의와 상통한다.

1960년대 프랑스 누벨바그 감독들에 의해 몽타주의 공간적 형식성이 다시 시간적 형식 속으로 전유되면서, 기억은 영화의 분할과 통합의 열린 가능성에 의해 근본적으로 재구조화된다. 셀룰로이드 필름과 사진, 영사술이 발명되기 전과 후의 기억 구성 방식과 담론은 완전히 다르다고 말할 수 있다. 베르그송의 표현대로, 또 비릴리오의 예증대로, 사진적·영화적 사유의 시대에는 모든 기억이 사진적·영화적으로 '구성'된다.[13] 기억은 더 이상 자명한 진실도, 지속체도 아니며, 개인의 파편적 경험 이미지인 사진이 뒤섞이고 변형·편집되어 현재화(영사)되는 또 다른 총체, 즉 영화와 같은 것이 된다. 기억 역시 영화처럼 분할/통합을 통해 '구성 가능한 것'이다. 게다가 인간의 기억은 그 기억을 다루는 매체의 특성과 매체 조작자의 상호작용에 의해서 사후적으로도 계속 수정 가능하다. 영상 시대의 기억은, 시청각 영상 자극과 그것을 수용하는 각 개인의 생리적 지각 간의 상호작용 관계에 의해 규정되는 것으로 그 위상이 바뀌었다.

매체적으로 볼 때, 영화의 운동은 연속적 지속이 아니라 파편적인 사진 이미지의 불연속적 진행일 수밖에 없다. 이 진행은 언제나 사진 단위로 분할 가능하며 분할된 단위는 재구성이 가능하다. 편집의 의미론적 효과에 대한 연구에는 영화라는 매체의 특성인 이미지 운동의 프

---

12) 질 들뢰즈, 박성찬 옮김, 「문학은 두더지의 죽음과 더불어 시작된다」, 『세계의 문학』, 2000년 봄호.

13) 이에 관한 자세한 논의는, 앙리 베르그송, 황수영 옮김, 『창조적 진화』, 아카넷, 2005, 제4장 참조. 폴 비릴리오, 이정하 옮김, 『시각 저 끝 너머의 예술』, 열화당, 2008 참조.

레임적 파편성이라는 조건이 선행되어야 한다. 그 조건에 대한 직관적 성찰에 의해 편집이라는 영화 언어의 발견이 가능해졌던 것처럼.

사진이 "감각적인 것과 예지적인 것, 모방물과 현실, 기억과 희망 사이의 간극이자 숭고한 균열의 자리"[14]라는 아감벤의 생각을 '그래야 하는' 당위성 안에서 받아들인다면, 그 '멈춰진' 사진의 요구, 응시, 숭고한 고착은 '지속적'인 영상의 흐름 안에서 어떤 '세속화'로 변화가능성이 있지 않을까.

홍상수 영화를 기억의 상호매체적 구성과 관련시켜 볼 수 있는 지점이 바로 여기쯤이다. 기억 구성이 매체에 의해 결정적인 영향을 받는다고 인정할 때, 들뢰즈가 지시한 운동-이미지로서의 영화의 매체적 분할/통합 가능성은 (시간-이미지로서의 영화의) 기억의 분할/통합 가능성으로 이어진다. 과거를 현재와 분리시켜 객관적 역사의 시간 속에서 절대화하거나 주관적 기억을 억압했던 근대적 기억의 패러다임은, 영화 매체의 침투와 함께 얼마든지 절단되고 재구성 가능한 현대적 기억의 패러다임으로 전환하기 시작한다.

4. 홍상수 영화에 대한 사적인 고백

"이러한 균형의 부재, 관습적인 중력권으로부터의 일탈,
명백한 불일치성은 확실히 당신을 깊이 당혹케 할 것이다."

—자크 리베트

---

14) 조르조 아감벤, 김상운 옮김, 『세속화 예찬-정치미학을 위한 10개의 노트』, 난장, 2010, 40쪽.

　앞선 영화 형식에 대한 의문, 고전적인 관습과 의미라는 감옥에 갇힌 영화에 대한 해방의식, 그리고 시도와 가능성. 새로운 발화체. 그런 의미에서 로메르의 따뜻함과 현명함과는 다르지만, 고다르처럼 영화사에 대한 반성과 정치적·매체적 혁명성을 의도하지는 않지만, 홍상수는 분명 한국 영화계에는 드문 누벨바그의 후학이라 할 만하다. 로메르의 영화가 개별 작품의 완성도에 구애받지 않고 (몇몇 시리즈로 구분되는) 반복 안에서의 미묘한 변화와 대비에 초점이 맞춰진다는 점은 삶의 과정과 순간의 기운을 중시하는 홍상수의 태도와 포개진다. 자신의 이전 영화뿐 아니라 수많은 다른 영화에 대한 전용으로도 유명한 고다르의 자기반영성과 즉흥에 가까운 대사 작업 등은 촬영 당일 오전 대본을 쓰기로 유명한 홍상수의 방식을 떠올리게 한다. (반면 로메르는 완벽주의자였다. 카메라 없이 리허설만 40회를 하는 방식이었다. 그럼에도 완성된 홍상수의 영화는 외향적으로 고다르보다는 확실히 로메르와 더 유사하다. 심층적으로는 브뉘엘에 가깝다 할지라도.) 홍상수는 선배 세대의 영화적 방식에 대한 고민을 고스란히 물려받으면서 특히 60년대적 자유분방함, 솔직함과 즉물성을 자신만의 방식으로 변주한다. 고다르, 로메르, 우디 앨런과 홍상수가 우선 다른 지점은 물론 '세대'일 것이다. 1996년에 첫 장편을 발표한 홍상수는 1960년대부터 활동한 다른 감독과는 다르게, 지금의 중장년층과 같은 시대를 공유해왔다. 현재의 관객은 그의 전작을 고스란히 동시대 개봉작으로 보아온 사람들이다. 16년간 중편을 포함하여 14편의 영화를 내놓았고, 15번째 영화가 개봉 준비 중이니 현대영화계에선 몇 안 되는 (앞에서 언급된) 감독들만이 겨우 가능한 필모그래프다. 게다가 매번 비슷한 얘기를 비슷한 배우를 데리고 비슷하게 진행하면서 어떻게 여전히 매력적이고 신선한 감독일 수 있을까. 이 사적인 고백은 이 기이함과 관련된 의문을 여전히 풀지 못했음을 반증하는 동시에, 그의 영화가 가진 매력에 대한 일종의 헌사다.

오랜 시간 홍상수의 영화는 예기치 않은 순간을 경험하게 했으며, 즐거움을 찾고자 의식적으로 노력하게끔 강제했고, 그가 한 번도 직접적으로 주지 않았던 '어떤' 규정을 찾는 부질없는 노력을 계속하게 만들었다. 나의 경우엔 2000년 개봉작인 세 번째 영화 〈오! 수정〉부터 계속 극장에서 신작을 보아왔고, 관객의 호응과 호흡의 방향이 조금씩 달라지고 있는 것을 감지할 수 있었다. 그래서일까. 나는 '홍상수적'인 영화가 어떤 것인지 알 것 같았다. 그의 독창적인 촬영방식, 특유의 남성캐릭터, 몇 개의 회전하는 고리로 이루어진 자기반영의 세계, 확연히 반복되는 에피소드 안에서 미묘하게 다른 지점을 운용하는 스타일, 그 반복에 의해 무의미와 의미의 경계가 흐릿하게 사라지며 발생하는 유머와 매력. 친구에게 들려주는 것 같은 사적이고 사소한 이야기들, 그 익숙함. 그래서 편한 마음으로 여유롭게 (비)웃으며 즐길 수 있는 순간을 만끽하기도 했다. 그의 영화적 스타일에 익숙해졌다는 묘한 자부심이 어떤 소유의식을 가지게 하기도 했다. 오랜 시간 지켜본 동시대인에 대한 친밀감, 연대감, 공유한 시간에 대한 기묘한 애정이라고도 말할 수 있을 것이다. 하지만 결국 만나게 되는 것은 우연적인 순간이고, 예기치 않은 감정이라 늘 당황했다. 의지와는 상관없이 발가벗겨지는 순간, 정합적이지 않은 찝찝함을 애써 감추고 해석과 감각의 문제에서 일정 부분 기권을 인정해야 하는 불만족스러운 순간에 직면했던 것이다. 힘 빠지는 약이라도 먹은 듯이, 알에서 막 깨어난 새가 아직 완벽하게 눈을 뜨지 못한 듯이, 취한 듯, 멍한 듯, 난해한 수수께끼 앞에 불려 세워진 듯. 고백하건대, 이것은 '반했다'는 감정 이후의 불명료한 두려움이었다. 이 느낌은 막 사랑을 예감한, 아니 사랑의 무책임함을 예감한 자의 것이었다. '반한다'는 건 늘 배반을 각오하는 것이기에, 앞으로 어떻게 진행될지 알 수 없고, 반응을 스스로 조절하기가 쉽지 않다는 점에서 위험한 감정이다.

홍상수의 영화를 즐기게 된 관객은 아마도 그의 변주와 불확정성에 대한 짜증 혹은 불안을 접고 계산 없이 즐기(는 쪽으로 마음을 다잡)게 된 이일 게다. 스토리를 복잡하게 짜 맞추지 않고, 주제나 심층적 의미 따윈 살짝 무시하고, 당장 눈앞에 놓인 장면의 감각, 그 '귀여움'을 느끼는 즉물성의 희열에 몸을 맡기는 것이야말로 홍상수의 영화를 즐기는 첫 번째 단계다. 다만 고전적 해석의 지평에서 노니는 것이 차라리 익숙한 관객에게 이것이 그리 쉽지는 않다. 편견 없는 눈으로 이미지를 응시하는 차원을 떠나 마조히즘적인 개방성의 태도를 요구하기 때문이다. 나를 무방비로 만드는 순간에 순순히 응한다는 용기 혹은 해체.

반면에 홍상수(의 영화)를 안다고 말하는 것은 좀 다른 경우다. 일명 씨네필들은 홍상수 영화를 통해, 그의 영화에 열광하면서 자신의 존재를 드러낼 기회를 얻고, 자의식을 충전할 양식으로 삼는다. 그것은 때로 폐쇄적인 공동체를 형성한다. 씨네필들은 홍상수의 영화를 통해 취향의 공동체를 구성하고, 내밀함을 공유한다. 그 은밀한 느낌, 비의적인 교감. 그런데 이 취향의 공감으로 시작되는 공동체는 취향이 다른 사람, 납득하지 못하는 것에 대해 멀뚱하게 얼이 빠진 사람과 (납득할 수 없음을 애써 숨기고) 어떤 방식으로든 이해를 확보한 사람 사이의 분리에서부터 가능한 공동체다. 일반적이고 수적으로 많은 저편이 아니라, 희소하고 특출하며 지적 계급이 더 높은 폐쇄적 우리를 만들어

이편에 포함되고자 하는 욕망에 의한 것이기 때문이다. 느낌 또한 쟁투다. 공감으로 시작된 느낌의 쟁투는 질투의 감각을 통해 교묘하게 싸움의 현장으로 이전한다.

5. 사랑은 반복되기 위해 필연적으로 실패한다

"시적인 면에서는 필연적인 것이지만 존재론적으로는 근거 없는
뜻밖의 어떤 누전이 일어나면서 기표와 기의는 섞여버린다."
—움베르토 에코

'현대영화'를 규정하라 할 때 가장 중요한 본질 중 하나가 여러 목소리의 혼재다. 그것을 '다성성(바흐친)'이라 이르는 사람도 있고, '자유간접화법'이라 이름 붙이는 경우도 있으며(영화의 경우 파졸리니), '차이와 반복'이라는 유명한 개념으로 손쉽게 통용되기도 한다(들뢰즈). 또 그것은 일종의 기시감이기도 하다. 어디서 본 듯한 느낌, 그런데 설명될 수 없는 기억, 규정할 수 없는 곳에서 들려오고 분화되는 목소리. 현대영화의 효과는 기본적으로 기시감 위에 건설되어 있고, 사진적 과거성과 영화적 현재성이라는 본질을 건드린다. 영화는 자유간접화법이며, 은유일 수밖에 없다. 사물과 사물, 쇼트와 쇼트를 연결해 전에는 간과되었던 사물의 관계에 주목하고, 정확히 표현하고자 한다면 은유적이 되지 않으면 안 된다.

들뢰즈의 전언대로, 은유는 유사성이 아니라 변신이다. 도달해야 할 종착점이나 지각해야 할 대상을 가지고 있는 기억이나 상상에 의한 은

고은미 **217**

유가 아니라 지성을 비자발적으로 실행시키게 하는 기호들. 홍상수의 영화는 동질성, 인정, 조화가 아니라 발산하는 두 대상 사이의 이질성과 비평형성의 연결을 통해 거짓말과 사랑 사이의 묘한 놀이에서 어떤 감응을 일으키고, 광인 혹은 탐정처럼 시공간을 오가며, 독특한 방식으로 다성적 목소리를 낸다.

홍상수의 영화는 추리극의 구조와 전혀 다른 형태지만, 비슷한 효과를 발생시킨다. 문득 데자뷰를 불러일으키는 순간이 잦다. 엉큼하게도 단어나 문장, 행동, 공간, 상황을 예고 없이 변주하지만, 그것이 영화를 이해하기 위해 꼭 필요한 것은 아니다. 앞의 것을 대놓고 반복하면서 뒤의 것을 억지로 연결 짓는 식의 음흉함에서 의도된 것이 아니라는 의미다. 그럼에도 그의 영화를 좋아하는 사람들이 진정으로 즐기는 놀이가 바로 '데자뷰'인 것 같다. '예전 경험'을 선명하게 기억해내지 못함에도 어디서 비슷한 것을 보고 느낀 듯, 혼란은 지뢰처럼 빼곡히 박혀 터질 준비를 하고 있는데, 어떤 순서로 어떤 종류의 지뢰를 밟는지는 사람마다 다르다.

특히, 최근 (제작상의 이유겠지만) 같은 배우의 중복된 출연이 이를 더욱 기묘하게 시행하고 있다. 일반적으로 다른 영화에 같은 배우를 캐스팅하는 문제는 매우 신중하게 결정된다. 한 연기자가 여러 이미지를 타격 없이 소화하기는 쉽지 않은 데다('성공적인 이미지 변신'이라는 표현도 있듯이) 새로운 캐릭터에 관객이 몰입하기가 어려울 수 있기 때문이다. 하지만 홍상수는 최근 영화에서 같은 배우를 이후의 여러 영화에 반복해서 출연시키고 있다. 이것은 매우 연극적이기도 한테, 초기 홍상수의 분신이라 불리기도 했던 김상경, 유지태, 김영호 등이 개별 작품의 틀 안에서 서로 비슷한 인물을 연기했다면, 심지어 세 편 이상에 출연한 유준상, 정유미, 문성근, 기주봉, 고현정 등은 한 편 한 편 독자적인 작품의 틀을 넘어, 마치 소규모 연극집단의 유쾌한 변주놀이를 보는 것 같은 착각마저 불러일으킨다. 어떤 극공동체가 매번 조금씩 다른 작품을 무대에 올리면서도 연기하는 실제 배우는 바뀌지 않기 때문에, 관객은 개별 무대마다 에피소드나 대사, 표정 등에 몰입하려 해도 이전 작품의 캐릭터나 연기, 에피소드와 비교하지 않을 수 없게 되어버리는 상황과 비슷하다.

여덟 번째 영화인 〈밤과 낮〉(2008)에는 기주봉(하숙집 주인 장선생 역)이 김영호(김성남 역)에게 "옛날 같으면 장군이라도 하셨을 거예요"라고 말하는 장면이 있다. 열한 번째 영화인 〈하하하〉(2009)에서 기주봉은 역사관 관장으로 다시 나오는데, 김상경(조문경 역)에게 이순신 장군과 "얼굴이나 느낌이 비슷하다"고 말하며, 김상경의 영화 속 꿈에서 김영호는 진짜 이순신 장군으로 출현한다. 이쯤 되면 (그의 전작을 본) 관객은 이미 지금 보고 있는 영화에만 몰입하는 것이 불가능하다. 웃음은 영화의 내용과 상관없이 터져 나온다. 거의 모든 남자들은 '말보로 담배'를 피고, 왜 초록색 술병들은 (가끔 등장하는 갈색 술병들과 더불어) 인물보다 더 주인공처럼 강렬한 존재감을 띠나. 취미로 사진 찍는다는 여자들과 일명 영화팬들은 왜 (영화 속) 영화감독에게 악의적이거나 도전적인 태도를 취하나. 이런 물음들이 의미 없게 느껴질 즈음 그들은 다시 회귀하여 질문을 공전시킨다.

홍상수는 〈강원도의 힘〉(1998)에서 한때 연인이었던 두 남녀가 같은 시간 같은 공간을 마주치지 않고 엇갈리며 여행하는 구조를, 〈오! 수정〉(2000)에서는 연애 중인 남녀의 동일한 사건에 대하여 매우 다른 경험과 기억의 구조를 보여준 바 있다. 그런데 〈하하하〉(2009)에 오면 기억의 엇갈림보다 기억의 엇비슷함 또는 겹침의 측면을 부각시키면서 이전 영화들이 보여주던 대립-분산 구조에서 중첩-수렴 구조로 이행해가는 변화를 볼 수 있다. 이런 중첩 구조는 최근 매우 교묘하고 장난스런 방식으로 진행되는데, 〈옥희의 영화〉(2010) 이후 〈북촌방향〉(2011)과 〈다른 나라에서〉(2012)에 이르는 최근작들은 한 영화 안에서 이야기가 서너 개로 분리되고, 같은 배우가 조금씩 다른 시공간에 놓인 인물로 표현된다. 이야기를 진행시키는 것은 '인물들'이지만, 그들은 하나의 아이덴티티를 포기한다. 하나의 이미지를 가진 캐릭터로 기억되기를 거부하는 그들은 관념으로서의 '이미지'가 아니라 순간, 그 상황, 그 공간에서의 즉물성으로 존재하려고 한다.

레비나스가 타자의 '얼굴'을 중요시 생각했다면 똑같은 목적에서 고다르는 오히려 '얼굴을 등처럼 찍어야 한다'고 했다. 그래서 고다르의 영화에는 종종 여자의 얼굴이 그늘 속에 묻히거나 뒤통수에 시선이 머문다. 그와 비슷한 의미에서 홍상수는 얼굴-중심성을 파괴하는데, 다양한 가면을 씌움으로써 '하나의 얼굴' 따윈 불가능하게 만들어버리는 방식이다.

반복되는 것에 대한 공포심과 권태에 대한 두려움이 깔려 있는 영화. 사고에 반하는 허구적 상태. 상상적인 것에 적합한 순간성. 다양한 관계와 시간과 사건의 거대한 '돌려보기'. 반복되는 것은 때론 근거 없는 믿음을 주기도 하지만, 그것이 차이를 가지고 반복될 때 우리는 어느새 앞선 행동, 말, 이미지를 의심하게 된다. 왜냐하면 진실한 것이 어떤 것인지 구분할 수 없게 되었으니까.

6. 사랑과 뒷모습

〈밤과 낮〉(2008)
여자들은 남자를 버리고 간다

〈잘 알지도 못하면서〉(2008)

〈첩첩산중〉(2008).
이선균(명우 역)과 함께 있던 정유미(미숙 역)는
친한 언니와 함께 있는 문성근(상옥)을 만나곤
화가 나 혼자 가버린다.

〈옥희의 영화〉(2010)
문성근(송 선생 역)은 자신과 만나기로 한 날에
정유미(옥희 역)가 이선균(남진구 역)과
함께 온 것을 보고 발걸음을 돌린다.

홍상수 영화의 엔딩은 딱 두 개다. 정지 혹은 벗어나기. 정지는 죽음에 가까운 것인 반면, 어딘가로 이동한다는 건 아직 무언가 더 필요하다는 거다. 그들은 앞의 상황과 시간과 인물에 등을 돌리며 마음을 접고 단단히 걸어간다. 뒷모습이 힘차다. 그들이 가버렸기 때문에 지금까지의 이야기는 아무것도 아닌 것이 되어버렸다. 그들의 이야기엔 미래가 없다. 그들이 새로 이야기를 시작할 수 있는 방법은 말 그대로 다른 이야기 안에서다. 설사 비슷한 상황, 같은 피사체, 같은 공간이

라 할지라도. 연인이었던 사람을 버리고 간다는 건 말 그대로 새 출발
이 필요하다는 거니까. 그들은 다시 시작하러 간다. 영화는 끝이 나지
만 홍상수의 변주의 세계가 끝이 나지 않는 이유는 이것이다. 그들은
뒤돌아 가버렸는데, 우주를 한 바퀴 돌아 다시 내 뒤에서 걸어 나온다.
그래서 그의 영화에는 종결은 있을지언정 완결은 없다.

7. 사랑과 레지스탕스

<blockquote>
"사랑도 마찬가지로 (…) 안전과 안락에 대항하여
위험과 모험을 다시 창안해야만 합니다"
—알랭 바디우
</blockquote>

사랑과 권력은 불멸의 욕구를 가진다는 점에서 닮았다. 그리고 오래
전부터 불멸의 욕구는 이미지를 번성하게 하는 주요 원인이기도 했다.
그들이 예술의 주역이 되고 대상이 된 것은 당연한 이치다. 하지만 권
력과 국가가 '하나되기'를 폭력적으로 추구하는 것과는 달리, 사랑은
근본적으로 둘이라는 것을 인정한다는 점에서, 그들은 같은 성질을 지
니지 않는다. 결합, 집합, 둘 이상이라는 것은 '관계'를 형성하고 고민
케 하는 것이다. 사랑하는 연인을 단지 보여주는 것은 투 숏(한 프레임
에 두 명의 인물이 잡히는 것)이지만, 그들의 사랑(의 시선)을 느끼게 하
는 것은 언제나 숏-리버스 숏(반응 숏)이기 때문이다. 영화에 리버스
숏이 없다면 얼마나 무미건조할까. 아니, 리버스 숏이 없는 영화가 가
능하기는 한가? 영화는 언제나 숏-리버스 숏을 가지는 사랑의 형식

그 자체였다.

그런데 여기에 사랑의 아포리아가 존재한다. 사랑의 숏 연결은 필연적인 심연을 사이에 두고 있다. 숏-리버스 숏은 영화적 시공간 안에서는 매우 가깝지만, 존재론적으로는 컷이라는 거대한 힘에 의해 두 동강 난 것의 결합이고, 사실은 처음부터 완전한 하나의 시공간에서 찍히지 않은, 독립된 우주끼리의 만남이기 때문이다. 그들을 너무도 가깝게, 시선을 교환하는 자리에 놓는 기법은 환상을 불러일으키는 마술 단추로 기능하기 쉽다. 때문에 우리는 숏의 연결을 의심하지 않을 수 없다. 두 개의 존재-이미지가 만나는 사랑 역시 결국 불안하고 비논리적인 것이 될 수밖에. 그런데 불안하기 때문에, 논리적으로 완벽히 이해되지 않기 때문에, 이 아포리즘 때문에 사랑은 '현대영화'의 중요한 동반자가 된 것이다. 자아의 통일성, 세계와의 통사적 관계, 의식적인 습관, 완벽한 기억 같은 것은 모두 환상의 다른 이름이다. 우리는 그것이 불가능하다는 것을 알면서도 열병에 빠질 뿐이고, 그 열병을 유희하면서 혁명을 준비한다.

홍상수의 영화에는 일반적인 숏-리버스 숏이 많지 않다. 그들이 사랑 비슷한 감정을 토로할 때는 더욱 그렇다. 그들은 투 숏이고, 롱숏이다. 오히려 그들이 누군가에게 고백하는 순간, 혼자의 감정, 착각, 나르시시즘, 자기합리화에 가까워지는 순간에는 줌을 통해 원 숏을 만들어버리기도 한다. 홍상수의 영화에서 낭만적 사랑의 실패는 그런 원 숏으로 드러난다. 낭만성의 모든 가능성이 부정되고 비웃음당할 때 홍상수의 사랑도, 우디 앨런의 사랑도, 고다르의 사랑도, 로메르의 사랑도 다시 시작한다. 모든 낭만성에 거리두기. 그러나 낭만성을 잊지 않기. 그것이 필연적으로 거짓일 수밖에 없는 사랑을 통해서, 영화를 통해서 무언가를 사유할 수 있다고 생각하는 그들의 방식인 것 같다. 홍상수의 인물은 왜 매번 누군가에게 반하면서도 진정한 사랑이나 영원한 사랑 따위의 수사를 펼치지도 않고 사랑의 언저리를 맴돌까. 왜 늘 술을 마시고, 질투하고, 화내기를 반복하는 걸까. 술에 취함, 반함, 질투 혹은 화냄. 이는 무아의 상태라는 점에서 상통한다. 그들은 자아의 통일성과 의식을 깨뜨리려는 (무)의식적인 태도를 취하고, 연기, 거짓말, 조작, 숨김, 과장 또는 포장을 행한다. 사랑이야말로 무아의 상태를 가장 손쉽게 용인받을 수 있는 정당한 거짓말이기 때문이다.

홍상수의 영화가 정치성을 가진다면 바로 외상을 입히는 것이 아니라 내상을 입히는 공격 방식에 있을 것이다. 스펙터클과 감정의 물량 공세로 기습공격을 하는 것이 아니라 소수정예로 각개격파 하는 형식. 그것이 홍상수가 든 무기의 작동 방식이다. 그래서 홍상수가 영화를 만드는 의지, 내용화된 형식으로서의 스타일, 그 자체가 정치성을 내포한다. 그것은 입장의 붕괴를 감각하고 있는, 테제 속의 안티테제를 의식하고 탈주선을 타고 있는, 교묘하고도 지속적인 미학적 후위 전투의 형태다. 사랑의 반복 안에서 연인의 얼굴을 지워버리고 끝없이 과거와 현재의 사건, 시공간을 자발적으로 조직하게 하는 유희의 전투.

사랑은 그려내기 불가능하지만 시공간 속에 있고, 도달할 수는 없지만 반복됨으로써 진정에 가까워지고, 미완성으로, 비종결성으로 존재하지만 지속 안에서 느낄 수 있다. 사랑이 모던 이후를 준비하는 영화의 최상의 소재가 되는 것은 이 때문인 듯하다. 영화에서 가능한, 불가능한 사랑의 표현이 궁극적으로 추구하는 윤리를, 현대영화의 모더니티성이 결국 가리키는 시대에 대한 고민 혹은 혁명의 효과를, 사랑이

만들어낼 수 있는 자유롭고도 충실한 정치적 주체화의 문제를 고민하
는 것, 새로운 미학적 정치화, 세속화 가능성의 시작이다.

김태환

지식공동체는 존재하는가
–〈연구공간 '수유＋너머'〉를 중심으로

1. 지식공동체를 생각하며

공동체에 대한 논의는 그 자체로 오랜 역사를 지닌다. 멀게는 플라톤의 『국가』로부터 조금 가깝게는 마르크스·엥겔스나 푸리에의 〈팔랑스테르〉, 또는 강유위의 『대동서』, 라이히의 『성혁명』이 있으며, 이런 공동체에 대한 논의는 최근까지도 모리스 블랑쇼 또는 장-뤽 낭시에 의해 이어지고 있다. 이런 논의와 끊임없이 관계를 맺고 있는 주제어는 아마도 언제나 미래진행형의 상태로 남아 있는 '유토피아'라고 할 수 있다.

공동체와 유토피아라는 주제는 고대부터 현재까지 지식인들에 의해 다양하게 논의되고 있다. 유토피아를 향한 공동체적 실험 역시 지속적으로 전개되어왔으며, 지금 이 시간에도 여러 형태의 공동체 속에서 나름의 목적에 따라 또는 조건에 맞게 여러 실험이 진행되고 있다. 그러나 여러 종류의 공동체 실험이 반드시 유익한 면만 도출하는 것은

아니다. 종교공동체와 같이 어떤 도그마가 그 집단 내부에서 공유되거
나 작동되지 않는 이상, 어떠한 형태의 공동체적 실험이든 불안이 내
재할 수밖에 없다. 이런 면에서 공동체는 미래진행형 유토피아와 다르
게 현재진행형으로 볼 수도 있을 것이다. 블랙홀 같은 가족을 벗어나,
나와 다른 여러 사람이 모여 생활하는 공동체는 언제나 미완성의 원리
로 진행된다. 즉, 미완성의 공동체는 공동-내-존재의 원자운동에서 연
유한다.[1]

  우리가 여기서 눈여겨봐야 할 것은 지식과 담론을 생산하고 공유하
는 공동체, 바로 현재 유행처럼 확산되고 있는 학문공동체 또는 대안
지식공동체이다. 이들이 중요한 이유는 대학이라는 울타리를 넘어 공
동체의 이론 및 대안을 지속적으로 고민하고 제일 먼저 자신들에게
적용하기 때문이다. 이 과정이 결코 순탄하지만은 않다. 이런 면에서
1990년대에 들어 해체되기 시작한 80년대 운동권은 학문공동체의 한
형태라고 볼 수 있다. 여기서 이들을 언급하는 것은 바로 이들이 90년
대 중반 이후부터 나타나기 시작한 대학 밖 지식공동체를 구성하고 대
안학문 공간을 만들어 담론과 지식을 생산했기 때문이다. 이런 영향은

---

1) 낭시는 신성한 것 없는 공동체를 비판하면서 다음과 같이 논의한다. "공동체라는 단일체
도, 그 신성한 실체도 없다. 그러나 '정념의 분출'이, 단수적 존재들의 분유가, 그리고 유
한성의 소통이 있다. 유한성은 한계를 거쳐 가면서, 한 존재'로부터' 타자'로' 이행한다.
그 이행이 바로 분유이다. (…) 왜냐하면 그 분유가, 그 이행이 될 수 없는 것이기 때문이
다. 미완성이 그 '원리'이다—미완성을 불충분이나 결핍이 아니라, 분유의 역동성을, 또는
단수적 균열들에 따라 끊이지 않는 이행의 역학을 가리키는 역동적 표현으로 받아들여야
만 한다는 의미에서 그렇다. 분유의 역동성, 다시 말해 무위의 역동성, 무위로 이끄는 역동
성, 어떤 공동체를 구성하는 것도, 만드는 것도, 자리 잡게 하는 것도 관건이 아니다. 마찬
가지로 거기에서 어떤 신성한 힘을 숭배하는 것도, 두려워하는 것도 관건이 아니다. 공동
체의 분유를 미완성의 것으로 내버려두는 것이 관건이다." 장-뤽 낭시, 박준상 옮김, 『무
위의 공동체』, 인간사랑, 2010, 85-86쪽. 강조는 인용자.

지금도 이와 비슷한 공간 또는 공동체가 도시를 중심으로 점점 증가하고 있다는 점에서 중요하게 다가온다.[2]

이 글에서는 글쓴이가 구성원으로서 직접 경험한 '분리' 이전의 〈연구공간 '수유+너머'〉(이하 '연구실'로 표기[3]) 를 중심으로 지식공동체의 가능성과 한계를 되짚어보고자 한다. 기존의 언론이나 여러 종류의 매체에서 연구실을 소개하거나 논의했던 대부분의 글쓰기는 지식공동체나 연구실의 가능성에 대한 장점만을 부각시켜 보여주려고 부단히 노력해왔다. 이런 글이 한두 번 게재되었다면 모를까, 최근까지도 연구실을 인문학적 지식 생산의 유토피아인 양 과도하게 미화하여 소개하는 기사가 지속적으로 반복 생산되는 것은 '연구실'을 위해서도 좋은 일만은 아닐 것이다. 대학교육의 기능화 및 붕괴에 의한 대안지식공동체의 필요성과 인문학적 사유의 중요성은 '연구실'의 존재 이유로 이미 충분하다. 그래서 이 글에서까지 여러 매체를 통해 충분히 미화된 연구실을 다시 그려내는 수고를 할 필요는 없을 듯하다. 우리는 이미 보기 좋게 포장된 글을 많이 봐왔고, 지금도 누군가에 의해 핑크빛으로 생산되고 있을지도 모르기 때문이다.

이 글에서는 다음과 같은 문제에 대하여 살펴보고자 한다. 우선적으로 살펴볼 것은 지식공동체의 존재성이다. 지식인 또는 '먹물'들은 다양한 형태의 세미나 혹은 모임을 구성해나가고 있다. 이들의 모임이 모두 공동체적 형태로 구성되지는 않는다. 그래서 지식인 공동체의 특

---

2) 지식공동체 또는 인문학공동체를 소개하거나 논의하는 글은 매체나 여러 종류의 글을 통해 발표되었다. 최근에는 경향 『아티클』 2012년 5월호에서 '인문연구공동체'를 특집으로 '수유너머' 외에도 여러 모임을 다뤘다.

3) 〈연구공간 '수유+너머'〉 구성원들은 인적·공간적 의미로 '연구실'이라는 용어를 사용했다.

이성과 존재성의 방식에 대해서 연구실과 연관하여 생각해보고자 한다. 다음으로 여러 종류의 언론 매체에 의해 과대포장 또는 미화되어 있는 연구실의 이미지와 허상에 대하여 살펴볼 것이다. 또한, 이질적 존재들이 모인 미완성 공동체의 잠재된 폭력과 적대, 즉 불화와 균열에 대해서 생각해보고자 한다. 그리고 마지막으로 지식인 또는 공동체, 우리의 모습, 즉 지식공동체의 의미를 실천적으로 다시 모색해보고자 한다. 그래서 이 글은 기존 공동체 이론에 관한 비평이라기보다는 지식공동체의 윤리와 실천의 가능성에 대한 비판적 실제 비평이 될 것이다.[4]

2. 지식공동체의 존재성에 대한 단상

공동체는 목적을 가지고 형성된다. 그 목적은 공동체의 성격과 구성원 등 여러 요인에 따라 다를 수밖에 없다. 지식공동체도 다르지 않다. 지식공동체가 다른 공동체와 구별되는 점은 당연히 '지식'에 있다. 공부를 통해 지식을 공유하고, 세미나나 스터디 같은 공동의 지적 활동을 통해 서로 자극하면서 즐거움을 찾고, 그 동력으로 어떠한 생산물을 남긴다. 그것은 글쓰기라는 수단으로 남겨진다. 글쓰기는 지식인 또는 지식공동체의 존재 이유라고 해도 과언이 아닐 것이다. 모든 지식공동체의 소통 수단은 글쓰기라고 할 수 있다. 발제문 또는 토론문

---

4) '공동체론'에 관해서는 여러 종류의 이론적 작업이 이루어져왔다. 그중에서 연구실에서 수행한 작업으로 연구실 구성원들이 공동 저술한 『코뮨주의 선언』(교양인, 2007)과 연구실 분리 이후에 출판된 이진경의 『코뮨주의』(그린비, 2010)가 있다.

을 함께 공유하여 읽고 서로가 서로에게 충고와 조언을 아끼지 않는 생활은 지식공동체의 필수 요건으로 보인다. 또한 그런 활동으로 지적 생산물을 남길 수 있다면 지식공동체의 목적에 어느 정도 부합할 것이다. 그 생산물은 여러 경로를 거치면서 더욱 양질로 바뀔 수 있다.

이 글에서 구체적 대상으로 볼 지식공동체는 〈남산 강학원〉과 〈코뮤넷 수유너머〉로 분리되기 이전의 〈연구공간 '수유+너머'〉 연구실이다. 이 〈연구공간 '수유+너머'〉의 수명은 정확히 10년이었다. 이들의 역사 또는 구성 방식이나 운영 등 여러 상황은 신문 또는 잡지 매체와 연구실의 구성원 중 한 명인 고미숙의 『아무도 기획하지 않은 자유』[5]에서 다루고 있기에 여기서 자세한 이야기는 생략하고 이 글의 이해를 돕기 위해 최소한의 내용만을 우선 간추리도록 한다.

분리 이전의 정식 구성원은 세미나만 하는 사람을 제외하면 60명 정도이고, 나이는 20대에서 40대까지 있었다. 이들 중 3분의 2 정도가 대학원에서 인문학(철학, 문학, 사회학, 종교학 등)을 전공하거나 이미 수료 또는 졸업하고 대학에서 강의하는 사람들이었다. 이들은 각자 능력에 따라 월 회비를 낸다. 이들이 전부 한 자리에 모일 수 있는 자리는 격주에 한 번 하는 회의이다. 이 자리에서는 주로 연구실 운영에 관해 논의한다. 연구실의 중요한 일은 대부분 여기서 결정된다. 회계 보고를 하기도 하고, 계절마다 열리는 강좌를 기획하기도 하고, 세미나 상황과 공간 운영, 주방과 카페 운영, 매니저 교체 건에 대하여 논의한다. 인원이 많았던 관계로 회의 전에 불필요한 탁상공론에 대비해 주요 안건에 대해 물밑 작업이 이루어지기도 한다. 연구실 각 파트의 매니저

---

5) 고미숙, 『아무도 기획하지 않은 자유』, 휴머니스트, 2004.

선정은 어느 개인이 원한다고 즉각 해결되는 것은 아니다. 그 사람이 그 파트에서 활동하면 서로에게 좋겠다는 구성원의 신뢰가 있어야만 매니저로 추천받을 수 있다. 그렇다고 연구실 경력이 풍부하고 믿을 만한 몇몇 사람이 돌아가면서 매니저를 맡지는 않는다. 각 파트별로 자발적으로 지원하는 보조매니저를 두어 연구실 활동을 배우고 익히게 한다. 이 보조매니저는 대부분, 연구실 활동 경험은 적지만 연구실과 지속적으로 관계를 맺고자 하는 사람들이 맡는다. 다시 말하면, 활동을 통해 서로가 신뢰를 쌓을 수 있는 시간을 갖는 것이다.

연구실이 다른 지식공동체와 특별히 다른 것은 하루 두 끼 점심과 저녁 식사를 해 먹는 것, 즉 밥상공동체라는 점이다. 지적 활동의 공간에서 이렇게 일상을 공유하면서 밥상공동체를 유지하기란 말같이 쉬운 일은 아니다. 하지만 이것은 지금도 꾸준히 지켜지고 있다. 연구실에서 잔소리 또는 큰소리가 가장 많이 나오는 장소도 주방이다. 주방의 전체적인 운영을 위해 주방매니저가 있으며, 각종 행사가 없는 평소에는 연구실 구성원이 돌아가면서 한 끼에 두세 명이 당번이 되어 식사시간 1시간 전부터 식사준비에 들어간다. 이를 위해 주방에는 식사당번의 이름을 적을 수 있는 주방달력이 준비되어 있어 자신의 스케줄에 맞춰 주방활동에 동참한다. 하지만 이 활동은 언제나 예정된 범주를 벗어날 위험을 안고 있다. 예를 들면, 식사당번이 예고 없이 결석을 하는 경우, 식재료가 부족한 경우 등. 그리고 연구실 주방에는 화이트보드가 걸려 있다. 거기에는 연구실에서 공부하는 사람들과 '먹물백수'들을 애처롭게 여기며 연구실과 인연이 있는 분들이 주방으로 주신 선물이 하나도 빠짐없이 기록되어 남겨진다. 이러한 공개는 선물의 속정을 깊이 되새기기 위한 것이라고 할 수 있다. 쌀과 김치 등, 육고기를 제외한 모든 것이 선물로 들어온다.

〈연구공간 '수유+너머'〉가 세인들에게 지속적으로 주목을 받을 수 있었던 원인에는 지식생산의 방식 외에도 여러 이유가 있겠지만, 그중 하나는 백수 혹은 비정규직 '먹물'들이 한 공간에 모여 같이 밥을 만들어 먹고 생활하며 그 안에서 뒹굴고 즐겁게 노는 데 있었다. 즉, 그들의 공동체적 감각을 유지할 수 있었던 가장 중요한 원인은 공부뿐만 아니라 생활을 그들 스스로 창조하면서 공동의 감응을 만들어냈다는 점이다.

연구실이 그 존재성을 드러낼 수 있었던 다른 이유는 수많은 세미나와 그 원동력으로 만들어내는 구성원들의 많은 저서일 수도 있지만 더욱 중요한 사실은 그 생산과정일 듯 싶다. 거기에는 개인의 저서도 있고, 앞서 소개된 『코뮨주의 선언』과 같이 사전에 기획하여 프로젝트 형태로 만들어진 여러 종류의 공동저서도 있다. 개인의 저서도 마찬가지지만, 공동저서의 경우 부산의 〈해석과 판단〉과 비슷하게 진행된다. 주제를 정하고, 관련 텍스트를 정해 읽고 발제하면서, 개인별로 소주제를 정해 글쓰기에 들어간다. 여기서 중요한 것은 글을 쓰면서도 1주일에 한 번씩 세미나를 통해 진행된 원고를 확인하면서 서로가 서로의 원고를 읽고 조언을 한다는 점이다. 그 외에도 이들은 수시로 만나 조언하고 조율한다. 그리고 이런 작업은 이 프로젝트팀만의 활동으로 치부되지 않는다. 이들의 글이나 작업은 연구실 구성원 모두가 모이는 자리에서 발표하고 토론한다. 그러면서 원고가 완성되어가는 과정을 공유한다. 그러므로 이들의 원고는 한 사람이 쓰지만, 결코 한 사람만의 원고로 볼 수 없다. 또한 이런 공동저서에서 나오는 인세는 공동기금으로 만들어 연구실의 대외활동이나 국제워크샵 등에 지원한다. 다시 말해,

지식공동체의 공동성이 무엇인지 잘 보여주는 경우라 할 수 있다.

개인의 저서도 이와 비슷한 과정을 거친다. 어느 한 사람이 쓰는 책이지만, 그 사람만의 작업은 아니다. 이것 또한 세미나나 특별한 모임을 수시로 만들어 연구실 구성원에게 조언을 받는다. 예를 들면, 어느 세미나팀에서 일본어 원서를 읽는다. 각자 분량을 나누어 번역하면서 읽는 세미나다. 그런데 원서 세미나를 끝내고 누군가가 출판을 언급한다. 그 책을 정식으로 번역해서 출판하자는 의견이다. 사람들 대다수는 시간도 없고 여력도 없으니 그 의견을 낸 사람에게 몰아주자는 의견이 다수가 되는 경우가 있다. 다시 말해, 세미나팀에서 도움은 주겠으나 독자적으로 출판하라는 의견이다. 세미나를 위해 번역한 초벌번역 원고는 이미 있는 것이고, 이후 수정작업이나 출판과정은 사람들의 도움을 받지만 주도적인 사람은 그 의견을 낸 한 사람이었다. 그래서 이 번역서는 세미나 구성원의 허락으로 개인번역으로 출판되기도 한다.

연구실 구성원 가운데에는 대학원 수료자가 많다. 그 사람들 중에서 학위논문을 차일피일 미루고 있는 사람이 있다면 특별관리 대상이 된다. 그 사람을 위해 작은 세미나나 소모임이 구성되고, 그 세미나를 통해 학위논문을 쓰게 만드는 것이다. 일정한 간격을 두고 모여 그 사람이 써 온 원고를 보고 세미나를 하면서 논문을 완성해가는 과정을 공유한다. 그리고 이런 과정의 공유가 그 모임만의 공유로 끝나지 않는다. 그 논문작업은 중간 중간 연구실 구성원 전체가 모이는 〈화요토론회〉[6] 같은 자리에서 발표하고 토론을 거친다. 전체 구성원이 모인 토

론과 발표의 장은 각자 자기 전공에만 매몰될 가능성이 농후한 기존 대학원의 지식생산 한계를 벗어나게 만든다. 이런 작업이 공동체적 관점에서는 당연한 것이겠으나, 그 당연한 작업을 일상적 학문공동체를 통해 실천해왔다는 예외적 사실이 중요하다.

연구실 구성원들은 '공부'와 '밥상' 또는 '생활'의 결합을 강조한다. 각 개인의 능력을 선물로 주고받는다. 여기서 선물은 꼭 일반적으로 인식하고 있는 물질적 형태만을 의미하지 않는다. 외국어 능력이 뛰어난 사람은 외국어 교육으로, 글쓰기 능력이 뛰어난 사람은 글쓰기 도우미로, 영화를 좋아하는 사람은 영화 상영으로 여러 종류의 선물이 연구실을 유지하고 작동하는 동력이라고 할 수 있다. 다시 말하면, 이와 같은 형태가 선물이 순환하는 코뮌이라고 할 수 있다. 이러한 순환의 윤리는 기존 구성원과 새로운 친구들, 특이성과 이질성, 끊임없이 유동하는 공간에서 공동체적 순환계를 유지케 하는 공동성의 한 가지 특질로도 보인다.

하지만 이런 긍정적 순환의 윤리는 누구도 의식하지 못한 사이에 강제적으로 주입된 면도 없지 않을 듯하다. 그래서 연구실의 이러한 리듬이 사람들과 마찰을 빚는 경우도 있다. 즉, 연구실의 리듬을 잘 타지 못하는 사람, 또는 그 리듬을 외면하는 사람은 연구실에서 활동하다가도 곧 지치는 경우가 있다. 다음 장에서 이런 면을 조금 면밀하게 살펴보겠다.

의와 구성원 전체가 모여 세미나를 했다.

3. 지식공동체의 균열과 허상

앞에서는 연구실의 존재성을 지극히 긍정적인 시각에서 살펴보았다. 연구실은 지금도 지적 활동과 밥상을 공유하는 공동체적 대안교육에서 이상적인 공간으로 자주 언론에 언급된다. 하지만 그렇게 미화하는 데는 많은 허상이 있음을 인식해야 한다. 구성원 전체가 연구실 안에서 공부와 생활 혹은 경제활동이 일치된 삶을 살아갈 수 있다면 얼마나 이상적일까! 연구실 구성원으로 소위 말해 '잘'나가는 선배 또는 선생들도 이 문제를 해결하기 위해 많은 노력을 기울였다. 한국연구재단 프로젝트를 신청하거나, 근대잡지 자료입력 작업을 후배들에게 맡겨 용돈을 벌게 했다. 그러나 그런 노력만으로는 한계가 있었다.

분리 이전, 구성원 중에는 아직 결혼하지 않은 미혼자도 많았지만 가정을 가진 기혼자도 적지 않았다. 구성원들 역시 생활인이라는 점을 간과해서는 안 될 문제가 상존하고 있었다. 가장 이상적 형태는 구성원 모두가 연구실 안에서 생활하면서 자기가 좋아하는 공부를 하고 강좌를 열고 원고료로 생활비를 버는 것이겠지만, 이것은 말 그대로 이상적이라고 할 수 있다. 이런 이상적 생활을 할 수 있는 구성원은 극소수였다는 사실을 기억해야만 한다. 연구실에서는 탈대학을 외쳤지만 구성원 대부분은 학위나 밥줄이 걸려 있는 관계로 완전한 '탈대학'을 할 수 없는 상황이었다. 그래서 극소수를 제외한 구성원들은 대학이나 학원에서 강의를 하거나 과외 등 아르바이트를 병행하면서 연구실 생활을 유지할 수밖에 없었다. 적지 않은 구성원들이 연구실 활동에 올인하지 못하는 이유도 여기에 있었다. 당연하게도 연구실 생활의 적극성을 주장하는 선생이나 선배들과 사정상 그러지 못하는 구성원 사이에 항상 갈등이 존재했으며, 그 갈등의 벽을 넘지 못하고 연구실과 멀어진 사람도 많다. 그렇다. 분리 이전의 〈수유+너머〉는 내부적으로 갈등과 불화가 잠복되어 있었으며, 일부 구성원의 적극적인 활동으로 위태롭지만 평온한 외양을 가까스로 유지하고 있었던 것이다. 현재도 비슷하지만, 방학 중에는 항상 북적거리던 공간이 학기 중 평일 오전에는 대학 강의와 수업으로 인해 사람이 거의 없어 한적한 경우가 많았다. 이것이 어떻게 보면 지식공동체를 유지해나가는 먹물들의 실존적 한계라고 생각할 수도 있다. 그래서 알게 모르게 합의된 자율로 '의식화'된 암묵적 규율과 의무가 늘어가게 된다. 연구실 구성원으로 인정받아 활동하는 사람들은 수많은 '자율'로부터 자유롭지 못했다. 예를 들면, 의무적으로 몇 번 이상 밥하기, 당번을 정해 아침에 연구실 문 열기, 요일을 정해 빈 공부방 채우기, 돌아가면서 카페 지키기 등 누군가는 반드시 해야만 하는 많은 자율적 의무가 존재하고 만들어지고 있었다. 지식공동체와 공간 운영을 위한 이런 활동은 더 좋은 '공부'를 위한 최소한의 의무로 받아들일 수도 있다. 하지만 이런 활동이 항상 즐거운 것만은 아니다. 이것이 공동체 생활의 일부가 되지 못하는 경우도 발생한다. 활동이 공간 유지를 위한 의무로 인식될 때, 잡음을 발생시키는 갈등의 원인이 될 수도 있다. 갈등은 어느 집단이나 존재한다. 그리고 그 갈등을 해소하기 위한 중재자도 어디에나 존재한다. 연구실 역시 이런 갈등을 해결하는 선생 또는 선배들이 많이 있었다. 60여 명 정도의 활동회원이 공부하고 생활하는 연구실이라서 항상 잡음이 존재했다. 여러 차이를 지닌 사람들이 모였으니 잡음이 없으면 더 이상한 일일 수도 있다. 공동체는 당연히 구성원 하나하나의 차이를 서로 느끼고 굴곡을 생산하는 곳으로 인식되어야 할지도 모르겠다.

하지만 '분리 이전' 연구실은 공동성을 유지하기 위해 차이와 굴곡, 또는 불화나 갈등를 외면하고 덮기에 급급한 임시방편의 조급성에 지배당한 면이 없지 않았는지 생각해보아야 한다. 이러한 상황은 구성원들이 인식하지 못하는 사이에 공동체 내의 불신과 적대 또는 잠재된 폭력성을 지속적으로 키우고 있었다. 그리고 무조건 삼키고 있는 블랙홀이 언제 터질지는 아무도 몰랐다.

연구실은 '공부와 밥과 우정'의 향연장이었다. 향연과 장소의 규모가 커갈수록 당연히 존재해야 할 미세한 차이는 미봉되고, 자율로 위장된 강제 규율과 그것을 유지하기 위한 공통감각의 폭력이 나타나게 된다. 여기서 폭력은 육체적인 구타나 가해를 말하지 않는다. 말이나 활동에서 주고받는 정신적 폭력을 일컫는다. 연구실은 너무 비대해진 〈수유+너머〉를 순차적으로 분리할 계획을 2008년부터 세우고 있었다. 하지만 〈수유+너머〉가 조금 이른 시기인 2009년에 불안하고 적대적인 모습으로 완전히 분리된 이유는 너무 비대해진 나머지 구성원들 사이에 생긴 '미세한 차이'를 암묵적으로 무시했기 때문이다. 다시 말해, 공통감각의 폭력이 '우리'를 강조한 나머지 개인과 활동의 여러 차이점을 보지 못하도록 차단시킨 것이다. 이것은 어느 개인의 책임이라기보다는 연구실 활동의 관성으로 말미암아 다른 차이의 공유화를 무시하면서 다른 목소리를 듣지 못한 구성원 모두의 책임이라고 할 수 있다.

연구실의 모든 활동은 '실험'이라는 어휘로 압축된다. 실험이란 무엇인가? 모든 활동은 기존 회원과 새로운 얼굴 사이의 자율성과 즐거움으로 포장된 불안의 상태에서 진행되면서 그 성공을 위한 정신적 폭력을 항상 내포하고 있다. 몇몇 뛰어난 선생 혹은 선배 기획자들은 연구실 구성원의 발전을 위해 끊임없이 새로운 기획과 실험을 구성하고 적극적으로 참여할 것을 독려한다. 이런 독려가 어떤 사람에게는 기회로 다가오고, 또 어떤 이들에게는 강요로 다가와 부담으로 느낄 수도 있다. 이런 인정과 불인정의 상호관계가 무언의 폭력과 그로 인한 불안을 유발하는 경우도 있다.

하지만 사람이 모두 같을 수는 없다. 실험의 내용이 좋고 나쁘고를 떠나서 개인의 차이를 무시한 활동은 아무리 '우리'라는 공동의 성장을 위한다고 해도 어느 누구에게는 폭력으로 다가올 수밖에 없다. 어느 누구와 비교하고, 적극성 또는 관심의 차이를 말하는 언행 자체가 폭력으로 비칠 가능성도 있다. 그래서 〈수유+너머〉에서 회원은 '활동회원'과 '비활동회원'으로 구분해 호칭되기도 했다. 이런 호칭이 얼핏 보기에는 호칭의 차이로만 보일 수도 있지만, 적극성을 가늠하는 경계 혹은 균열로 보일 수도 있다. 적극성의 필요를 부정적으로 인식하려는 것은 아니다. 이런 적극성의 경계가 공동체 내부의 다른 차이성을 무시하며 소외시키는, 보이지 않는 폭력을 생산할 수 있는 위험한 기제로 작동할 가능성을 지적하고자 한다. 앞서 언급했듯이, 반 이상의 연구실 구성원들이 전문연구자의 길을 가기 위해 대학원에 적을 두거나 수료 또는 졸업한 사람들이다. 그리고 그중에는 가정주부인 사람도 있으며, 가장도 있다. 또한 대학 강의나 학원 등 여러 종류의 아르바이트로 생계를 연명하는 고학생도 있다. 이런 차이를 가진 구성원에게 연구실의 선배 혹은 선생이라 불리는 사람이 연구실에 '올인하라' 또는 '신경 좀 써라'라고 권고 또는 강요한다면, 〈연구공간 '수유+너머'〉를 '차이의 공간', '연구자의 생활공동체', '친구' 등으로 형성된 신뢰의 인식체계에 문제가 발생할 것이다. 당연히 그들의 입장에서는 그런 권고와 강요를 할 필요가 있을 것이다. 하지만 이것이 충고가 아니라 누적된 심리적 혹은 정신적 폭력으로 당사자들에게 인식된다면, 그것은 여러 종류의 불안과 갈등 혹은 적대감으로 느낄 수밖에 없다.

특별한 예를 들면, 언젠가 연구실에서 어느 특정 학교 특정 학과 출신들이 거의 모두 없어진 경우가 있었다. 그들이 한 번에 집단적으로 모두 연구실 생활을 정리한 것은 아니지만, 어느 때 보니 그 학교 출신들이 거의 다 연구실 생활을 접고 없었다. 그 당시에는 구성원들에게 개인 사정으로 전해졌던 듯하다. 하지만 그들이 적어도 몇 년을 같이 공부하고 생활한 공동체의 '정리'라는 아픔을 선택하는 과정에는 '개인 사정' 이외에도 다른 '사정'이 있었다. 당연히 공동체에도 개인 사정이 있을 수 있다. 하지만 특정 학교 출신들만 연속적으로 연구실 생활을 접은 현상을 어떻게 설명할 수 있을지 궁금하다. 여기에는 미세한 파워게임이 적용되었음을 볼 수 있다. 누군가 어떤 판단과 권한에 의해 이들을 배제한 상황을 만들고 그것을 받아들일 수밖에 없도록 만든 상황에 의문을 가져야 할 것이다. 이것을 통해 지식공동체 또는 연구공동체 안의 관계형성과 한계에 대하여 생각해야만 한다.

일반적으로 '공동체' 내에서 구성원에게 가해지는 여러 종류의 폭력은 공동의 목적을 위한다는 명목으로 희석되곤 한다. 이 희석력이 구성원을 더욱 밀접한 관계로 형성하기도 하지만 불안을 생산하고 유포하기도 한다. 이것은 공산주의가 아닌 전체주의로 보일 수도 있다. 연구실과 같은 지식생산을 위한 생활공동체라도 다르지 않다. 문제는 폭력적인 분위기를 유발하는 상황이 공동체 전체에 보이지 않게 내면화된다는 점이다. 이런 내면화는 폭력적 분위기의 묵인을 유도한다. 외면적으로 보기에는 공동체 내부의 세부적인 문제가 대화와 타협, 또는 공동체의 '윤리'에 따라 전체 회의를 통해 해결될 것으로 '기대'하지만, 결코 그렇지만은 않다. 여기에도 연구실을 이끈다는 선생이나 선배 같은 사람들의 물밑 작업 혹은 '입김'이 존재한다. 물밑 작업 자체가 나쁘다 좋다는 말이 아니다. 당사자의 의견이 얼마나 반영되는가의 문제이다. 이 문제는 〈수유+너머〉와 같이 큰 규모의 지식공동체에서 개인의 의견이 누군가의 입김에 의해 결정된다는 점을 암시한다. 그러면서 공동체 내부에는 보이지 않는 위계와 관리자가 생기고 구성원들은 그 위계에 따라 움직이면서 공동체의 유연성은 점점 경직된다. 이 위계질서가 조직을 운영하는 데 유용할지는 몰라도 공동체 내부의 신뢰와 자율성을 파괴하는 것은 아닐지, 폭력과 불안을 유발하는 원인은 아닐지 생각해보아야 한다. 즉, 다른 사회조직들과의 차별성을 희석시키는 원인으로 작용하는 것은 아닐지 생각해볼 필요가 있다.

10년간 유지된 〈연구공간 '수유+너머'〉가 예상보다 빨리, 불안하고 적대적인 모습으로 분리된 근본적인 원인도 여기에 있다고 생각한다. 즉, 연구실이 내용과 규모면에서 지식공동체의 사회적 모범으로 알려지고 성장하면서 인간관계의 미세한 갈등 혹은 틈을 해결하고자 하는 의지가 미약하지는 않았는지 반성해볼 일이다. 연구실에서의 공부와 생활이 확대되면서 개인과 전체, 개인과 개인 관계의 미시적인 부분을 축소하고 무시하였으며, 이는 갈등의 미봉(彌縫)으로 이어졌다. 이런 갈등이 공개되지 않고 누적되어갔다. 갈등이 누적될수록 공부와 생활로 만들어진 공동성은 금이 간다. 공간·활동·인적관계의 확대가 불신과 묵인의 확대를 낳았던 것이다. 연구실은 공동성에 금이 간 상태에서 작은 비바람이 불자 순식간에 그 사이가 점점 벌어진 것이다. 형성된 불신 앞에서 우리가 그동안 갈고 닦은 공동체성과 인문학적 수양은 한 줌의 지식이었을 뿐, 문제 상황을 해결할 수 있는 적절한 지혜로 작동하지 못했다. 그것은 화려한 무용지물이었다.

4. 다시 지식공동체를 생각하며

공동체(共同體)는 공동체(空同體)인지도 모른다. 공동체는 결코 완성될 가능성도, 전체를 아우르거나 나타낼 수도 없는, 언제나 변형되고 지속적으로 무엇인가를 채워 넣어야 할 공동체이다. 이런 의미에서 공동체는 결코 완성될 수 없는 유토피아일지도 모른다. 즉, 어떠한 귀착도 불허하는 공동체는 언제나 현재진행형의 불안한 과정 속에서 존재할 수밖에 없다. 또한, 일반적으로 인식되고 있는 '합일 혹은 공유=공동체'라는 도식도 환상에 불과할 수밖에 없다. 불화나 적대는 언제나 현재진행형으로 유동하는 공동체에서 존재론적 필수요건으로 작동한다. 이런 요건을 통해 타자와 자신의 차이를 인식함으로써 '우리'가 아닌 '나'의 한계와 대면하도록 하고, 그 한계를 넘기 위한 노력을 생성할 수 있는 무엇이야말로 낭시가 말하는 '무위의 공동체' 아닐까.

이 글은 육하원칙 가운데 하나는 들어가야만 할 것 같은 '지식공동체는 (어떻게, 왜, 언제 등) 존재하는가'라는 불완전한 화두로 시작했다. 그 이유는 항시적으로 불안한 지식공동체의 불완전한 존재 방식을 고찰하기 위함이었다. 이 글쓰기 과정을 통해 '괄호' 속의 빈 공간이 육하원칙의 어떤 하나로 채워질 수 있는 가능성을, 지식공동체의 존재성에 관한 진지한 성찰의 시간을 갖고자 했다.

이 글은 글쓴이의 의도와 다르게 혹자에게는 〈연구공간 '수유+너머'〉라는 특정 지식공동체에 대한 비난이나 비판으로 수용될 가능성을 내재하고 쓰였다. 하지만 의도와 목적이 비난이나 비판에만 있는 글은 결코 바람직하지 못하다. 그것은 그 글을 읽는 독자에게도 역시 마찬가지이다. 이 글을 통해 대안지식공간으로서 현재 진행 중에 있는 지식공동체의 가능성과 정체성에 대한 고민의 궤적을 체감할 수 있었으면 좋겠다. 그리고 우리 〈해석과 판단〉 역시 인문학적 지식인 혹은 학인으로 삶을 지속시켜나가는 이상 지식공동체에 대한 고민의 궤적을 불완전한 시험대 위에서 지속시켜나가야 할 것이다.

게임이라는 공동체스러운 것

1. 게임을 게임답게-인터페이스(User Interface)

　전자게임은 본질적으로 비일상적인 영역을 다룬다. 특이한 세계에서 겪는 특이한 경험이야말로 전자게임이 플레이어에게 제시하는 핵심 내용이다. 현실-일상의 지루한 경험은 허무적 색채가 가미된 소설로 풀어지거나 시적 감응의 토대가 되기도 하며, 영화화된 연출에 의해 새로운 시각에서 조명될 수 있다. 게임 세계에서도, 재현된 일상적 경험은 유의미한 패턴을 가진 해석적 경험으로 손쉽게 바뀐다.[1] 그러나 대부분의 게임 속에서, 플레이어는 레어 아이템을 들고 '드래곤슬레

---

[1] 예를 들어, 〈플레이스테이션3〉 가정용 게임기로 플레이 가능한 〈heavy rain〉(Quantic Dream사)은 이 닦기, 요리하기, 걷기, 문 열고 닫기 등 일상적이고 자연스러운 행위를 플레이어가 직접 조작할 수 있게 함으로써, 일상적 경험을 신선하고 새로운 경험으로 바꾸어놓는다. 그것을 새로운 감각적 경험체계로 바꾸는 것은 뒤에 다시 상론하겠지만, UI의 기능에 의해서다.

이어'의 명예를 얻기 위해 던전으로 향하거나, 포악한 전제 군주에 저항하여 군대를 결집하여 싸우거나, 외계 생명체와 한 판 드잡이를 벌이는 과정을 수행함으로써, 현실과는 다른 내용과 형식을 가진 긴장된 경험을 하게 된다.

전자게임의 이와 같은 비일상적 상황의 경험 과정은 일상적 현실과 게임 속 현실의 엄격한 분리를 낳는다. 대체로 전자게임에 대한 보수주의적 입장은 전자게임이 수행하는 선정성, 폭력성, 사행성이 청소년들의 일탈이나 범죄를 불러올 수 있다고 주장하곤 한다. 이는 게임 세계 속의 경험과 현실 경험이 즉각적인 영향을 끼친다는 점을 전제하고 있는 주장으로, 임상적 근거조차 없는 일방적인 의견(doxa)에 불과하다. 물론 전자게임은 경험 가능하거나 수행 가능한 현실적 경험들을 충분히 반영하는 경우가 많다. 예를 들어, 특정한 미션(폭파, 부대원 전원 사살, 특정 지점 도달 등)을 수행하는 것을 목적으로 하는 FPS 게임은 특수부대원의 훈련이나 실전을 모방의 대상으로 삼는다. 그러나 특수부대원의 훈련과정이라는 현실 세계 경험과 게임 내 미션 수행이라는 가상 세계 경험은 특별히 인지부적응자가 아닌 이상, 플레이어들은 엄격히 구분할 수 있다. 만약 현실에서 경험 가능한 시스템과 게임 내 경험 가능한 시스템이 온전히 똑같다면, 그와 같은 문제가 발생할 수도 있다. 그러나 게임의 시스템은 현실 세계에서 경험되는 시스템의 직관적이고 즉물적인 양상과는 달리, 플레이어-게임 세계를 이중으로 매개하는 과정을 거친다.

단도직입적으로 말해서, 플레이어는 인터페이스(Interface)의 도움 없이 게임 세계에 개입할 수 없다. 직관적인 인터페이스를 가지고 있는 FPS 게임들의 경우, 대개는 마우스를 움직여야 총구가 돌아가고, 마우스의 왼쪽 버튼을 클릭해야 총알이 발사된다. 플레이어가 행하는 것은 마우스를 움직이고 버튼을 클릭하는 것이지, 직접 총구를 돌리고 총알을 발사하는 것은 아니다. 플레이어는 인터페이스를 통해 명령을 입력하고, 그 명령에 대한 게임 세계의 반응 결과를 다시금 피드백한다. 플레이어는 게임 세계와 직접 만나는 것이 아니라 인터페이스를 매개로 만난다. 나아가 인터페이스를 포함한 작동 시스템은 현실의 작동 체계를 모사한다 하더라도 일부를 생략하거나 왜곡하거나 바꾸어놓음으로써 현실 경험과 완전히 동일한 경험을 제공하지는 않는다. 게임의 인터페이스는 현실 경험에 비해 훨씬 경제적인 경험 양식을 제공하는 것을 목적으로 하기 때문이다.

경제적인 경험 양식을 제공한다는 것은 게임 세계에서 플레이어가 인식하게 되는 다양한 활동 양태들이 플레이어가 현실 세계에서 똑같이 행함으로써 이루어지는 것이 아니라 그보다 훨씬 경제적인 활동을 함으로써 이루어진다는 것을 말한다. 예를 들어 게임 캐릭터가 벽을 타고 건물 사이를 넘나들 경우, 플레이어가 직접 벽을 타고 넘기 때문에 캐릭터가 그와 같이 행동을 하는 것이 아니다. 플레이어는 단지 인터페이스 기기에 손가락으로 명령만 입력할 따름이다. 플레이어는 UI(User Interface)를 통해 이중의 경험을 한다. 현실 세계에서 이루어지는 '명령입력 경험'과 게임 세계 캐릭터에 의해 표현되는 '명령수행인지 경험'이 그것이다. 명령수행인지 경험에 비해, 명령입력 경험은 대체로 경제적인 활동이다. 그것은 UI의 매개에 의해 이루어지며 두 경험 사이에 직관적으로 인지 가능한 인과 관계를 형성시킨다. 플레이어의 명령입력 경험과 명령수행인지 경험을 구분하는 것은 게임이 단순히 주어진 과제를 해결하는 데 그치는, 다시 말해 매체에 의해 일방적으로 향유자에게 전달되는 메시지의 일방향성을 깨뜨린다. 명령입력 경험이 주어진 과제에 대한 일방적인 수행 과정이라면, 명령수행인지 경험은 주어진 과제에 대한 플레이어의 해석이 다시금 게임 세계 내에 영향을 끼치도록 하는 과정이기 때문이다. 게임은 단순히 어떤 과제를 해결하는 과정이 아니라 그 과제에 대한 플레이어의 능동적인 해석과 판단, 새로운 감각적 경험의 축적을 통해 게임 세계 내에 영향을 끼칠 메시지를 전달하는 과정 또한 포함한다. 게임 세계 경험은 게임이 전 달하는 메시지에 대한 무비판적 수용이 아니라는 점에서, 현실 경험과 게임 세계 경험을 손쉽게 1:1로 대응시키려는 논리는 게임 세계의 인지 체계와 UI의 역할을 단순화하거나 무시한 것에 불과하다.

2. 게임의 수행과 능동적 행위 창조의 (불)가능성

현실의 작동 체계와 게임 내 작동 시스템 간의 차이는 게임 내 작동 시스템에 내재되어 있는 게임 창작자의 의도와 철학, 세계관을 철저히 반영하고 있다는 점에서 게임이라는 텍스트에 대한 결정적인 해석의 실마리를 제공해준다. 예를 들어, 각각의 게임은 게임의 궁극적인 목적 달성에 부합하는 데 걸맞은 초점화를 UI로 표현하고 있다. 〈프린세스 메이커〉 시리즈는 육성 대상인 소녀를 플레이어 앞에 전시해놓음으로 써 소녀를 육성하는 과정과 현황을 명료하게 제시한다. 〈철권〉, 〈스트 리트파이터〉와 같은 대전 액션 게임은 아군 캐릭터와 적 캐릭터를 동 시에 초점화함으로써 대전을 위한 쾌적한 환경을 제공한다. FPS 게임 의 1인칭 시점, 대부분의 2D RPG 게임들에서 나타나는 쿼터뷰 시점은 그 게임의 목적과 역할을 쾌적하게 수행할 수 있도록 고안된 것이다. 그리고 궁극적으로는 플레이어가 게임 캐릭터나 유닛을 보고 조작하는 데 도움을 줌으로써, 게임 세계 속에서 또 다른 아이덴티티를 구현하도록 한다.

하지만 문제는 이와 같은 게임 내 작동 시스템이 현실적인 제재들과 관련하여 미적·인식론적·존재론적 의의를 별로 갖지 못한다는 데 있다. 현재 유행하고 있는 여러 게임에서 볼 수 있는 작동 시스템은 게임 수행을 위한 목적에 주로 바쳐질 뿐, 과제에 따른 새로운 행동 유형 창조를 위해 복무하지 못하고 있다. 특정 상황에서 특정한 행동 유형을 플레이어가 스스로 선택하게 함으로써 게임 내 세계의 변형과 서사의 축을 가동하게 하면서도 동시에 게임 내 행위의 윤리적 가능태를 현실 세계에서 상상 가능한 것으로 만들어줄 수 있는, 영향력 있는 '선택지'가 존재하는 게임을 만나보기란 쉽지 않다.

사실 그것은 게임이 갖고 있는 상업성 문제와도 직결된다. 물론 상업적인 게임이라고 해서 반드시 미적·인식론적·존재론적 의의를 갖지 못한다는 것은 아니다. 그러나 현재 유행하고 있는 많은 게임은 대체로 비슷한 인터페이스와 세계관, 그래픽을 구현하고 있다. 그것은 그와 같은 형식을 가진 게임들이 상업적으로 검증된 것이고, 따라서 어느 정도 이상의 이익을 보장받을 수 있을 것이라 생각하기 때문이다. 특히 게임 향유 집단을 유의미하게 추출해낼 수 있는 판타지풍 MMORPG의 경우는 더욱 그러하다. 게임이 가치 있는 문화적 향유체가 되기 위해서는 단지 앞선 성공모델로서 게임을 바라보고 창작하는 문화산업적 논리나 효용성만을 논하는 교육학적 가치만이 아니라, 게임이라는 매체가 플레이어에게 어떤 메시지를 전달할 수 있는지를 따지는 예술적, 가치론적 성찰이 필요하다.

　물론 이런 성찰이 없었던 것은 아니다. 유의미한 해석이 가능한 문화적 생산물로 게임을 규정하기 위해 게임서사연구자들이 게임을 서사적 표현물로 보려 하는 경우가 대표적이다. 기실 게임 장르 중 일부는 서사성이 강하게 노출되어 있고 전통적인 문화 생산물과는 달리, 단순히 창작자가 제시한 서사를 따라가게 하는 데 그치지 않는 경우가 많다. 즉 플레이어 스스로 게임 내에서 새로운 서사를 만들어가도록 환경을 제공해주는 단독적 체험으로서 게임의 서사는 가능하다고 보는 것이다. 이를테면, MMORPG 장르에 대한 우호적인 입장은 개별 플레이어들이 새롭고 단독적인 서사 양식을 경험할 수 있다는 데서 미학적 가치를 찾을 수 있다고 주장한다. 또한 MMORPG가 동일한 게임 내 시공간 안에서 벌어지는, 예상하지 못한 변수들을 개개의 플레이어들이 경험할 수 있도록 하고, 그 경험의 축적을 토대로 플레이어 나름의 서사를 연출할 수 있도록 하고 있다고 생각한다. 그런 점에서, 단일 서사에 의하여 단일한 의미만을 생산할 따름인 기존 서사 매체와 본질적으로 구분된다고 주장한다.

　MMORPG에서 플레이어가 제각기 다른 규칙 수행 과정을 게임 플레이를 통해 스스로 겪어가고 있는 것은 분명하다. 하지만 그것이 대부분 유의미한 서사가 아니라는 점에서, 서사적 경험을 쌓아가고 있는 플레이어들에게는 단지 명멸하는 과거의 추억으로만 남을 뿐이라는 점에서, 그와 같은 게임 내 서사는 서사라기보다는, 유사-반복되는 게임 내에서 일상적으로 행해지는 무의미한 시간의 흐름에 불과하다. 시간의 흐름이 미적으로 구조화 될 때 비로소 간취 가능한 향유체로 기능하는 것이 서사라 한다면, 게임에서 반복되는 규칙 수행 과정은 아무리 돌발적인 상황이 발생한다 하더라도 그 모든 과정과 행위 하나하나를 의미 있는 서사의 진행 과정이라고 섣불리 단정 지을 수 없다. 게임에서 서사는 유사-반복적 규칙 수행 행위 그 자체에서 얻어질 수 있는 것이 아니라, 플레이어가 기존의 규칙 행위의 반복으로부터 벗어나 새로운 유의미한 패턴을 만나게 될 때 비로소 인식하게 되는 것이기 때문이다.[2] 하지만 게임서사연구자들은 이 점을 너무나 손쉽게 망각한다.

게임에서 서사의 진행은 게임 창작자들이 이미 제시한 과정을 플레이어들이 따라가는 것에 불과한 수동성을 띤다. 반대로 게임 내에서 플레이어들이 게임 창작자의 의도를 배반한 새로운 행동 유형을 창조하는 경우는 극히 드물다. 이미 주어진 선택 가능한 영역들이 게임 내 작동 시스템 안에서 머물러 있기 때문에 그 작동 시스템에 대한 근본적인 의심과 되받아쓰기가 진행되지 않는 한, 게임은 그저 규칙 수행 과정으로 지속될 뿐이다. 게다가 게임 내의 되받아쓰기가 어떤 형태로 이루어진다고 해서, 그것이 곧 규칙에 대한 전면적인 의심과 새로

---

2) 이를테면, 다수의 MMORPG 게임에서 서사는 특정한 조건의 수행 과정 자체가 아니라 그 수행 결과에 의해 돌출되는 새로운 국면으로 전환할 때 비로소 진행이 가능해진다. 필드에 출현하는 몬스터를 때려잡고, 깎여버린 체력게이지를 채우는 전투-휴식-전투-휴식의 유사-반복적 패턴은 서사의 진행과 별다른 관련이 없다. 그것은 특정한 게임 내 목적의 수행(예를 들어 강력한 보스 몬스터의 퇴치)을 위한 예비단계에 불과한 것으로서, 그 자체는 서사의 진행이 아니라 서사 진행을 위한 보조적 규칙 수행에 불과하다. 서사의 진행은 게임 내 목적이 어떤 결과로 도출된 이후에야(예를 들어 보스 몬스터를 퇴치하거나 혹은 이에 실패하거나) 비로소 이루어진다.(보스 몬스터의 퇴치는 다음 서사의 진행으로, 퇴치의 실패는 주인공 캐릭터의 비극적 죽음으로 결말지어질 것이다.) RPG 게임은 때때로 서사의 진행은 중단되더라도 이론적으로 게임 플레이는 무한대로 지속될 수 있다. 이는 향유 시간이 일정 정도 이상의 서사 진행을 담보하는 소설이나 연극, 영화와 비교할 때 가지는 큰 차이점 중 하나이다.

운 행동 유형의 창조를 상상하는 새로운 주체의 탄생 과정을 목도하게 하는 것은 아니다. 이를테면, MMORPG 〈리니지2〉에서 일어난 '바츠 해방 전쟁'은 부당한 권력과 폭압에 저항한 가상 세계의 민중 봉기 운동으로 기록될 만하지만, 이를 현실적인 저항 의지와 곧바로 연결시키기에는 어려움이 있다. 현실에서 일상인을 압박하는 부당한 규율이나 체계는 저항의 대상이 될 수 있지만 이때는 그에 해당하는 더 많은 기회비용을 소비할 각오를 해야 한다. 이에 반해, 게임 세계 내에서 플레이어들을 압박하는 부당한 규율이나 체계는 플레이어가 그 게임을 그만두어버림으로써 얼마든지 그 억압으로부터 벗어날 수 있다. 또한, 게임 속 항거는 실패한다 하더라도 다시금 도전 가능하거나 플레이 자체에 궁극적인 제약으로 작동하지는 않는 '안전'[3]한 행위이기에 수행 가능한 것이기도 하다. 현실의 혁명과 저항의 가능성은 때로 자신의 삶 전체에 대한 위협과 갈등, 희생을 예비해야 하는 것임에 비해 게임은 그와 같은 불안들로부터 상당히 자유롭다. 게임 플레이어들은 이를 잘 알고 있으며, 따라서 게임 속 네트워킹에서 일어난 양태가 현실과 유사하다고 해서 반드시 현실의 사회 관계에서 일어나는 양태로 곧바로 연결 지을 수는 없다. 게임 속 조건과 현실의 조건은 곧바로 대응 가능한 성질의 것이 아니기 때문이다.

다만 UI를 통한 게임의 조작이 게임 세계에 대한 게임플레이어들의 해석을 통해 이루어지고 있는 것이라 한다면, 동일한 UI로 이루어진

---

3) 크로포드 C, 오동일 옮김, 『The Art of Computer Game Design』, 북스앤피플, 2005, 17쪽. 크로포드에 따르면, 게임 내의 갈등이 게임 수행의 위협이 되기도 하지만 그것은 어디까지나 게임 세계 내에서 이루어지는 현상일 뿐, 게임의 결과와 분리된 행동을 통해 플레이어는 안전한 현실을 경험하게 된다고 한다.

게임을 플레이하는 플레이어들은 그 동일성으로 말미암아, 하나의 공동체스러운 것을 이미-벌써 구성했다고 조심스럽게 말할 수는 있을 것이다. 다만 UI를 민첩하고 정확하게 제어하는 것이 플레이어의 숙련 정도를 가늠하는 척도라 한다면, 그들 간에 상호 위계가 발생하는 것 또한 자연스러운 과정이라 하겠다.

3. 플레이어의 능동성과 규칙의 불안

그런데 게임 경험의 공동체적 가능성을 논하기에 앞서, 우리는 먼저 게임이 플레이될 수 있는 기본 요건이 게임 플레이어에게 있다는 점을 주목해야 한다. 게임이 문화적 생산물의 하나라면, 그것은 그 자체로 존재하는 미학적 완결성을 띠는 형식이 아니라 플레이어에 의해서 플레이됨으로써 비로소 향유되는 미학적 체험 과정이다. 시가 독백의 양식이며, 연극이 대화의 양식이듯, 게임은 참여의 양식이다. 게임은 언제든 그만둘 수 있고 규칙은 언제든 깨질 수 있다는 점은 현실사회의 규칙에 얽매일 수밖에 없는 일상인에게 유의미한 시사점을 던져준다.

가라타니 고진은 '가르치고-배우는 관계'[4]에 대해 말하면서, 주체와 타자 사이의 비대칭성을 강조한 바 있다. 그것은 언어 규칙을 이미 알고 있는 주체와 이를 아직 알지 못하는 타자 사이에 맺어지는 관계이다. 주체가 타자와 언어 규칙을 공유하여 공동체를 구성하기 위해서는 서로 대화를 통해, 규칙을 이미 알고 있는 주체가 알지 못하는 타자에

---

4) 가라타니 고진, 송태욱 옮김, 『탐구1』, 새물결, 1998, 19쪽.

게 규칙을 알려주어야 한다. 마찬가지로 게임은 플레이어가 게임 세계 안에 참여하고 플레이어와 게임 간에 상호작용(대화)이 발생할 때 비로소 온전하게 존재한다. 플레이어는 게임과의 상호작용을 통해 게임의 규칙을 배운다. 그런데 '가르치고-배우는 관계'에서 고진은 얼핏 가르치는 입장이 배우는 입장보다 우위에 있는 것 같지만, 실은 정반대라고 말한다. 가르치는 입장은 배우는 입장에 선 미지의 타자에 의해서만 비로소 가르치는 입장이 될 수 있다는 것이다. 규칙을 습득하고자 배우는 입장은 언제든 대화를 청산해버릴 수 있다. 즉, 배우는 입장의 의지가 없는 한 가르치는 입장은 존재할 수가 없다는 것이다.

게임의 향유 가능한 미학적·전복적 출발점은 여기서부터 시작된다. 게임은 플레이어들이 공유된 규칙에 참여하여 특정한 목적을 달성하기 위한 과정이다. 그러나 언제든 그 규칙은 수행 거부될 수 있고 그 목적은 기기를 꺼버림으로써 한낱 무용한 것이 될 수 있다. 누군가는 이를 '리셋 증후군'이라 하며, 허무적 세계 인식을 설파하는 패악적 태도라 비난할지 모른다. 하지만 참여 가능한 게임이라는 양식, 그래서 언제든 불참의 가능성 또한 갖고 있는 게임 규칙 수행의 불안함은 게임을 해석의 수단을 넘어 해방의 수단으로 기능하게끔 잠재성의 장을 펼쳐줄 수도 있다.

왜냐하면 모든 관계에서 규칙의 습득은 '대화'(상호작용)라는 구조적 형식을 띠게 되지만, 그 관계를 지속시키는 것은 주체의 의지와 정념이기 때문이다. 규칙 습득의 상호작용은 아무런 규칙 공유가 없는 주체와 타자의 마주침에서 비롯된다. 규칙의 습득은 규칙을 말하고 논리적으로 설명할 수 있는 근본적인 원인(플라톤이라면, '이데아'라 불렀을 것이다)에 의해서 이루어질 수 있는 것이 아니라 아무런 이유 없는, 가르치는 자를 '무작정 따라하'는 배우는 자의 수행(비트겐슈타인이라면, '삶의 형식'이라 했을 것이다)을 통해 이루어진다. 규칙은 주어진 근거에 의해 만들어진 것이 아니라 근거 없는 모방을 행하는, 배우는 자의 의지에 의해 규칙이 되는 것이다. 배우는 자는 규칙을 배우면서도, 또한 규칙의 근거 없음을 섭렵한다. 많은 게임들이 서두에 제시하는 전사(前史)와 튜토리얼은 이와 같은 규칙의 근거 없음, 무기력함을 플레이어들로 하여금 학습하게 하고 깨닫게 한다. 그리하여 규칙은 자명한 것이 아니라 구성된 것이며, 그 규칙의 수행에 의해 공동체로 상상되기 시작한다는 것을 플레이어들은 알게 된다. 게임을 하는 것이 어떤 규칙을 수행하는 것, 공통의 언어 규칙을 합의해가는 과정이라면, 그것은 그 합의된 규칙의 구성과 효과에 복무하는 것이며, 같은 규칙을 수행하는 자들과 규칙 수행의 공동체를 구성한다는 것이다. 특히 인터넷에 기반한 게임들은 규칙의 (근거 없는) 발생과 공동체의 구성 가능성을 매우 적극적으로 현시하고 있다는 점에서 현실사회의 공동체 구성과 유지 양태를 알레고리적으로 보여줄 수 있다.

4. 규칙 수행의 공동체

게임은 일정한 규칙을 수행함으로써 진행되는 과정이다. 이는 꼭 전자게임에만 국한되는 것이 아니다. 다만 전자 게임은 규칙 수행에 있어, 전자기기(컴퓨터, 태블릿PC, 휴대전화, 콘솔 및 휴대용 게임기 등)를 매개함으로써 경제적인 수행을 가능하게 한다는 점이 다를 뿐이다. 특히 인터넷의 발달과 게임의 만남은 서로 다른 시공간의 플레이어들을 하나로 묶어놓았다. 게임 안에서 공동체는 시간과 공간의 별다른 제약 없이도 매우 경제적으로 구성 가능하게 된 것이다.

혼자서도 월드 오브 워크래프트를 플레이할 수 있습니다. 다른 플레이어와 팀을 꾸리지 않고, 심지어 서버에 있는 누구와도 인사를 나누지 않고도 최고 레벨에 도달할 수 있습니다. 하지만 홀로 플레이하면 게임 안에서 가장 어려운 도전 과제들은 완수할 수 없으며, 게임의 최종단계에 도달하는 데 남들보다 오래 걸릴 가능성이 크고, 게임 안에서 가장 강력한 아이템들을 손에 넣을 수 없습니다. 가장 아까운 것은, 서버에 있는 다른 플레이어들이 여러분을 만날 기회를 잃는다는 점입니다. 여러분이 가는 길은 수천 명의 다른 플레이어가 가는 길과 교차합니다. 그 플레이어들 중에는 여러분과 같은 목표, 흥미를 지닌 이도 있고 좋아하는 것, 싫어하는 것이 같은 이도 있을 것입니다. 그러니 여러분의 목소리를 들려주세요. 월드 오브 워크래프트 안에서는 쉽게 새 친구를 사귈 수 있답니다.[5]

게임이 특정한 가상 시공간 안에서 서로 다른 플레이어들이 모여 함께 행해진다고 했을 때, 그것은 이미 느슨한 형태의 공동체를 구성하고 있는 것이라 말할 수 있다. 예를 들어 MMORPG에서 플레이어들은 서로 다른 플레이 목적을 갖고 있다 하더라도 언젠가 함께 공동의 목표를 수행하거나 영향을 주고받는 관계가 될 수 있다. 그러나 공동체

---

5) 블리자드 사의 MMORPG 〈월드오브워크래프트〉 홈페이지(http://kr.battle.net/wow/ko/game/guide/playing-together)에서 발췌.

가 같은 목적, 같은 의도를 가진 자들의 상호 호혜적인 모임이라 전제할 때, 경쟁을 특성으로 삼는 게임들에서 공동체는 매우 뚜렷한 형태로 나타난다. 각각의 게임에 따라 길드·문파·혈맹·클랜 등 명칭이 다소 다르기는 하지만, 게임 내의 공동체는 함께 과제를 수행하고 필요한 정보나 아이템 등을 교류함으로써 좀 더 빠르고 편하게 캐릭터를 육성하거나 과제를 해결할 수 있다. 이는 플레이어 간의 친밀성을 북돋는 효과를 가지며 궁극적으로는 게임 플레이의 동기를 더욱 강화하는 데 기여한다. 근래에 만들어지는 인터넷 기반 게임들은 아예 공동체의 일원이 아니면 진행조차 할 수 없는 과제를 두어 게임 내 공동체를 더 적극적으로 구성하고 활동하도록 하고 있다. 게임을 사회적으로 고립된 자아의 자기 만족적 향유 수단이 아니라 그 자체로 사회적인 활동으로 보는 견해는 현실사회와 마찬가지로 특정한 공동체에서 커뮤니케이션이 가능한 인터넷 게임의 특성에서 기인한다.

이처럼 공동체가 여러 형태로 구성되다 보니, 공동체와 공동체 간에 갈등 관계 또한 필연적으로 발생하곤 한다. 기실, 〈리니지2〉의 '바츠 해방전쟁' 또한 특정 혈맹의 과도한 세금 징수와 사냥터 제한 등이 문제가 되자 그에 불만을 품은 혈맹·플레이어들이 연합, 대항하면서 시작되었다. 특정한 공동체는 하나의 이익집단이 되면서, 다른 공동체를 잠재적인 적으로 간주하고, 이를 타도해야 할 대상으로 삼게 되는 경우도 나타나고 있다. 물론 그와 반대로, 현실과 마찬가지로 공동체 간의 상호 연합을 통해 발전적 계기를 삼는 경우도 충분히 많은 사례로 찾아볼 수 있다. 그런 점에서 게임 세계의 무수한 공동체는 현실 사회의 여러 공동체와 매우 비슷하다고 할 수 있다.

더욱이 공동체의 소통 방식이 주로 대화와 행동을 통해 이루어진다는 점은 게임과 현실의 공동체 유지 방식의 공통성을 말할 수 있게 하는 근거가 된다. 플레이어들은 입말과 동일한 것으로 가정하는 텍스트로 대화하거나 헤드셋과 같은 음성입력도구를 이용해서 직접 대화하기도 한다. 또한, 아이템이나 게임머니를 주고받거나 특정 상황에서 자신의 감정을 표현하는 행동을 캐릭터에게 명령, 시각화함으로써 효과적인 소통을 시도하기도 한다.

중요한 것은 게임 내에서 반드시 필요하다고까지 여겨지는 이와 같은 공동체의 구성과 존속 방식이 공동체의 영속성을 보장하지는 않는다는 점이다. 게임 내 공동체는 현실적인 친분 관계에 의해 구성되고 존속되는 경우도 있지만, 게임 안에서 탄생한 새로운 아이덴티티와 아이덴티티 간의 만남이기도 하다. 이 경우 공동체는 게임 내적 상황하에서만 영향을 끼칠 뿐, 플레이어의 현실적 삶과 관련해서는 아무런 영향을 끼치지 않는다. 그것은 공동체의 구속력이 현실의 그것만큼 크지 않다는 것을 의미한다. 더욱이 공동체의 유지는 궁극적으로 게임의 지속적인 향유 가능성을 통해서 의미를 찾을 수 있는 만큼, 플레이어가 게임을 그만 둘 경우, 공동체에 속한 플레이어는 더 이상 공동체 구성원으로서 입지를 가질 수 없게 된다. 따라서 게임 속 공동체는 그 어떤 공동체보다도 구성과 유지에 있어 '경제성'을 담보하면서도, 그만큼 지속성과 구속력을 가지는 데에는 형식적인 한계를 가진 것으로 보인다.

그런데 공동체를 구성함으로써 수행되는 인터넷 기반 게임은 특정 플레이어가 게임 세계 안에서 지배적이고 중심적인 역할을 수행하지 못하게 했다. 예를 들어, 비디오게임 〈슈퍼마리오〉의 경우, 플레이어가 공주를 구하러 스테이지를 격파해가는 과정 하나하나가 곧 그 게임

월드오브워크래프트의 감정표현(춤)의 예. 이 게임은 150여 가지가 넘는 다양한 감정을 캐릭터가 표현해낼 수 있다.

세계의 모든 것이었다. 그러나 다수가 참여하는 게임에서 플레이어가 미칠 수 있는 영향력은 제한적이다. 예를 들어, MMORPG에서는 플레이어가 특정 던전의 보스 몬스터를 퇴치했다고 해서 그 게임의 세계 자체가 바뀌지는 않는다. 소셜네트워크게임 〈시티빌〉에는 플레이어가 키우던 작물이 말라 죽을 상황에 처하게 되어도 다른 플레이어가 살려 주지 않는다면 손 쓸 수 있는 방법이 없다. 단순히 컴퓨터의 인공지능에 의해 조작되는 NPC(Non Player Character)와 교류하는 것으로만 그치는 1인플레이게임에 비해, 네트워킹게임은 플레이어가 게임 세계 내의 절대적인 존재론적 당위를 갖지 못할 뿐 아니라 심지어는 다른 플레이어들보다 열등한 위치에 있을 수도 있다. 때문에 게임 내에서 공동체를 구성하는 것은 더 이상 게임 세계를 능동적으로 끌고 갈 수 없는 플레이어들이 불안한 자기 입지를 다수의 플레이어로부터 보장받기 위해 선택한 안전한 방식으로 이해될 수 있다.

5. 유사-반복적 규칙 체험과 허무의 돌파 가능성

이처럼 게임 세계에서조차 아무런 변혁을 이루어내지 못하고, 공동체의 일원으로 편입되는 것조차 일시적인 것에 불과하다면, 게임을 플레이하는 것은 공동체 구성의 가능성과 아무런 관계가 없는 것일까? 이에 대해 논하기 위해서는 먼저, 게임을 플레이한다는 것이 곧 유사-반복적인 규칙의 체험 과정이며, 그것으로서 차이를 긍정하는 태도로 이어진다는 점을 전제해야 한다.

게임을 비롯한 모든 놀이는 유사-반복적인 규칙의 수행 과정이다. 놀이는 이미 제시되어 있고 합의된 규칙을 수행한다. 그런데 그 규칙은 일견 동일한 규칙인 것처럼 보이지만 반드시 그런 것은 아니다. 왜냐하면 게임을 비롯한 놀이는 단독적인 시공간과 단독적인 플레이어를 조건으로 가지기 때문이다. 다시 말해, 놀이는 어떤 놀이이든 간에 단독적인 놀이이다. 따라서 놀이의 규칙 또한 단독적인 규칙이며, 단독적인 유사-반복적 규칙 수행의 과정이다. 게임은 주어진 UI를 통해 명령입력 경험과 명령수행 경험이 유사-반복적으로 이루어지는 과정이다. 그러나 그것은 모두 다른 시공간 안에서 단독적으로 펼쳐지는 경험이기에, 1시간 전에 이루어진 게임 경험은 1시간 후에 이루어지는 게임 경험과 유사하면서도 차이를 구성한다. 그것은 그만큼 플레이어에게 주어진 게임 세계가 변화했기 때문이 아니다. 되레 지금까지 플레이해온 경험이 게임 캐릭터, 게임 플레이어에게 축적됨으로써, 양적·질

적 변화를 이룩해놓았기 때문이다. 플레이어의 인터페이스 조작 능력
은 이전보다 나아졌고, 게임 캐릭터의 능력치 또한 이전과 달라졌다.
게임 캐릭터는 플레이어의 지속적인 조작에 의해서만 활기를 갖는데,[6]
유사-반복적인 규칙 수행은 이전의 게임 캐릭터를, 이전의 게임 플레
이어를 완전히 다른 것으로 바꾸어놓는다.

　게임 플레이어는 이전과 달라질 것이라는 기대, 열망에 의해 게임에
몰입한다. 게임 플레이어는 궁극적으로 자신의 플레이, 자신의 캐릭터
에게만 관심을 갖는다. 그런데 게임의 지속은 게임 캐릭터와 플레이어
의 변화, 그것도 더 나은 변화를 기대하게 한다. 게임을 플레이하는 것
은 자신에게 주어진 플레이의 조건을 긍정하고 그것으로부터 더 변화
하기 위해 자신의 의지를 투영하는 과정으로 이해되는 것이다. 그가
변화하는 이유는 한 가지뿐이다. 기존 규칙에서 새로운 규칙으로 이탈
할 가능성에 대한 믿음 때문이다.

　그런데 그 믿음을 적극적으로 구현하는 것은 주체의 자기 역량의 발
현에 의해서가 아니라 타자(다른 규칙과 그 조건)의 도입에 의해서다.
타자는 지금껏 변화되어오는 과정에서도 게임 캐릭터에 동일성을 부
여해왔던 기존의 조건에 차이를 부여한다. MMORPG에서 그것은 캐
릭터의 레벨업일 수도 있고, 새로운 퀘스트의 열림 혹은 해결일 수도
있으며, 새로운 캐릭터 스킬의 습득이나 새롭고 더 강력한 장비의 착
용일 수도 있다. 새로운 타자는 유사-반복적 규칙 수행에 의해 사후적

---

6) 예를 들어 〈스타크래프트〉의 프로게이머들은 분당 300~500회 정도 명령입력 경험을 갖
　는다. 생산된 유니트들을 끊임없이 활동하게 하여 경쟁에서 우위를 점하고자 하는 것이다.
　수동적인 캐릭터 · 유닛에 UI를 통해 플레이어가 활기를 불어넣는 것. 이는 플레이어들의
　게임의 몰입 경험과도 상당 부분 관련이 있는 것으로 보이며, 그 자체로 유의미한 존재론
　적 경험이다.

으로 구성되며, 캐릭터와 플레이어에게 플레이의 지속 가능한 이유와 조건을 제공한다. 그럼으로써 게임은 기존과 다른 아이덴티티를 가진, 차이를 가진 플레이어와 캐릭터에 의해 지속 가능한 것이 된다.

이와 같은 게임에서의 유사-반복적 규칙 체험은 마치 과거-현재-미래를 향한 직선적 세계관을 구현하기 위한 규칙인 것처럼 보인다. 그러나 사정은 정반대다. 지속적인 규칙 체험이 플레이어의 역량과 캐릭터의 능력 향상을 기대하게 한다 하더라도, 그것은 어디까지나 기존의 규칙 체험으로부터 차이를 가진 체험을 이끌 뿐이다.[7] 그 차이를 플레이어가 긍정하는 데서 플레이는 지속될 수 있는 것이다. 다만 대부분의 게임 시스템이 캐릭터의 능력치를 기존의 능력보다 향상하게 하는 이유는, 플레이어로 하여금 그 차이를 더 잘 긍정하게 하기 위한 조건이기 때문이다. 그렇다면 게임 속 시간은 연속적이고 일직선인 시간을 부정하는 영원의 무시간성 세계, 유사-반복적 규칙 수행에 의해 끊임없이 차이를 구성하는 결말 없는 과정의 세계라 해도 좋을 것이다.

그러므로 게임 플레이는 그 영원한 시간 안에서 차이와 긍정의 신념을 구현하는 과정이라 할 수 있을 것이다. 게임 플레이는 특정한 가치를 절대적인 것으로 상정하고 그 외의 모든 것을 무가치한 것으로 방기하는 허무주의의 구현이 아니라, 되레 지속적인 차이를 그 자체로 가치 있는 것으로 긍정하고 그것으로서 규칙 수행의 토대로 삼는 체험적 양식인 것이다. 최소한 게임은 현실을 회피함으로써 환상의 세계로 몰입해가는 허무주의자의 자기 위안거리가 아니라 가상

----

7) 게임 서사론자들은 이를 '서사'로 간주하지만, 이 글은 그것을 아이덴티티의 '차이'적 구성으로 생각한다. 게임은 서사의 실현 과정이기보다는 '차이'의 능동적 구성 과정인, 존재론적 함의를 가지고 있다.

현실의 외피를 쓴 또 다른 자기 현실에 대한 체험의 장, 지속적으로
변화하는 자신의 아이덴티티를 긍정하는 경험의 장[8]으로 주어지고
있는 것이다.

6. '하는' 게임과 '보는' 게임

게임은 플레이어가 게임 세계에 개입하는 과정이다. 플레이어의 몰
입감은 자발적 의지에 따라 게임 세계에 일어나는 지속적인 변혁 가능
성에 대한 반영적 태도이다. 하지만 게임 세계 내부에 직접 참여하지
않고 오직 특정한 게임의 플레이를 시청하는 것으로 게임을 향유하는
방식도 존재한다. 흔히 E-Sports라 불리는 게임의 향유 방식은 특정한
플레이어의 게임플레이를 지켜보는 전통적인 미디어와 같은, 간접적
체험의 방식으로 이루어진다. 〈스타크래프트〉(실시간전략시뮬레이션),
〈카트라이더〉(캐주얼레이싱), 〈철권〉(대전액션), 〈스페셜포스〉(FPS) 등
은 게임의 장르적 구분과 상관없이, 야구나 축구 같은 스포츠 경기처
럼, 방송중계를 통해 향유되고 있다. 게임의 향유가 그저 특정 플레이
어의 사적이고 순간적인 경험만이 아니라 전통적인 매체와의 결합을
통해 대중적이고 공적인 경험이 될 수도 있음을 이와 같은 사례들은

---

8) 이를 '장기'와 비교해보자. '장기'는 각각의 규칙을 가진 말이 일정하게 움직이며, 한 번씩
　움직일 때마다 시시각각 상황이 변화한다. 그것은 곧 유사-반복적 규칙의 체험이라 할 수
　있다. 앞선 상황에 대하여 차이를 가진 또 다른 상황으로의 이행, 그리고 그 상황을 긍정
　하는 데서 '장기' 놀이는 지속될 수 있다. 그러나 '장기' 놀이는 특정한 캐릭터나 유닛을 초
　점화하는 '게임'과는 달리, 현실과 분리된 또 다른 아이덴티티를 생산하지는 않는다. 여기
　에 형식으로서 '게임'이 지니는 존재론적 의의가 있다.

시사하고 있다.

　게임을 시청한다는 개념은 게임의 향유 방식을 참여에 의한 규칙의 수행 과정으로만 규정할 수 없게 한다. 그것은 타자의 규칙 수행 과정을 좇아갈 뿐, 규칙 수행 과정에 개입할 수 없는 전통적인 미디어의 향유 방식과 다르지 않기 때문이다. (극단적으로, 특정 게임을 한 번도 플레이한 적이 없으면서도, 그 게임을 시청하는 수용자의 존재도 생각해볼 수 있다.) 그렇다고 해서 '하는' 게임에 비해 '보는' 게임이 더 열등한 게임의 향유 방식이라고 섣불리 단정할 수는 없다. 왜냐하면 뛰어난 기량을 가진 플레이어(프로게이머)의 게임 플레이는 일반 플레이어로서는 구현하기 어려운 것인데, 게임을 보는 향유자는 간접적이나마 뛰어난 플레이어의 경기를 통해 게임이 구현할 수 있는 어떤 극단적인 양상을 대리 체험할 수 있기 때문이다.[9] 〈스타크래프트〉의 경우, 정교한 컨트롤, 어떤 돌발적인 상황에서도 침착함을 잃지 않는 운영, 독특한 빌드오더와 전략적인 판단 등을 보면서 본인의 플레이 과정에서는 경험하지 못했던 게임의 새로운 진면목을 발견하게 된다. 따라서 게임을 '보는' 향유자는 '하는' 향유자보다 결코 향유의 수준이 낮지 않으며, 오히려 게임의 수행 과정을 제대로 향유하고 있다는 만족감을 안겨준다.

　게임의 향유는 플레이어의 자발적 참여를 본질로 한다. 그런데 게임을 향유한다는 것은 게임의 규칙을 준수하고 그에 따른 목적을 달성

---

9) 물론 프로게이머들의 게임 플레이는 무목적적인 놀이가 아니라 일정한 노동으로 생각할 수도 있다. 이는 전자게임에만 국한되는 것이 아니라 프로 스포츠 경기 전반에서 고찰할 수 있는 생각일 것이다. 다만, 프로 선수 또한 대개, 놀이를 놀이 자체로 경험하는 데서부터 시작했다는 점을 고려하면 놀이는 여전히 무목적적이며 그 자체로 향유하는 데서 출발한다고 말할 수 있다. 다만 놀이를 제의적인 요소를 가진 신성한 것으로 여긴 호이징하라면, 이를 '놀이의 타락된 형태'라 비판했을 것이다.

해나간다는 것을 의미한다. 그런 점에서 게임의 향유는 규칙이 갖고 있는 특정한 이데올로기를 자발적으로 수행하는 과정이라고 할 수 있다. 규칙은 어떤 행위의 수행이자 동시에 금지의 형태로 제시되는 것인데, 수행이나 금지에 대한 판단은 1차적으로 게임창작자의 아이디어에서 비롯된다. 도덕적이거나 윤리적인 수행을 강제하는 것이든, 폭력적이거나 불법적인 수행을 좇게 하는 것이든 간에 특정한 규칙 수행은 그와 같은 가치 판단 이전에 이미 현시되는 이데올로기 수행의 양식으로 게임을 이해하게 한다.

앞서 예를 든 〈시티빌〉의 경우, 플레이어 개인의 의지로 도시를 경영할 수 있는 부분에 분명한 한계가 존재하고, 이는 친구 관계를 맺은 다른 플레이어의 도움에 의해서만 극복될 수 있다. 그것은 게임이 상호 호혜적인 이타적 관계를 성립하는 데 도움이 될 수 있다는 메시지를 던져준다. 하지만 동시에 이와 같은 규칙은 게임의 참여자 수를 늘리기 위한 상업적 방편으로 이해될 수도 있다. 즉, 플레이어가 행하는 이타적 관계 맺기의 게임 수행은 특정 게임의 상업적 이해를 충실히 충족시켜주는 과정이라는 점에서 게임이 인간관계마저 환산 가능한 자산으로 파악한다고 생각할 수도 있는 것이다. 이는 표면적으로 내세우는 게임의 목적이 이해관계에 부딪친 또 다른 목적과 괴리가 존재할 수 있음을 의미한다.

자명하게 주어진 것이라고 여겨지는 현실 세계의 규칙과는 달리 게임은 제작 초기부터 할 수 있는 것과 할 수 없는 것을 일일이 설정해주어야만 한다. 다시 말해, 게임 제작은 규칙에 대한 의심을 통하지 않으면 현시될 수 없으며(게임 속 '버그'의 대부분은 세밀한 게임의 규칙을 통제하지 못한 데서 일어난다), 규칙에 대한 제작자들의 해석을 통해서만 실행 가능한 것이 된다. 현실의 규칙이 그저 주어진 인과관계의 일반화·공식화 과정이면서, 단독적인 행위들에서 나타나는 비일상적 상황에 의해 사후적으로 구성되는 것과 반대로, 게임의 규칙은 게임이 수행되는 상황에 앞서 선험적으로 구성된다. 따라서 게임의 규칙은 게임의 수행 과정에서 나타나는 돌발 상황에 모두 대처할 수 없다. 나아가 게임의 규칙이 전달하고자 하는 메시지와 효과를 플레이어의 사후적 개입은 다른 방식으로 굴절시켜버릴 수도 있다. 앞서 언급했듯, 게임의 규칙은 플레이어의 참여에 의해서만 비로소 현시될 수 있기 때문에, 플레이어의 능동적인 규칙 수행은 언제든 그 규칙의 변경을 잠재적인 것으로만 머물게 하지 않는다. 더욱이 규칙 수행으로부터 자유로우면서도 규칙 수행 과정의 한 극단을 기대하는 '보는' 플레이어의 존재는 기존의 게임 규칙을 언제든 상상 가능한 더 나은 규칙의 출현 경험으로 대체할 때 드러난다는 점에서 그들의 게임 향유 방식은 더 능동적이고 불온한 것일 수 있다. 따라서 '보는' 플레이어 역시 '하는' 플레이어와 함께 느슨한 규칙의 공동체를 구성할 수 있다. 다만 그것이 일정한 공통의 목소리를 갖고 참여의 형식을 띠지 않는 한, 그 효과는 잠재적인 것에 지나지 않을 것이다.

7. 게임 공동체의 현실 용출-'자기-차이화'로서의 게임 수행

게임, 특히 인터넷 기반 게임들은 그 자체로 이미-선험적인 공동체를 구성하고 있다. 공동체가, 주체들이 공통의 규칙을 수행하는 형식을 가진 것이라 할 때, 게임 수행은 이미 공동체적 규칙의 수행 경험이다. 왜냐하면 게임을 수행한다는 것은 규칙에 대한 잠정적인 합의를 이행한다는 것을 뜻하기 때문이다.

그런데 게임 플레이어들은 기존의 게임 규칙을 유사-반복적인 과정을 통해 수행하면서, 아이덴티티의 차이를 지속적으로 구현한다. 플레이어의 관심은 어떻게 차이를 만들고 그 차이를 온전히 자기의 것으로 삼을 수 있는가에 집중되어 있으며, 그럼으로써 게임 속 캐릭터를 게임 세계 내에서 단독적인 것으로 존재하도록 이끈다. 게임은 연속적이면서도 가변적인 캐릭터를 통해서 차이를 긍정하고 새로운 아이덴티티를 구성하며, 그것을 자신의 가상적 존재 기반으로 삼는다. 다시 말해 플레이어들은 자기-차이화를 통한 새로운 아이덴티티의 지속적인 구성에서 현실의 자기-동일성으로서 직관적인 자기 자신을 분리시키고, 게임만이 갖는 재미를 취한다.

게임 수행은 항상, 이미 수행되는 공동체적 경험이지만, 그것은 매우 느슨한 형태를 취한다. 게다가 오직 자기 자신에게 관심을 두는 게임 플레이는 게임-공동체의 새로운 행동 유형 창조로 이어질 가능성, 나아가 촉발 가능한 정치적 메시지를 전달할 수 있는 가능성을 배반하는 것처럼 보인다.

그러나 앞서 말한 것처럼, 게임 수행이 자기-차이화를 통한 지속적인 갱신 과정이라면, 그 과정을 방해하는 어떤 '적대'의 존재는 게임을 단순히 몰입 가능하고 언제든 철폐 가능한 유희적 시간 낭비로부터 정치적 윤전의 가능성까지도 상상 가능하도록 만들 수 있다. 예를 들어, '바츠해방전쟁'은 레벨업을 통한 자기-차이화를 불가능하게 하는 집단(사냥터 제한)에 대항하면서 시작된, 가상 세계 내에 일어난 정치적 혁명의 한 양상이었다.

이를 가상 세계에서 일어난 '자기 보존 욕망(conatus)'에서부터 촉발된 것으로 이해할 수도 있겠다. 그러나 게임의 자기-차이화 욕망은 코나투스가 전제하는 자기-동일성으로서의 보존 욕망이 아니라는 점에서 궤를 달리한다. 물론 인터넷 게임 속에서 수행되는 자기-차이화의 지속적인 갱신은 주체를 지속적으로 자기 관심에만 머무르도록 한다. 그러나 동시에 그것은 자기-차이화가 지속적으로 수행될 수 있게 하는 규칙을 포함한 물적 토대에 대하여 지대한 관심과 행동을 필연적으로 동반한다는 것을 뜻할 수도 있다. 왜냐하면 자기-차이화의 욕망이 그 욕망을 가능하게 하는 조건에 의해 방해받을 때, 플레이어들에게 그 조건은 갱신되거나 철폐되어야 할 적대적인 것으로 받아들여지기 때문이다. 즉, 게임 세계 안에서 자기-차이화라는 플레이어들의 궁극적인 욕망은 게임-공동체의 규칙 변경을 요구하는 것으로 나타날 수 있고, 그것이 불가능할 경우 집단적인 저항의 움직임으로 나타날 수도 있다. 그리고 그 저항의 경험은, '바츠해방전쟁'에서 보았던 바와 같이, 정치적인 경험으로까지 승화될 수 있다.

나아가 자기-차이화의 욕망은 현실의 자기 보존 욕망을 압도하면서 가상과 현실의 경계를 깨부수고 현실의 의제와 상황에까지 관심과 요구를 내비칠 수 있다. 현실의 사태와 의제에 대해 놀이 공동체가 구성되고, 그 참여자들이 '경제적인' 행동 수행을 통해 기존의 현실 규칙에 대해 적대적인 조작을 시도하려 할 때, 게다가 그 조작이 안전한 것으로 판명날 때, 그것은 이미 놀이의 수행이 정치적 행동이 될 가능성을 보여주는 것이다. 물론 거기에는 게임 수행의 조건인 인터페이스의 구축과 그 인터페이스의 경제적인 사용이 전제되어야 한다. 즉, 명령할 수 있고(명령수행 경험), 명령한 바에 따라 어떤 결과가 반드시 나타난다고 믿을 수 있는(명령수행인지 경험) 기대가 포함되어야 한다. 기존의 자기-차이화가 부정되는 현실 규칙과 조건에 대하여, 놀이 공동체는 '경제적'인 UI의 개발과 그 공동체적 수행을 통해 '불온'한 것이 될 수 있다. 그 희미한 예가 있다. 최근의 서울시장 재보궐 선거에서 특히 두드러지게 매스컴에서 보여준 바 있는, 컴퓨터 그래픽을 통한 수치화·계량화·시각화 양상이 그것이다. 그것은 그 자체로 경제적인 UI의 하나로, 게임의 UI에 익숙한 경험자들에게 선거를 게임의 수행 과정과 유사한 것으로 인식되게 했을 가능성이 있다. 그들에게 투표용지는 게임 플레이어들이 쥔 키보드나 마우스, 게임패드로, 투표 행위는 명령수행 경험으로, 개표에 따른 지지율의 등락은 명령수행인지 경험과 알레고리를 형성하는 것으로 생각할 수 있는 것이다. 따라서 그들에게 선거와 투표, 개표 상황은 자기-차이화의 가능한 조건을 만들어 줄 수 있을 것이라고 기대하는 플레이어들의 게임 수행 상황과 유사한 것으로 인지될 수 있었을 것이다.

　물론 투표와 같은 게임의 방식은 명령 수행 경험에 있어서 주체-플레이어의 능동성을 상당 정도로 제한하고, 명령수행인지 경험 또한 미미할 정도로 적기 때문에 자기-차이화의 결정적인 조건들을 온전히 실행해내지는 못한다. 때문에 그것은 게임으로 인지된다 하더라도 게임 플레이어들의 참여를 궁극적으로 종용하지 못한다. 좀 더 다양한 명령수행 경험과 좀 더 영향력 있는 명령수행인지 경험의 요구, 그리고 그로부터 기대되는 자기-차이화의 원활하고 지속적인 갱신 과정을 보장하는 것. 어쩌면 그것은 게임 안에서 수행되었던 느슨한 공동체가 현실 정치적 공동체로 나아가는 결정적인 조건이 될 수 있는

지도 모른다.

그러나 문제는 그것이 언제나 '안전한' 것이어야 한다는 점이다. 안전을 보장하면서 자기-차이화의 욕망을 실현하는 것은 분명 이율배반적인 것으로 보인다. 선거는 안전한 것이었고, 그것은 게임과 같은 안전이었다. 그런데 안전이 코나투스적인 안전이라면, 어쩌면 그것은 게임 공동체가 현실의 공동체로 전화하기 위한 중대한 장애가 될 수 있는 것이다. 그것은 분명 게임 공동체의 구성과 역할, 효과의 한계를 보여준다. 그러나 역으로 안전성의 욕구를 뛰어넘는 자기-차이화의 욕망이 분출되는 사태가 촉발되는 상황이라면, 그것은 진정한 게임 공동체의 정치적 윤전 양상이라 말해도 틀리지 않을 것이다.

8. 덧붙여: 독점 생산 구조를 넘어 게임-놀이의 민주화로

게임에 대한 큰 오해 중 하나는 게임이 상업적이라는 것이다. 하지만 게임 그 자체가 상업적이라고 말하기는 어렵다. 게임은 이미 마련된 특정 시공간에 플레이어가 참여 가능한 전자적 형식일 뿐, 그 자체로 상업적인 것과 결탁하는 형식이라 하기는 어렵다.

문제는, 게임이 갖고 있는 '참여'라는 양식적 특질이다. 게임은 플레이되지 않으면 게임이 아니다. 그러므로 게임은 참여를 유도하기 위한 흥미와 재미를 잠재적인 플레이어에게 줄 수 있어야 한다. 게임이 다른 문화적 생산품보다 상업적인 성격을 띠는 이유는 게임이 참여의 양식이라는 점과 그리 멀지 않다. 게임이 많은 자본과 인력이 투입되는 스펙터클한 문화산업물로 우리에게 주어지는 이유가 여기에 있다. 헐

리우드 상업영화처럼 최근의 게임은 게임 나름의 문화적 가치를 찾으려 하기보다는 상업적 목적에 복무하고 있는 것이 현실이다.

게임에 대해서 게임 작품(work)과 게임 관념(idea)을 구분해야 하는 필요성이 제기되는 것은 이 때문이다. '시'가 Poetry로서의 시와 Poem으로서의 시를 구분해야 하는 것과 마찬가지로, 게임 관념과 그 구체적 구현물로서의 게임 작품은 구별되어야 한다. 게임 작품이 상업적인 요소를 가질 수는 있을지언정, 게임 관념 자체가 상업적일 수는 없다. 그러나 이는 꼭 게임에만 국한된 것이 아니고 문학작품이든 영화작품이든 다양한 문화적 생산품에 꼬리표처럼 따라다니는 한 요소에 불과하다.

그렇다고 해서 게임에만 유독 더 강하게 달라붙는 '상업적'이라는 비판을 아무런 근거 없이 게임을 매도하는 태도라고만 말할 수는 없다. 눈에 띄는 게임작품이 다른 문화적 생산품에 비해 문화·미학적 가치보다는 상품적 가치에 좌우되고 있는 것은 분명해 보인다. 게임은 새로운 미학적, 철학적 가치를 생산할 수 있는 충분한 게임 관념을 갖추었음에도, 아직까지 널리 그에 걸맞은 효과를 끼칠 만한 게임 작품(masterpiece)을 생산해내지 못했다. 여기에는 여러 가지 이유가 있겠지만, 생산-소비 관계에 있어서 특정 생산층만이 존재하고 있는 것 또한 무시할 수 없다고 생각된다. 복잡한 그래픽, BGM, 사운드, 게임서사를 위한 세계관과 알고리즘 구현 등 하나의 게임을 만들기 위해서는 전문적인 지식과 면밀하고도 창조적인 아이디어, 능숙한 기술 작업 및 연출 능력이 필요하다. 이를 문학과 대비시켜보면 그 차이를 분명히 알 수 있다. 문학의 경우, 필기구와 종이, 읽고 쓸 수 있는 능력만 있으면 누구나 작품을 창작할 수 있다. 즉, 문학이 보편적인 생산 양식임에 비해서 게임은 창작의 관문이 특정한 기술 창작 직업군에 한정되어 있다. 그러므로 게임관념의 보편적 구현을 위해서는 게임 소비의 대중화가 아니라 게임 생산의 대중화가 수반되어야 한다. 사진이나 영화가 카메라의 보급에 의해 보편적인 양식이 될 수 있었듯이, 게임 또한 그와 같은 생산 수단의 보편화가 이루어져야 한다. 생산 수단과 지식의 독점적 생산 구조는 게임의 상업성을 강화하는 데 기여할 뿐, 게임이 보여줄 수 있는 다양한 방식의 새로운 미학적 가능태를 발현하지 못하게 한다.

근본적으로, 게임이 상업적이라는 오해를 불식하고 하나의 문화적 형식으로서 다루어질 수 있으려면, 단순히 '재미'가 아닌 미학적·철학적 목적이 수반되어야 한다. 게임은 놀이의 형식 중 하나이다. 놀이는 그저 재미를 추구하는 것에 그치지 않고, 미학적·철학적 의미망이 함께 결합되어 있다. 모든 예술은 놀이적 요소를 포함하고 있고 미학의 한 극단은 놀이와 만나기도 한다. 그런 점에서 놀이인 게임은 미학적 가치를 가진 예술이 될 충분한 양식적 자질을 지니고 있다.

게임의 미학적 가치를 구현하기 위해서는 게임 생산 수단의 보편화 방식을 고민하는 것에서부터 출발해야 한다. 일찍이 〈RPG만들기〉라는 게임이 보여준 바처럼, 게임을 만들 수 있는 게임을 통해 (그 게임 창작자들의 의도 여부와 관계없이) 게임의 보편화 가능성이 시도되지 않았던 것은 아니다. 인터넷 기술의 발달은 인디게임의 생산과 발굴을 촉진시키고 있고, 스마트폰의 보급과 오픈 마켓의 도입은 대작 게임이 아니더라도 어플리케이션의 형태로 게임이 유통될 수 있는 길을 열었다. 전 세계적으로 수억 번의 다운로드 횟수를 기록한 〈앵그리버드〉가 '로비오'라는 파산 직전의 신생 모바일 게임회사의 작품이었던 것처럼, 게임의 생산과 유통은 인터넷과 떼려야 뗄 수 없는 사이가 되면서 게임 생산과 향유에 있어 보편화의 가능성이 제고되고 있다. 그럼에도 여전히 독점적인 게임 생산의 구조적 양태가 해결되지는 않는다. 하지만 생산의 경제성을 갖춘 여러 가지 형태의 게임 창조 게임을 통해서, 또 자신의 게임 제작 기술을 공개하고 공동으로 사용 가능하도록 돌림으로써 게임의 상업성을 넘어 새로운 게임 창조의 가능성을 시험하려는 시도[10]는 환영받을 만한 일임에 분명하다.

게임은 놀이의 하나로서, 놀이는 기존의 가치 있는 것, 신성한 것을 완전히 다른 방식으로 사용함으로써 세속적인 것[11]이 되도록 한다. 그것은 놀이가 민주적 양식임을 시사한다. 게임은 플레이어들의 자유의지가 충분히 구현되고, 그로부터 실현 가능한 자아의 가능태를 가늠하는 실천의 장이자 서로 다른 톤이 같은 목소리를 공유할 수 있는 공동체로 구현될 수 있어야 한다. 그와 같은 존재론적 고민에서부터 시작하여, 미학적 가치로움과 불온한 전복을 사유할 때, 게임은 산업적, 효용적 논리로부터 구원되는 문화적 양식으로서 그 의의를 획득할 수 있을 것이다.

---

10) 예를 들어, 게임개발경진대회인 'Liberated Pixel Cup'은 게임개발자와 아티스트들이 자신이 만든 작업물을 누구나 사용 가능하도록 공개하여, 경진대회 참가 개발자들이 이를 질료로 삼아 게임 제작에 자유롭게 이용하거나 게임을 제작하는 것을 기본 규칙으로 삼은 대회이다.(http://lpc.opengameart.org/)

11) 조르조 아감벤, 김상운 옮김, 『세속화 예찬』, 난장, 2010, 110쪽.

필자 소개

정기문　주체의 구성과 그것을 둘러싼 사회적 장치에 관심을 갖고 있다. 현재 일제강점기 카프 문학가의 전향에 관계된 텍스트에 집중해 공부하고 있다. face11111@hanmail.net

박형준　문학이라는 물신적 대상을 존속시키고 있는 제도적 장치를 탐구하는 문헌 작업에 몰두하고 있으며, '지역', 혹은 '지역 문단'이라는 상상의 공동체를 점멸시키고 있는 '유대'의 정치회로를 분쇄하기 위해 분투 중이다. piko999@hanmail.net

이희원　부산 토박이로 살아온 세월이 제법 쌓였다. 그러나 정작 내가 살아온 이곳에 뿌리를 내리기로 마음을 먹은 지는 얼마 안 됐다. 요즘에야 나는 자신의 현실에 충실한 것이 가지는 가치를 새삼 느끼며, 그것을 실천하면서 사는 것의 당위를 이해하고 있다. 이 보배로운 가르침의 핵심에 〈해석과 판단〉의 원고 작업이 놓여 있다. homoludens111@hanmail.net

오선영　식민지 시대 웃음의 양상과 서사 이론에 관심이 많다. 하지만 수많은 이론을 아는 것보다 '글쓰기'를 하는 것이 더 중요하다고 생각한다. 그리고 이를 실천하기 위해 애쓰고 있다. 최근의 관심사는 재난, 재앙 서사. 소설의 서사보다 더 강력한 현실을 볼 때마다 현기증이 난다. 45-green@hanmail.net

장수희　일본군 위안부의 재현과 관련된 연구를 계속해서 하고 있다. 비가시적 존재들, 들을 수 없는 목소리를 볼 수 있게 하고 들을 수 있게 하는 것이 비평적 글쓰기의 힘이 아닐까 생각한다. wings240@daum.net

윤인로　1978년 경북 영천에서 나고 부산에서 자랐다. 하나의 시스템이 스스로를 신성한 것으로 고양시키려는 과정에 대해, 그리고 그 과정과 동시적으로 구성되는 주체의 어떤 신성한 힘에 대해 공부하고 있다. 〈해석과 판단〉 1집부터 구성원으로 참여하면서 함께 읽고 썼으며, 때로는 분란과 불화의 목격자였고 때로는 그 당사자였다. 곡절 속에서도

조금은 더 달라진 6집을 함께 만들 수 있다고 믿는다. inro@naver.com

김남영　〈해석과 판단〉이 무엇인가, 라고 묻기 전에 〈해석과 판단〉은 어떻게 가능한 가를 묻는다. 현재 미군정기에 대해 공부를 하고 있다. 아울러 우리가 살고 있는 상징계 와 그것의 변주로 이루어지는 상상적인 것들의 변증법적인 문제에 대해 고민하고 있다. jazzpong@hanmail.net

고은미　영화에서 위로를 얻었을 때에는 '영화란 무엇인가'라는 질문만 앞세웠다. 현대 자본주의와 미학의 관계를 자각할수록 '영화에서 의미를 발굴한다는 것은 무엇인가'라는 고민을 덧붙여 하게 된다. 구조화되어 있는 '보기'의 방법 너머에서 가능한 감수성의 조 건에 대해 공부하는 중이다. 날은 서는데 연필은 무뎌지고 있는 것 같다. myliana@naver. com

김태환　〈연구공간 '수유+너머'〉에서 2010년까지 6년간 함께 생활했다. 박사과정을 수료하고 일제강점기 한 · 일 프로문학의 관련성에 대한 공부를 하고 있다. 공부를 하 면 할수록 연구자는 진정한 프롤레타리아가 될 수 없다는 것을 처절히 체감하고 있다. marx618@hanmail.net

손남훈　어릴 적, 〈트윈비〉를 하면서 게임플레이를 전문으로 하는 사람들이 생길 거라 생각했다. 지금은 프로게이머의 플레이를 가끔 보면서 감탄하는 정도다. 단순히 게임과 인간의 교류를 넘어, 언젠가 '전자적 인간'의 탄생을 목도하는 시대가 도래할 것이라 생 각하고 있다. orpeus97@naver.com